U0125718

"一带一路"大型系列丛书

总策划　戴佩丽
主　编　孙春光

程煜 ◎ 著

新疆是个好地方

我用自己的方式
爱新疆

中央民族大学出版社
China Minzu University Press

图书在版编目（CIP）数据

我用自己的方式爱新疆／程煜著 . — 北京 ：中央民族大学出版社，
2021.4（2023.5重印）

（"一带一路"大型系列丛书. 新疆是个好地方. 第三辑）

ISBN 978-7-5660-1897-7

Ⅰ. ①我… Ⅱ. ①程… Ⅲ. ①散文集－中国－当代②报告文学－作
品集－中国－当代 Ⅳ. ①I217.2

中国版本图书馆 CIP 数据核字（2021）第 025562 号

我用自己的方式爱新疆

著　者	程　煜
责任编辑	戴佩丽
责任校对	肖俊俊
封面设计	舒刚卫

出版发行　中央民族大学出版社

北京市海淀区中关村南大街 27 号　　邮编：100081

电话：（010）68472815（发行部）　　传真：（010）68933757（发行部）

　　　（010）68932218（总编室）　　　　　（010）68932447（办公室）

经 销 者　全国各地新华书店

印 刷 厂　北京鑫宇图源印刷科技有限公司

开　本　787×1092　1/16　印张：17.25

字　数　230 千字

版　次　2021 年 4 月第 1 版　2023 年 5 月第 2 次印刷

书　号　ISBN 978-7-5660-1897-7

定　价　69.00 元

目 录

"一带一路"大型系列丛书
——新疆是个好地方

001··· **第一辑　风情新疆**

002··· 伊犁，我在一朵花的盛开里回望你

004··· 四月芳菲杏花美

006··· 阿力麻里杏花香

009··· 来自天堂的火焰

013··· 高原上那朵勿忘我

017··· 又见勿忘我

020··· 果花深处阿力麻里

023··· 昭苏大地上的金色诗行

026··· 送你一束薰衣草

029··· 伊犁大地盛开的精神之花

031··· 向着一株草的方向

034··· 穿过开花的城市

037··· 风过唐布拉

040··· 唐布拉秋韵

043··· 伊犁河畔秋意浓

047··· 赛里木湖的眼泪

049··· 库尔德宁的目光

051··· 行走在夏塔的风中

053… 最后的俄罗斯手工列巴店

056… 伊孜海迩手工冰激凌

059… 不能忽略的馕

062… 根植新疆大地的皮芽子

065… 春来野菜香

068… 苜蓿里的春天

071… **第二辑　爱在新疆**

072… 送你一束沙枣花

076… 来新疆一辈子我知足

081… 我来新疆从不后悔

086… 这辈子来新疆不后悔

089… 歌声中的可克达拉

095… 如歌年代　如火情怀

102… 可克达拉改变了模样

109… 跨越时空的深情传唱

150… 新疆大地永远的歌者

163… "没有新疆就没有我"

171… 以梦为马　不负韶华

180… 中国薰衣草之父

191… 大山深处，一个人的坚守

196… 超越血缘的母爱

201… 高山牧道上的"保护神"

206··· 痴心守护伊犁河的"当代愚公"

213··· **第三辑 记忆新疆**

214··· 追寻"沙海老兵"的红色足迹
223··· 追寻红色记忆
232··· 追寻红军团的足迹
241··· 一位老八路的传奇人生
252··· 在北京遇见"阿达西"

第一辑

风情新疆

伊犁，我在一朵花的盛开里回望你

不到新疆不知祖国之大，不到伊犁不知新疆之美。

新疆，以苍凉大漠、无垠戈壁、美丽草原、连绵雪峰、奔腾大河、多元文化、奇丽民俗，令世人惊叹。

而伊犁，不仅有大漠、戈壁、草原、雪峰、大河、多元文化、奇丽民俗，还有一场又一场盛开在草原、田野、山间、湖边的盛大花事。她像一位蒙着面纱的异域美女，吸引你不断地走向她，走向她的心灵深处。

对于出生成长在伊犁的我来说，对伊犁的爱，已经深深地融入血液中、生命中。因为热爱伊犁，也热爱这里的一草一木、一山一水；因为喜欢植物，也更加关注这片大地上的各种花事。当一场又一场盛大花事开幕，点亮的不仅仅是我们枯燥的生活，还有我们日渐麻木、委顿的心灵之灯。于是，就有了给这些花写点文字的愿望。

伊犁大地上最早开的杏花绽放之后，桃花、苹果花、梨花等各种果树的花儿不断，还有让伊犁知名于全国的薰衣草花、薄荷花，以及大面积种植的油菜、香紫苏、亚麻、马铃薯、水稻等作物的花。这些作物是伊犁的主要农作物，但在它们的花期，那一望无际盛开的黄色、白色、紫色、蓝色的花，成为伊犁大地一道道奇丽的风景。那些山山水水，养育了无数灿烂的花朵，也成就了一个又一个"中国最美田园"，让伊犁成为国内外游客争相前往的天堂。

应该说，生活在伊犁，是一种幸福。不仅仅因为看也看不过来的花事，还因为蓝天、白云、碧水、绿树，还有看也看不够的草原、看也看不够的河流、看也看不够的家园。每一个草原，都盛开着无数野花，它们用自己的色彩装点草原，让草原五彩斑斓；每一个家园，都被花的芬芳包围，让每一个平常的日子浸润在鲜花的芬芳中；每一个季节，都有花的不同风姿，如同不同人生季节的故事，丰盈我们的漫长人生。

在这样一个时时处处盛开花朵的地方，你可以握住爱人的手一起漫步草原，让掌心的温暖穿越人生的苍茫，也可以静坐伊犁河畔独自欣赏芦花飞舞，任阳光暖暖地打在背上，还可以和三五好友一起跋山涉水找寻梦中的花海，让如花笑靥抚平路途的艰辛。

人生漫长，漫长得我们望不见终点，无法预知下一个拐弯处会遇见什么样的风景什么样的人；人生短暂，短暂得我们还没来得及整理行装梳理思绪，已走在路的中途。时间，就这样不容我们细细思量急急忙忙走过，成为身后只能怀想的时光。有时候，跌落在这样的时光里，也是一种简单的幸福。而在伊犁，你可以轻易地找到这样的幸福。

我们握不住匆忙疾走的时光，那些曾经走过的路、越过的河、看过的风景，都停留在那里，任由岁月风干成过往。而我，站在时间之外怀想伊犁，即便是隔着千里的时空，温暖依旧。那些盛开在时光深处的花朵，点亮了一段岁月，温暖了一段生命，厚重了一段人生。

伊犁，我在一朵花的成长里守候你，我在一朵花的盛开里回望你，我在一朵花的梦呓中思念你。我在一朵花的时间里沉睡抑或醒来，用一朵花的芬芳沉醉今生。

就让那盛开在时光深处的花朵，在记忆的长河中温暖未来的苍茫岁月吧。

四月芳菲杏花美

　　伊犁的春天，是在漫山遍野烂漫盛开的杏花中来到的。

　　在亚欧大陆有名的"湿岛"——伊犁，一进入四月，春的气息一日浓过一日。春风拂过，山野草色渐浓，蒙蒙细雨落处，灼灼杏花悄然盛开，使这里少了一些边塞的粗犷，多了一份江南的秀美。

　　杏花是伊犁民间常见的果花之一，在伊宁县、霍城县、新源县、察布查尔县等地，随处可见杏花灼然开放的身姿，尤其是新源县吐尔根乡的野杏花沟最为出名，每年四月中旬，来自全国各地的游客、摄影家跋山涉水，不远万里追寻这片远山深处的静谧——"杏花源"，一睹野杏花的绝世芳姿，感受大自然给人类的慷慨馈赠。

　　吐尔根乡位于巩乃斯草原腹地，北靠阿热勒山南坡，吐尔根河从山口向南流出，距新源县城东北18公里。"吐尔根"，蒙古语，意为"水流湍急的河"。天然野生杏花沟距218国道3公里，是一片中世纪遗留的伊犁最大的原始野杏林，面积3万多亩（2000多公顷），因山地河谷的冬季逆温气候而遗存下来，是我国野杏林集中地之一。

　　每年四月中旬，是杏花沟最美的时节。绵延不绝的山坡上绿茵如毯，集中成片的野杏林随着山坡高低起伏的地势延展开来，远远望去，层层叠叠的杏花粉红雪白，灿若云霞。

　　与江南春雨杏花不同的是，这里纷纷繁繁的杏花背后是绵延千里的雪山银峰，馥郁柔美的花朵与伟岸险峻的雪峰形成鲜明的对比，大气磅礴，震撼人心。整个山谷像一幅巨大的水粉画，色彩秾丽，层次分明。置身其中，宛若人间仙境。

穿行在弥漫着花香的山谷中，间或可见三三两两的野杏树静静地矗立在向阳的山坡上，清晨的阳光暖暖地铺洒在山谷中，不同光照下的花朵折射着阳光七彩的流韵，草地上散落着星星点点的牛羊，偶尔可见骑马的哈萨克巴郎慢悠悠地走过，不远处静静地卧着一个两个白色的毡房，晨光中缕缕炊烟袅袅升起，早起的哈萨克姑娘忙碌地烧着奶茶，神色安然恬静。时间在这里似乎有意放慢了脚步。

漫步山坡，迎面而来的山风，送来杏花清新的香味，夹杂着青草新鲜的味道，沁人心脾。微风吹过，树枝轻轻摇曳，花朵随风飘舞。站在树下，纷纷扬扬的花瓣轻落在头顶上、身上，仿佛呢喃低语，诉说着依依不舍。

如果说一枝杏花含香吐蕊，惹人怜爱，那么，漫山遍野的杏花林绘就的云霞，则有一种直击心底的绮丽之美，动人心魄。大美背后是沉默的积蕴，那些风刀霜剑、骤风疾雨、闪电鸣雷，乃至遍体鳞伤，都是生命中必然的收获。

千百年来，野山杏就这样寂寞盛开，花朵在风中传递生命的味道，果实在地下延伸生命的力量，花开花落，年复一年。最终，成就了这旷世的奇美。

野山杏花的花期只有短暂的一周，不日便是落英缤纷的场景。山坡上落花遍野，零落成泥。山涧里漂满了粉白的花瓣，随着淙淙流水流向远方。有道是韶光易逝，但缤纷的落英里蕴藏着一个个果实，在时光深处等待着成熟。

芳菲四月，相约赏花，给自己一个浪漫的春天。

阿力麻里杏花香

伊犁的春天，是在漫山遍野烂漫盛开的粉白粉红的杏花中来到的。

在亚欧大陆有名的"湿岛"——伊犁，一进入三月，春的气息一日浓过一日。春风拂过，山野草色渐浓，蒙蒙细雨落处，灼灼杏花悄然盛开，抹去了一些边塞的粗犷，增添了一份江南的秀美。

杏花是伊犁常见的果花之一，在被誉为"中国树上干杏之乡"的六十一团（阿力麻里），每年初春，上千亩连片的杏花盛大开放，吸引了八方游客，不远千里追寻这醉人的"杏花源"，一睹树上干杏杏花的芳姿，感受大自然给人类的慷慨馈赠。

清晨的春风里略微有些寒意，从果霍高速公路六十一团路口下来，往北进入通往团场的主干道，远远便可望见坐落在婆罗科努山脚下的阿力麻里，果林环绕，楼房鳞次栉比，在雪峰的映衬下别有一番独特景致。宽阔平坦的道路两旁或是笔直的白杨，或是平整的田地，或是初绽生机的果园，更有那满树竞相怒放的雪白杏花，引起人们一波又一波的赞叹。

"阿力麻里"，史书上又作"阿里马""阿里麻里"，意为苹果城，是历史上有名的繁华城市，极盛时期，整个城池周长约25公里，仅东西就达5公里，被西方誉为"中亚乐园"。蒙古汗国重臣耶律楚材所撰《西游录》称："西人目林檎曰阿里马，附郭皆林檎园囿，由此名焉。附庸城邑八九，多蒲桃梨果。播种五谷，一如中原。"

春来杏花如雪、桃花如霞，夏季杏黄果香、令人垂涎，金秋果香四溢、八方客来。正如六十一团团歌《阿力麻里，我的家乡》中所唱道的："古道入云端/绿荫满山冈/果品佳天下/四季好风光……雪山清泉涌/片片五谷香/山下浮炊烟/云中见牛羊……"如今的阿力麻里，经过几代兵团战士的辛勤付出，已经成为一个经济发展、社会稳定、商贸繁荣、四季果香四溢、人民安居乐业的丝路重镇，也是闻名疆内外的水果之乡，特别是当地盛产的树上干杏（又称"吊死干"）皮薄肉厚仁香，果壳轻嗑即开，一杏两吃，营养丰富，在全国享有盛誉，成为当地人们馈赠亲朋的佳品。

沿着宽阔平坦的团部主干道向西行进，一路上随处可见路两边数百亩、上千亩的杏园、桃园、果园，正值杏花盛开时节，一片片茂密的杏林繁花盛开，洁白粉嫩，娇艳可人，微风吹过，落英缤纷，香飘数里。路边停了不少游人的车，杏林里人影晃动，不时传来欢声笑语，人们有的聚精会神对着繁花狂拍，有的跟家人朋友合影，有的在林中漫步，尽情欣赏着这难得的美景。

一行行高大的杏树，枝丫在空中恣意生长，相接相连，形成了茂密的拱形。杏花盛开，如云霞落枝。穿行其中，花香弥漫，沁人心脾，引来蜂蝶无数。阳光暖暖地透过树枝洒下来，一朵朵花折射着阳光七彩的流韵。

时间在这里似乎有意放慢了脚步。微风吹过，树枝轻舞，花朵随风摇曳。静立树下，纷纷扬扬的花瓣轻落在头顶上、身上，仿佛呢喃低语，诉说着依依不舍。

来到阿力麻里，呼尔赛旱田山不可不去。呼尔赛，哈萨克语意为"没有水的地方"。若干年前我去过呼尔赛旱田山，绵延不绝的光秃秃的山头，留给我的是无尽的荒凉感。

仅仅时隔数年，呈现在我眼前的是漫山遍野含苞待放的杏花。那片在记忆中曾经干旱、荒芜、寂寞，缺少生命色彩的山坡，如今已是果林郁郁，花香袭人。脚下的呼尔赛，绵延不绝的山坡上绿茵如毯，集中成片的树上干杏林随着山坡高低起伏的地势延展开来，远远望去，层层叠叠的杏花粉红雪白，灿若云霞。一栋栋红屋顶砖房在果林中若隐若现，给一片片山坡增添了无限生机。

与江南春雨杏花不同的是，这里纷纷繁繁的杏花背后是绵延千里的天山雪峰，山下是现代气息浓厚的阿力麻里新城，乡野的自然风光与人文景观遥相呼应，馥郁柔美的花朵与伟岸险峻的雪峰形成鲜明对比，置身其中，宛若人间仙境。

如今的呼尔赛，春来繁花似锦、夏来果香四溢、金秋"金果"累累，成为充满希望和欢乐的花果山。

在农人疼爱的目光中，所有的杏花集中绽放，春风中的花朵，传递着生命的芳香。杏花的花期只有短暂的一周，不日便是漫山遍野落英缤纷的场景。但我看见缤纷落英里的无数果实，正在欣喜地奔向金秋。

来自天堂的火焰

　　每年五月，伊犁，会因天山红花成为无数游客和摄影发烧友心中的天堂。

　　大片大片盛开的花海，把一个个山坡装点成燃烧着红色火焰的花海，如此壮观的景象，在新疆只有每年五月中下旬的伊犁大草原上才能看到。因此，天山红花成为伊犁一道独特的景观，令许多内地游客和摄影发烧友心向往之。

　　生活在伊犁多年，去看过几次新源县木斯乡的天山红花，却一直无缘到霍城县三宫乡来看，只是知道这里是很有名的天山红花盛开地，因为地势比木斯乡起伏，天山红花盛开的景象更加震撼人心，拍摄出的图片层次更加分明，景致也更加摄人心魄。

　　天山红花每年5月中旬开放，花期10天左右。而今年因为气温回升快，霍城县三宫乡的天山红花在4月底就盛开了，引来了一场又一场观看天山红花的热潮。天山红花害怕烈日的灼烤，如若晴天12点之前花瓣就会闭合。想看花的游客必须早起，才能一睹她的芳容。

　　我们早早出门，进入三宫乡政府大街后一路向当地人问路。听说是看天山红花的，人们都会热情地告诉我们路线。天山红花的盛花区位于三宫乡养殖小区附近的旱田梁上。还未走到旱田梁下，远远就看到山坡上一片一片红艳艳的，山上已经有不少游客了。

　　与新源县木斯乡草场的平坦开阔不同，霍城县三宫乡旱田梁位于天山支脉阿克拉斯山前的黄土丘陵地带，海拔在 700 — 1100 米。天山红花沿着起伏的山坡盛开，远处望去如朵朵红云落在山坡上，蔚为壮观。

因为是在山坡上，这里的天山红花没有木斯乡的高，有十几二十厘米高。上山不久，我们即来到一个山谷，从谷底一直到山顶开满了天山红花，站在半坡上，山谷南面的山坡上又是红艳艳的一片，近处的红花与远处的红云相映成趣。三三两两的人们欢喜地留影，有的干脆就躺在花丛里摆起了迷人的姿势。

近处的山坡上已是人满为患，远处的红云吸引着我们。沿着红云的足迹向里走数里，越过两个山坡，前方更大的山坡上栖落着更大的红云，只是人迹罕至，零星的一些游客在赏花拍照，一个小孩在山坡上放风筝，让这些红色的山坡更加灵动起来。

天山红花有着极其顽强的生命力，不择生存条件，常生于山坡高燥地带，生于山野、路旁、石砾地或河岸沙地。据说它的种子在山坡干旱的泥土中能休眠多年，遇到合适的雨水时能迅速生根发芽。由于去年冬季降雪量大，加之今春雨水多，气温回升快，天山红花茁壮成长，比往年提前十天盛开。

几年前和一帮文友专程去新源县木斯乡看天山红花。那一年雨水多，牧草长势非常好，五月下旬木斯乡的天山红花开得特别繁盛，据当地牧民说这是五十年不遇的盛景。

车子沿着平坦的柏油路行驶，两旁快速闪过的是一望无际的碧绿草原、远处绵延的雪峰，以及散落在草原上悠闲地吃草的牛羊。突然，一片红色的云彩闯入眼帘，仿佛一片燃烧的火焰覆盖在草原上，微风吹来，随风起伏的红色花海又像一匹舞动的红艳艳的绸缎，在阳光下闪烁着丝质的光泽。那惊鸿一瞥，永远定格在我的记忆中。

走近细看，高至膝盖处的草茎上一朵朵火红的花朵随风舞蹈，鲜艳艳地散发着太阳的温暖。金黄的花蕊像一丛金针立在花瓣中间，颤巍巍地顶着新鲜的花粉，花瓣根部有一圈黑色的纹路，好似蝶翅的根部。每朵花都有四片花瓣，微风吹来，恰似一对红蝶蹁跹起舞，凌驾于碧波之上。

这片花海闯进视野，使我的内心产生了无法言说的震撼。那熊熊的火焰，居然燃烧在如茵的草原上，就像来自天堂的火焰，令心灵不由为之震颤，不仅仅是对花海的倾慕，更是对自然之伟力的敬畏。

天山红花是哈萨克族牧民最熟悉也最喜爱的花，被称为"莱丽"，意思是"自由的不断迁徙的花"，还被称为"哈萨克花""绸子花""野大烟花"。在世代居住在伊犁大草原上的哈萨克族牧民眼中，天山红花是"会跑的花"，今年这里开，明年就会跑到其他地方开，据说一片花丛不会连续两年在一个地方开放。前两年我又专程到新源县木斯乡去看红花，但那曾经看过并拍过照的草场已经被围栏围起来，因此没能看到记忆中的那片红色花海。

天山红花又名野罂粟。记忆中的罂粟总是与鸦片紧密地联系在一起，因此对其深恶痛绝，这种情感也影响到她的同类——野罂粟。然而，当我置身于这片火红的花海中，才发现自己是多么幼稚、浅薄和渺小。野罂粟只是一种默默存在的植物，它们只是将美绽放，点亮了这个世界。植物和花朵是无罪的，有罪的是人类心底隐藏的欲望和贪婪。

天山红花为多年生草本植物，正常植株高20—60厘米，全株有硬伏毛，花茎直立，花和全株入药，其药用价值很高，含有多种生物碱，有镇咳、镇静、止泻、镇痛等作用，能治疗很多常见病。

哈萨克族牧民自古以来就在伊犁大草原上放牧牛羊，繁衍生息。他们年年岁岁看着野罂粟发芽生长开花结果，在漫长的时光中与之长相厮守。在他们眼中，这些野罂粟是神灵的舞蹈，是天空举办舞会时遗落的火焰。在漫长而孤寂的黑夜里，是这些火焰给他们内心以温暖，给他们应对风雨的力量。这些花朵就是神灵的赐予，是神灵对大地苍生的眷顾。

对于草原上的哈萨克族牧民来说，盛开的野罂粟，是一种可以信赖的植物，是驱赶病痛的一剂良药。在漫长的逐水草而居的游牧生涯里，遇到头痛、胃痛、腹泻等病症，他们会采一束野罂粟回来入药，没有人会将这些植物作为利润最大化的对象进行深加工，进而用那些浓缩的精华去麻醉蛊惑人们的心灵和肉体。

正是因为如此，天山红花在哈萨克族牧民的心目中是美和自由的化身。她燃烧的温暖可以化解因疼痛而产生的恐惧，让这些寂寞行走在草原上的人们忘却孤独，忘却黑夜，忘却人世间的疼痛。她是上天赐予人间的火焰。

在伊犁大草原上，我被一朵花的美打动心扉。

高原上那朵勿忘我

进入盛夏的昭苏高原，仿佛撞进了一个世外桃源，一个碧草和鲜花的世界。尤其是雨后，鲜亮亮的绿色深深浅浅地伸向天际，五彩缤纷的山花烂漫盛开，金黄的灯盏花、洁白的野百合、大红的莱丽花，以及许多不知名的花儿热烈地开放着。

车子走近连绵不绝的沙尔套山脚下，突然前方山坡上浮现一片片淡蓝色的"云彩"，远远望去，犹如伊人遗落在草原上的一方丝巾。与鲜艳热烈的野花相比，她是那样安静、朴素。

同行的七十七团林场场长范西安说，这种花叫勿忘我，生长在海拔较高的地方，不惧风雨，不怕骄阳，并且是一丛丛、一片片地集中连片生长，山坡上只要有她，便不会有裸露的岩石和土地。

"勿忘我"，原来这就是勿忘我。早就知道花名，但却一直不识真面目。我急急下车向山坡上那片勿忘我奔去。

勿忘我长得并不高大，枝叶丛生，叶片细小而厚实，灰绿色，茎秆上发多枝，枝上花朵细密，顶上的花朵还未开完，下面的花蕾已然初绽。每朵花都有五个花瓣，呈圆形，大小如米粒，看上去细小、单薄，弱不禁风，但却倔强地立在风中。近看清淡的蓝色近乎白色，然而，一丛丛花挤挤挨挨在一起，便成了一片淡蓝色的云霞，蔚为壮观。

沿河上行，我们走进了位于沙尔套山脚下的哈桑边防连。"哈桑"是蒙古语，意为"狭窄"。连里的战士们说："我们自己总结这里的气候是冬长无夏天，春秋紧相连，山区多雷雹，河谷有严寒。"别说还挺押韵的。这里山势陡峭，地势险峻，沟多林密，夏季景色奇丽，但也给战士们巡逻执勤带来了许多困难。

哈桑是有名的风口，战士们自己编了句顺口溜形容这里风之多、之大："一年一场风，从春吹到冬。"在这里每天晚上9点至第二天12点都会刮西北风，有时风力高达12级。今年31岁的边防连指导员孙亚兵说，因为风大，连队没有长成的树，所有的树都是朝东南方向长的，成为边防连独特的一景。这里的战士一年四季都得穿着皮大衣执勤。

因为哈桑边防连条件艰苦，边防官兵们长年生活在潮湿寒冷的地方，很多人都患上了风湿、腰痛、静脉曲张等病。因为这里水质不好，不少人还得了肾结石。2006年上级出资为边防连打井，结果打了200米都没有打出合格的水源，后来只好给边防连配备了净水器，解决了这一困扰官兵们多年的难题。即便是如此恶劣的自然条件，边防官兵们也无怨无悔地长年驻守在边境线上，保家卫国，为人民的幸福安宁默默地奉献着青春、汗水乃至生命。

在我刚踏入新闻行业时，有幸跟随两位老记者来到哈桑边防连采访。当时我们一行要深入被人们誉为"雪海孤岛"的哨所 —— 康苏沟哨所采访。

"康苏"是蒙古语，意为"宽阔"。这里曾是古代通往哈萨克斯坦的一个通道，山势险峻，密林丛生，没有人烟，只有窄窄的牧道通往哨所，所有给养全靠牛驮马拉。哨所最早的房子是战士们自己挖的冬窝子，战士们靠烧牛粪做饭、取暖。

1973年4月，这里一连下了近半个月的大雨，哨所上的战士断粮12天，生命危在旦夕。边防连副连长徐全智主动要求到哨所送给养，没想到平日温顺的康苏河此时却水位高涨，水流湍急，挡住了他的去路。为了不打湿面粉，徐全智将面粉袋子扛在肩上过河，却被湍急的水流无情地吞噬，牺牲时年仅28岁。

因为考虑到康苏沟哨所的路途特别艰难，加之我又是女士，并且从未骑过马，边防连给我安排了一匹叫"俄罗斯"的老马。就是这一次之缘，让我对"俄罗斯"有了永生难忘的敬重和怀念。

"俄罗斯"的番号是54号，它血统纯正，身材高大，性格温顺，是边防战士的亲密战友。20世纪80年代末、90年代初，边防连的条件还比较艰苦，战士们吃水要到1公里外的"一桶泉"去拉，到那里全是上坡的羊肠小道。刚开始，战士们牵着"俄罗斯"走到"一桶泉"，将装满水的桶放在它的背上，再牵着它回到哨所。

不多久后，颇通人性的"俄罗斯"就记住了路，战士们只需在"一桶泉"将装满水的桶放在它的背上，它就会稳稳地将水驮回哨所，为战士们节省了不少时间和精力。

由于"俄罗斯"非常聪明、善解人意，因此很受战士们喜欢。一般军马12—15年就必须退役，可战士们都不舍得让"俄罗斯"退役，"俄罗斯"一直在边防连工作到生命的最后一刻。如今，"俄罗斯"的名字和事迹被载入哈桑边防连的连史中。

虽然是第一次见我，但通人性的"俄罗斯"看到边防战士们对我亲热的态度，也大致明白是怎么回事了。它安静地站在那儿，等待我跨上马鞍。我战战兢兢地跨上"俄罗斯"宽阔的背脊，从没有骑过马的我，按照战士们的指点用腿夹紧马腹，开始人生的第一次马背之行。

"俄罗斯"步履稳健，脾气温顺，一段时间后我紧张的心渐渐放松下来，按照战士们教我的办法，用力用双腿夹马肚子。懂事的"俄罗斯"明白这是让它加快速度的指令，慢慢地放开步子跑起来。随着我与"俄罗斯"的熟悉，我们配合得越来越好，"俄罗斯"奔跑的速度越来越快。清凉的风从我的耳边吹过，丛林、草原快速从眼前掠过，那种漫步云端的感觉妙不可言。

在哈桑边防连，有一位非常出名的猪倌曹建平。曹建平是浙江平湖人，2002年入伍前是一名个体小老板，年收入十多万元，因为想在军营里锻炼一下，丰富自己的人生阅历，他报名参了军。令他没想到的是，他刚分到哈桑边防连就当了一名猪倌。尽管心里很委屈，但生性要强的他没有讲条件，服从组织分配。由于勤学习、好钻研，他喂的猪长得快、出肉率高。他同时还承担着种菜、养鸡、养鹅等工作，但每一项工作他都干得非常好。普通人家养的鸡冬天不下蛋，而曹建平养的鸡冬天会下蛋，听说此事的人都称奇。这是因为曹建平经过仔细观察、试验发现，鸡只要冬天不让它吃雪，并加强营养，产蛋就不会受到影响。

因为工作出色，曹建平被新疆军区授予二等功。当班长后因为带兵带得好，他又被新疆军区评为"标兵班长"，再次荣立二等功。由于表现突出，曹建平被部队保送到西安陆军学院上学，毕业后同学们都劝他留在陕西，但他坚持回疆，并主动要求回到哈桑边防连。他说，人要有一颗感恩的心，是连队培养了我，我要回到连队继续戍守边防。

在哈桑边防连成立近半个世纪的历史中，留下了边防战士无数可歌可泣、感人肺腑的事迹。这些真实发生过的故事，一次次撞击着我的心灵。走出哈桑边防连，再次看到山坡上那片美丽的勿忘我，突然觉得，无数可爱的边防战士们就像这一株株迎风傲立的勿忘我，默默地戍守在祖国的边境线上，不惧风雨，不怕严寒。

车子越走越远，可山坡上那片美丽的勿忘我却永远盛开在我的生命中。

又见勿忘我

伊犁，总会在不经意间给你惊喜，给你馈赠，让你终生牵挂这个神奇的大美之地。那一年端午节在伊犁草原上见到的勿忘我，是我此生见过的最为壮观的勿忘我花海。

那年春季的雨水特别充沛，伊犁大大小小的草原、山坡因此早早便绿意盎然，鲜花盛开。往昭苏大草原行进的一路上，道路两旁的山坡上开满了各种野花，一片一片的蓝色勿忘我，远远地像一片片淡蓝色的轻纱覆盖在茂盛的草丛上，使起起伏伏的山坡更加妩媚。

车行至昭苏军马场附近，忽然见路旁边山坡上满是盛开的勿忘我，茂盛之状令人惊艳。长这么大，还从未见过开得如此好的勿忘我，迫不及待地下车奔向山坡。

在昭苏的花事中，最盛大的莫过于随处可见的油菜花，常常是数千公顷的金色条田与绿色的麦田黄绿相间，如同壮观的彩色织锦。而今天，这片蓝色勿忘我花海，让我眼中的昭苏有了另一番景致。

整个山坡全是盛开的勿忘我，密密匝匝，如人工种植一般，中间星星点点地点缀着金黄的野油菜花。勿忘我茎秆细弱，叶片狭长，五片花瓣中间有一圈淡黄色花蕊，在花枝顶端往往有四五朵花簇拥在一起，娇弱的样子惹人怜爱。

一向矜持的我，也忍不住躺在这花海中，与大地与花朵亲密接触。天空湛蓝湛蓝的，几朵白云悠闲地浮在空中，置身花丛中，无边的幸福充溢心间，恨不得时间就停留在此刻。

因为勿忘我植株矮小，只有趴在地上才能拍摄到蓝天、白云，还有若隐若现的油菜花。匍匐在大地上，心里充满了感动，这大自然的丰厚馈赠，我们如何回报？

勿忘我，又名勿忘草，属紫草科勿忘草属，分布于欧洲、伊朗、俄罗斯、巴基斯坦、克什米尔、印度及中国的江苏、西北、华北、四川、云南、东北等地，生长于海拔200—4200米的地区，多生于山地林缘、山坡、林下及山谷草地。它的颜色除蓝、白、红外，还有黄、紫、橙甚至复色。

勿忘我是由英文名称"Forget-me-not"直译过来，勿忘我本身有"永恒"的意思，虽然外形似纸花，但却历来被人们视为"花中情种"，据说在水中瓶插可以保持7—14天，干花可以保持一年，故亦有人称其为"不凋花"，亦称"相思草"，常被青年男女当作礼物互赠，以表达情意。

勿忘我的名称来自一个悲剧性的爱情故事。相传一位德国骑士跟他的恋人散步在多瑙河畔，骑士看见河畔绽放着一种蓝色的小花，便不顾生命危险探身摘花，不料失足掉入急流中。自知无法获救的骑士说了一句"别忘记我"，便把那束蓝色的花扔向恋人，随即消失在水中。此后，骑士的恋人日夜将蓝色小花佩戴在发际，以示对爱人的不忘与忠贞。从此，这种蓝色小花便被人称为"勿忘我"。

蓝色勿忘我的花语是"永恒不变的爱，深情"，将其制成干花后，颜色长久不褪，很适合夹在书中作书签或作为定情信物。在德国、意大利、英国各地，有许多作家将"Forget-me-not"作为描述相思与痴情的植物。人们认为，只要将"Forget-me-not"带在身上，恋人就会将自己铭记于心、永远不忘。

在欧洲，勿忘我生长在水边。而在中国新疆伊犁，这种蓝色小花生长在向阳的山坡上，耐盐碱干旱，只要雨水充沛，便会连片繁殖盛开。自小生长在连队的我，小河边、树林里、山坡上常见这种花，只不过不知道它的名称而已。那时候看到的勿忘我是一小簇一小簇的，不像昭苏草原这样大片大片、一个山坡一个山坡盛开得如此壮观。

现在想来，那是因为连队不是草原，没有它连片生长繁殖的空间。大草原的博大胸怀，容纳了它的成长，给了它丛生的平台。虽然昭苏高原近些年气候干旱，但有一点雨水，这些耐盐碱耐干旱的花儿便会努力生长，不辜负脚下的大地和草原的恩情。灿烂地盛开，就是它们对草原最好的回报。

五月初，再次回到伊犁，发现伊宁市开发区大街两边的绿化带没有郁金香华丽娇贵的身影，代之的是一丛丛盛开的蓝色勿忘我，像一条条蓝色的纱巾，围绕在城市的颈间，柔美、温馨、浪漫。

不禁感慨，来自大草原来自山野间的勿忘我，不仅是低成本的美，还是耐严寒耐风霜令人不费心的美。而在祖国西部遥远的边陲小城，这些来自本土的勿忘我，也许是这里最美最合适的装点。

果花深处阿力麻里

四月春深，伊犁州作家协会和四师作家协会组织本土作家赴六十一团阿力麻里走基层、接地气、赏果花。阿力麻里的千亩杏花早已开过，千亩桃花即将凋零，风景于我没有太大的吸引，能够抽空和文友们相见小聚倒是一件开心的事儿。

一进入通往阿力麻里的柏油路，远远望去，天山支脉婆罗科努山巍峨耸立，连绵起伏，虽是春天，山上依然是白雪冠顶，坐落在山脚下的阿力麻里俨然一座美丽的城镇，绿树成荫，鲜花盛开，花香四溢。

突然，车上有人惊呼起来，看那儿！桃花！黄花！我们顺着手指的方向向右边看，天呐！路边的果园里一片粉红桃花，更令人惊奇的是树下金灿灿的一片黄花，犹如厚厚的金色地毯！在大家的强烈要求下，四师作家协会主席蒋晓华临时调整安排，停车让大家赏会儿花、拍拍照。

车门一打开，大家迫不及待地冲下车，连蹦带跳地冲进果园。走近一看，才知道这金色的毯子竟然是遍地盛开的蒲公英花。从小生长在团场连队的我，蒲公英花是常见的花，也看过连片盛开的蒲公英花，但面积如此之大、如此茂密、如此灿烂的场景还是第一次见。

果园里是不太大的桃树，枝头的花朵零零星星，点点桃红虽然色彩微弱，但却让刚刚绽放新叶的桃枝更加生机勃勃。令人惊诧的是地面上铺满的金色蒲公英花，密密匝匝，汇成金色的花海，那色彩亮得人心里瞬间迷乱，不知所措。

头顶上是浅浅的粉，脚下是灿烂的黄，枝头的新绿虽少，透过枝头的大片湛蓝天空更增添了画面的美。大家急切地入镜拍照，有的或坐或躺在地上惬意地拍照，有的三三两两合影，有的独自找寻美景聚精会神地拍照，忙得不亦乐乎。两位身着白色长裙的文友在黄花绿树的映衬下更为靓丽，大家争相与其合影。

清新的空气中散发着浓郁的花香，分不清是桃花的还是蒲公英花的，蜜蜂、蝴蝶穿梭在花丛中，丝毫不在乎人们的介入。

在领队的一再催促和"后面的果园更美丽"的诱惑下，人们才恋恋不舍地离开果园上车。车子载着我们飞驰，路两旁掠过的是一个个美丽的果园，在大家的惊呼中，领队带我们来到路旁的另一块果园。车未停稳，人们已经迫不及待地跳下车，冲向红、白、黄秾丽色彩相间的果园。

这是一片桃树、苹果树混栽的果园。靠近公路的是一片桃树，刚刚冒出新芽的树上满是怒放的桃花，地面上遍布金色的蒲公英花。虽然刚刚从一块果园里出来，但这里令人震撼的美景对大家的诱惑还是那么强烈，惊叹、拍照、留影，或坐在果树下，或站在果树旁，或单人秀，或三五合影，乐此不疲。

往里走走，便是一片桃树和苹果树混合栽种的区域，红艳艳的桃花在洁白的苹果花的映衬下更加艳丽。蓝天作背景，绿树红花白花相间，坐在厚如绒毯的地上，闻着花香，听着鸟鸣，那份喜悦无以言表，只盼时光静止。

再往里走，是一片苹果树，满树是洁白的苹果花，层层叠叠，花瓣上间或泛着淡淡粉色，鹅黄的花蕊散发着馥郁的香气，引得林间蜂蝶飞舞穿梭。林间一位老妇牵着两只山羊慢慢踱步，与其说她牵着羊，不如说她被羊牵着走。慢慢啃着地上的蒲公英的山羊很好奇为啥它的领地突然来了这么多人，吃几口草便抬头看看忙不迭的我们，不可思议地摇摇头又去吃草了。

　　阿力麻里，从上中学时代至今，我去过无数次，每个季节有不同韵致的美，但最让我心灵震撼的却是这次的赏花之旅，真不愧"中国最美田园"的称号。拥有这样美丽的家园，我们是何其幸福啊。

昭苏大地上的金色诗行

昭苏，是一块神奇而丰美的大地，在这块大地上徜徉最多的、带着黑土地芬芳的词是油菜花、小麦、马铃薯等，一个个人们熟稔得不能再熟稔的词语。这些词语，不仅在昭苏这块黑土地上随意溜达，更是每天穿梭在人们的日常生活中，普通得不能再普通，平凡得不能再平凡。然而，当你把这些词语与昭苏这块大地联系在一起时，把昭苏这块色彩秾丽、线条生动的辉煌大地联系在一起时，这些相貌平平的词语便无比生动、无比灿烂、无比灵动起来。

油菜花，是昭苏大地最具诱惑力的词语。喜爱旅游、对伊犁旅游资源稍有些常识的人都知道，油菜花对昭苏乃至伊犁意味着什么。

那一望无际起伏飘逸的金色，随着大地延宕向天山雪峰脚下，沿着蜿蜒的国境线徐徐铺开，这是生活在这块热土上的人们给大地最美的描绘，也是大地给人类最优美的诗行。

昭苏大地种植油菜的历史无从考证，但事实证明，油菜是最让这块黑土地丰腴而生动的一种植物。我把它称作一种植物而不是作物，是从人文的意义上隐去了农业上和经济上的色彩。因为，它是一种极普通的植物，但却是这块土地上最让人产生灵感的植物，它对人心灵的穿透力、震撼力和影响力无与伦比。

昭苏是新疆重要的粮油基地，由于土地辽阔，气候属高原冷凉气候，冬长无夏，主要种植小麦、油菜等粮油作物。盛夏七月，金色的油菜花海

铺满昭苏大地。而此时，也是春小麦长势最旺的时候，一望无际的大地被这两种颜色主宰，金黄与翠绿交织的锦缎成了夏季昭苏最美的外衣。

于是，每年夏季壮观的油菜花海成了这里独特的景观。国内外许多游客为了一览这一年一度壮美的景色，不远万里从四面八方奔向昭苏高原。不久前，昭苏垦区七十六团的10万亩（6600余公顷）油菜花景观入选"中国美丽田园"十大油菜花景观，是对这一景观的肯定和赞誉。

小时候家里有幅非常美的油菜花油画，被父亲很仔细地用镜框镶起来挂在客厅很多年，那幅画给我的印象非常深刻，惊叹世上还有如此美的风景。

那是一张内地农村的油菜花油画，层层梯田，一缕缕金黄层层叠叠随山势而上，与绿色田块相间，美不胜收，山下河流深静，河流四周是金黄色的油菜花田，一农人撑一叶小舟于水面上。那天、地、人、花的和谐怡然之美，一直震撼和吸引我幼小的心灵，无比向往，后来才知道那是皖南农村的油菜花景观。

同样的油菜花，长在不同的大地上，却成就了不同的风光美景，这是大自然的鬼斧神工与人类的智慧力量的有机结合。

昭苏大地的辽阔，注定这里的油菜花盛开时形成震撼人心的壮丽景观。银色雪峰，黛色山峦，绿色草原，金色大地，是构成昭苏高原美景的主要元素。所有元素都是大气的、厚重的，因而也造就了昭苏景观的气势磅礴。

蓝天白云下、绵延不绝的雪峰下有一片金色油菜花海，一座座红顶白墙的房屋掩映其中，煞是引人注目，一条曲折的小径通往村庄。整个画面唯美至极，新疆大美与江南柔美完美结合，辽阔高原与温馨田园融为一体。这是昭苏垦区七十六团格登新村的一处景观，也成为昭苏高原油菜花景观中最具有代表性的一幅图画。

这样的美景，看一看都是一种幸福的享受，更别说能够徜徉其中了。

我很庆幸自己生活在伊犁，每年夏季都可以前往昭苏，看一看一年来让我魂牵梦萦的大美昭苏。

呼吸着透明的富含负氧离子的清新空气，穿行在黄绿相间的高原上，仿佛穿行在鲜活的动态的画廊里。远处巍峨的天山雪峰沉默不语，静默地注视着你，平坦黑色的柏油路如飘带伸向风光旖旎的远方，任由你欢欣雀跃，把笑声播撒一路。高原的阳光温热地抚摸着你的全身，直抵你的心灵深处，所有的雾霾都随风飘散，你的心境不由自主变得开阔辽远。

从七月初油菜花在茎干上渐呈微黄开始，昭苏高原的绿色大地上便漂浮着一层淡黄色的轻纱，如果恰逢一场淋漓的夏雨，雨后初霁，那淡黄色的云雾便在大地上缥缈，给人如梦如幻的感觉。

细碎的花蕾在阳光的爱抚下安静地走向盛开，小小的花瓣里蕴含着对这片土地无以言表的感恩之情。于是，阳光愈是热烈，油菜花愈是开得热烈。及至昭苏高原最温暖最美丽的七月中旬，油菜花们集体绽放。

在炙热的阳光下，静静站在这无边的花海中，你可以听见花朵们与阳光的嬉戏声，听见她们与掠过草原清风的低声交谈，听见她们身体内部噼啪成长的声音，以及她们内心对自然之神威的膜拜。

油菜花以这种集体盛开的盛大舞姿表达对大地的感恩，那一望无际的金黄如天帝豪爽泼洒在人间的黄金，那热烈的随风摇曳的绝美舞姿像一道道亮丽的闪电，擦去你心灵上的蒙尘。

那一刻，你无法拒绝一朵花如此热烈如此美好的爱情。

那一刻，你就想站在这花海中，与时空与天地成为永恒。

送你一束薰衣草

站在初冬的薰衣草田边，依稀还闻得见那淡淡的香味。

冬天来了，薰衣草被农人盖上薄薄一层土层作御寒衣被，别看在黑暗之中，她们依然能够呼吸到清新的空气，虽然不能随便走动，但没有游人的打扰，她们可以在这个季节召开盛大的讨论会，激烈地争论明年盛开瑰丽的梦想。

正是因为这种敞开心扉的交谈，才让她们的躯体更加紧密地依靠在一起取暖。在数九寒冬里，她们是靠那些灿烂盛开的梦想支撑着生命，抵御着严寒。

冬日里的风像刀子一样，掠过土层，钻进她们的身体里，那种无人能知的疼痛会钻进皮肤、钻进骨髓，四处游走，好在紧接着赶来的雪花会心疼地为她们盖上厚厚的雪被。

没有风的冬日，阳光暖暖地照在雪被上，薰衣草们就会沉睡得更加放松和慵懒，安静得如同婴孩。她们睡着了，甜甜地睡着了，美丽的梦展开羽翼飞翔。

漫长的冬季过去，第一声春雷刚刚响起，惊醒了睡梦中的薰衣草，她们舒展手臂，沿着阳光的影子向上摸索，当拂去身上的覆土后，她们兴奋地面对天空放声歌唱。如果这时候你走过薰衣草田，会惊奇地听到一种唰唰的声音，农人们会说那是薰衣草在唱歌。她们用这种独特的歌舞来迎接春天的盛宴。

带着冰凌的伊犁河水缓缓地流入田中，冰透肌肤的天山雪水却让这些草们精神倍增，骨骼在雪水的滋润下拔节，她们以自己的心灵书写着对这片土地的热爱。

春风吹来了，薰衣草灰褐色的身体开始返绿，绿色像血液一丝丝地向全身流去，当绿色漫遍全身时，碧绿的叶子就会从她们的身体中钻出来，一片，又一片，尖细却顽强地面对天空。

五月末，田间泛起一层霭霭的绿气，薰衣草迎来了生命的花季，顶着一个个花蕾的草们神情怡然地摇曳着那份从容与恬静，让所有慌乱的心灵沉静下来。

别看薰衣草茎秆纤细，但花蕾却密密匝匝地长了一轮又一轮。微风吹来，她们互相拍打着，兴奋地交谈着。伊犁河谷的阳光如同普罗旺斯的阳光一样温暖明净，让她们心情愉悦。这时候，薰衣草会等待生命之花盛开的那一刻，等待神圣爱情的降临。

初夏的太阳将金色的阳光热烈地泼洒在大地上，薰衣草身体里涌动的激情沿着茎秆攀升，当阳光的热量积蕴到一定时，第一株薰衣草花蕾的皮肤开始泛出淡淡的紫色，在阳光的热吻下，不久整个花朵就会完全绽放。

薰衣草盛开了，一株株茎秆上盛开着有序的花轮，一轮轮紫蓝色的小花紧紧挨在一起，构成一垄垄盛开的紫色花丛，蔓延成一片紫蓝色的海洋。

微风袭来，随风摇曳的花朵吟唱着动人的歌谣，而大地则泛起一排又一排紫蓝色的波涛，在六月的阳光下欢笑，伊犁大地弥漫着醉人的香气。

伊犁因为薰衣草独特的味道而变得高雅，并蒙上了一层神秘的紫色轻纱。进入伊犁的游客纷纷在路旁驻足，进入如画如锦的薰衣草田里拍照留念，将这种独特植物的形象楔入自己的生命之中，作为一段不可忘记的记忆珍藏。

有人说，任何花都是有语言的，每一种花语代表着不同含义，而薰衣

草的花语是等待爱情。我想这是有道理的。

　　每当薰衣草集体绽放的时候，那一片片紫蓝色的花海，那朵朵盛开的花蕊，那缕缕浓郁的奇香，让人们心甘情愿地醉倒在薰衣草的怀抱里。于是，有人不远万里来伊犁寻找薰衣草，寻找失落的爱情。

　　金色的余晖如一匹锦缎铺在紫色花朵之上，风抚摸着花朵盛开的笑靥，如梦如幻的气息氤氲着心灵。薰衣草为这些为爱而伤的人们疗伤，倾听他们的痛苦，抚慰他们的心灵，并将太阳赋予的坚韧送给他们。

　　在夕阳余晖照耀下的薰衣草田中徜徉，起伏的紫色花垄如同起伏的心潮，面对这些震撼心灵的花朵，那些曾经埋葬自己的失意、失落和忧伤变得不那么沉重了。

　　每一朵花蕊都映照着薰衣草美丽而坚强的内心世界，薰衣草的紫色花朵为阳光而盛开，为爱而盛开。那些曾经经历的风雨和痛苦，不再日日夜夜地纠缠在生命中，它们将注定会成为盛开路上的一滴能量，为这一季的花海做一个诠释。

　　如果你不信，请来伊犁倾听薰衣草的故事。

伊犁大地盛开的精神之花

深秋了，清晨的大地已铺上了一层浓重的白霜，收割过的薰衣草田里倔强地长着零星的薰衣草田，青绿色的瘦弱的茎秆上顶着小小的花蕾，罩着一层浅浅的紫色。在广袤的大地上，这些孤独的花蕾显得那么孤单，寂寞。心怀爱怜地摘了一枝，随意放在书桌上，一天后，这枝没有一片叶子的花茎成了一枝干花，静静地站在一摞书的旁边。

每当坐在书桌前，铺开稿纸或打开一本书时，下意识地便将这枝花拿起来嗅嗅，熟悉的幽幽的花香沁人心脾。虽然仅有三四个犹如小米粒大小的花蕾，但缕缕低香却源源不断地执拗地散发着，仿佛永无止境，永不停歇。

一朵花，在观赏者眼中只是一朵花而已。而我透过一朵花审视她的成长经历，审视她与脚下这块土地的关系和情感。与她交流、对话，倾听她内心的声音，于是我读懂了她的喜怒哀乐。

在我的眼中，紫色薰衣草花就是伊犁大地上盛开的一朵精神之花。

因为这种紫色的薰衣草花，伊犁被越来越多的人所知，并且有越来越多的人为了一睹"中国普罗旺斯"的风采，为了亲近这种花，跋涉千万里来到伊犁，从此爱上伊犁。

沿着半个世纪的时光向上，我看见那些怀揣沉睡花朵的紫色精灵，从遥远的法国波罗的海岸漂洋过海，在数万里之外的中国西部新疆的伊犁河畔扎下根。远离法国普罗旺斯的高地和阳光，薰衣草寂寞而又孤独，年轻的兵团职工们充满爱怜的目光抚慰着她们，期盼着她们健康成长。

当春风再次拂过大地的时候，河谷湿润的气息唤醒了这些来自异域的小精灵，清澈的天山雪水漫过她们的身体，阳光温柔的手指轻轻滑过她们的肌肤，深情的呢喃细语叩开了她们紧闭的心扉，伊犁河谷清脆的鸟鸣催醒了她们的记忆，蝴蝶蹁跹的舞姿绽开了她们的笑颜。

在爱的滋润下，薰衣草的青春一丛丛绽放，人们为这些神奇的花朵而倾倒、迷恋，这片盛开紫色花朵的土地吸引了五湖四海的青年人，不远万里来到伊犁垦区开创屯垦戍边的伟大事业。

爱成就了薰衣草事业，而薰衣草成就了兵团军垦战士的梦想。仅仅10多年，伊犁垦区大地上，10克薰衣草种子盛开成数千公顷的花海，军垦战士让一朵花完成了她的重大历史使命——彻底结束了中国从法国进口薰衣草油的历史，为国家节约了大量外汇。伊犁垦区也成为全国最大的薰衣草种植基地，伊犁河谷因此成为香河谷。

半个世纪的时光漫过中国西部的蛮荒，诞生了一个"中国普罗旺斯"，我在她的容颜里触摸到波罗的海的湿润气息，海风扬起的紫色裙裾飘飞在田野深处，一垄垄盛开的紫色花丛散发着摄人魂魄的光芒，整个天空沉醉在馥郁的香气中，大地上处处盛开着甜蜜的爱情。在这些日渐模糊的时光里，还有无数渐渐离我们远去的老人，他们用一生的岁月诠释着对薰衣草的挚爱，诠释着对脚下这片土地的热爱，一年盛过一年的紫色花海就是他们无声的誓言。

半个世纪以来，薰衣草花成为兵团第四师最具代表性的意象，也成为支撑一代代军垦战士用青春用生命坚守祖国边陲的精神支柱。这朵在伊犁大地盛开的精神之花，以她独特的魅力默默地、执着地浸润着与她亲近的每一个人的心灵，并且撞击着无数文人墨客、摄影师的灵魂，让他们在伊犁大地上留下最美的诗篇、最美的文章、最美的影像。

每一朵花都有它的世界。薰衣草花的世界是让人们看到她紫色的微笑。

向着一株草的方向

认识薰衣草的过程，也是追寻自己内心的一个漫长过程。

从来没有如此专注地审视过这样一株草，以全身心的投入，去接近、了解、感知薰衣草。

薰衣草的细胞在时间里迅速裂变、成长、繁殖，最终，蔓延成一片片紫色的花海。

从一株草到一个产业，中国薰衣草用了半个世纪的时间。

在中世纪，薰衣草不仅因可以洁净身体和心灵的功效而备受人们推崇和喜爱，还因其动人的传说和"等待爱情"的花语成为纯洁爱情的象征。随着时代的进步和发展，人们却变得越来越功利和世俗了，纯洁的爱情在房子、票子、位子等筹码的挤压下逐渐变形变味。如今再谈到纯洁的爱情，就会被人视为异类。这是社会发展的幸事还是悲哀？

随着工作生活节奏的加快，我们的身体和心灵都在尘世中奔波和纠结，身处喧嚣的都市，却渴望着田园的纯洁和安静。于是，成群结队的人逃离都市，奔向大自然的怀抱。

当人们历尽艰辛地寻找那一片紫色的天堂时，我却幸运地坐在门前的薰衣草田里，享受与一株草一朵花的对话。

穿行在繁花盛开的季节，我的心灵一次又一次被紫色花海所震撼。而当我一次又一次面对繁花落尽的沉默花田，却有一种遥远的明净、澄澈抵达心底。

约翰·克利斯朵夫说:"真正的光明绝不是永没有黑暗的时间,只是永不被黑暗所淹没罢了;真正的英雄绝不是永没有卑下的情操,只是永不被卑下的情操所屈服罢了。"

在漫长的一生中,与躯体前进的一定是精神,我们需要真正的精神之光的照耀。否则,任由我们的肉体在岁月的利刃中凋零,这样的人生是何其苍白!

行走在尘世中,我们是一个个平凡而渺小的人,但这并不影响我们对精神世界的永恒追求。一个人的一生,也是一个与外界斗争与自我斗争的艰苦过程。如果永远屈服于卑下,也许我们将永远找不到人生中的光明。

我常常在思考,一株薰衣草,象征着什么。

有一天,突然豁然开朗,她不就是兵团人的象征吗?她不就是兵团精神的象征吗?

她在戈壁荒滩扎根,惊开了亘古荒原沉睡千年的梦;她在天山脚下生长,敛聚了雪峰的雄浑之气;她在西部边陲盛开,继承了万千军垦战士戍守边关的使命;她在冰天雪地中坚守,只为曾经的誓言;她在烈日骄阳下盛开,给世界献上最美的花朵和最浓的精华……

薰衣草在这漫长的时光里成长,同样成长的还有根植于这块土地的一种精神。

一株薰衣草,代表着一种顽强不屈的精神,就像我们的父亲在荒原上耕种希望,用刻满老茧的大手描绘出一片又一片绿洲;就像我们的母亲在戈壁滩上织锦,用佝偻的身躯使我们的家园日益美丽温馨。生命中的风风雨雨,都没有让他们怯懦;生命中的坎坎坷坷,都没有让他们退缩。

一株薰衣草,代表着一种方向。

从五湖四海走向这里,从历史深处走向这里,从苦难中走向幸福,我们的父亲母亲用青春、用汗水、用智慧、用生命、用一生的时间追寻一个方向,一座座欣欣向荣的城镇,一块块生机盎然的条田,一条条坚如磐石的边防线，记录着他们走过的足迹走过的岁月。

时光会老，老去的是容颜和身躯，留下的，却是血脉里永远涌动的激情和代代相传的责任和使命。

向着一株草的方向，灿烂的阳光照在我的心中。

穿过开花的城市

在博大辽阔的新疆，可以说没有一座城市可以像伊宁这样在春天如此浪漫地盛开。这是一座会开花的城市，杏花、苹果花、桃花、榆叶梅、丁香花及许多知名不知名的花儿，从残雪还未消融的三月初就可以看到次第开放的各色花朵，空气中始终弥漫着或浓或淡的花香。

因为新疆严酷的自然环境，居住在这里的民族对植物的依赖和情感更超越其他地方的民族。在新疆，只要有人居住的地方，就会有植物和花朵的身影，田畴沃野边有高大笔直的白杨，沙漠戈壁边有耐旱耐风沙的胡杨，盐碱滩边有坚韧的沙枣树等，河谷边有一望无际的次生林等。而无论走进哪个庭院，你都会看到盛开的苹果树、杏树、葡萄树及刺玫花等各色花卉。

伊宁是新疆所有城市中自然地理、先天条件最好的一座城市，因为地处亚欧大陆有名的"湿岛"——伊犁，这里少了一些新疆的粗犷气质，多了一份江南的秀丽、柔美。

伊宁的春天，没有沙尘的侵扰，没有暴风的劫掠，带着江南阴柔气质的细雨轻轻地触摸着她明丽娇柔的脸庞，散落在城市周边的片片果林如同她白皙透明会呼吸的肌肤，密布在城中小巷的果树则是暗伏在她身体中的生命脉络。

穿行在春天的小城中，我能够细腻地体味到她寂静的、幽密的独特气息。

　　杏花是这个城市最早报春的花朵。伊犁河谷气候温和，土壤肥沃，是新疆有名的瓜果之乡，盛产苹果、杏、桃、李等多种水果。伊犁大白杏和位于阿力麻里古城的吊树干杏非常有名，杏树是伊犁河谷最常见的果树之一，因此，杏花就是三月伊犁最耀眼也最常见的花朵。

　　此时春雨霏霏，万物刚刚复苏，三月的春风中还带着些许寒气，但在小城我们也能看到"杏花春雨江南"的秀丽景色，与河谷之外新疆辽阔粗犷的气质呈鲜明的对比。

　　在伊宁这座小城，城郊和城中处处可见杏树婀娜的身姿。20多年前，我刚迁居来这里时，随处可见密布的郁郁葱葱的杏林。特别是那些隐藏在小巷深处的杏树和蓝门白墙的维吾尔族民居，常常勾起我无限的向往。

　　每年春天，都会与扑面而来的杏花相遇，她们是我们生活中再熟悉不过的花朵，但那些集体绽放的丛丛繁花还是每每让我为之感动，朵朵盛开的花瓣，表达的是对生命的尊重、热爱，对普照万物的阳光的深深感激。

　　甜美的果实是慰藉尘世中苦苦寻觅和行走的人们的美好圣物，是天地赐予人们的礼物。因而世代居住在伊宁的人们对果树的热爱超乎寻常，伊宁因此成为新疆历史上有名的"苹果之城"，城市被无数大大小小的苹果园环抱，通往外界的几条大道两旁也栽种着密密的苹果树。

　　这是一个藏在果园中的城市，城中居民家中、小巷两旁多有苹果树，间或几枝开满花朵的树枝伸过墙头，"满园春色关不住"的意境，不由得令人对小巷深处的幽静和古朴充满无限向往。

　　每年四月下旬，杏花刚落，藏在城市中的苹果花便在枝叶中绽放，红色的、粉色的、白色的、黄色的，极为壮观，街道成了花朵的溪流，城市上空弥漫着香甜的花香。漫步小城中，幸福俯拾即是，就像晨光中绽放的花朵，层层叠叠抵达你的心灵。

　　而城市外围大片大片的果林之上，层层繁花如云如霞。沿着花朵的指引，我们走在通往天堂的道路上，花朵的尽处就是滋养我们身体和心灵的

伊犁河。

我喜欢在黄昏时候牵着儿子的小手，穿行在幽静的小巷中，体味那曲径通幽的感觉，欣赏每一朵花绽放的美丽，分享果实们安静长大的快乐。小巷中的人家有维吾尔族、哈萨克族、塔塔尔族等多个民族，但无论走到谁家门口，他们都会热情地邀你进院中喝茶。你若是被他们门前树上的果实所吸引，他们都会大方地请你随意品尝枝头上的累累果实，那些金黄的杏子、或白或黑的桑椹、红红的樱桃、紫黑的李子及海棠果、各种苹果们，让我深刻地感受到生活的甜蜜。

近几年，随着城市建设力度的加大，小城变化越来越大，像一个变得越来越靓丽的姑娘，街道越来越宽，高楼越来越多，小区的功能变得越来越多，小巷越来越漂亮。尤其值得一提的是大街小巷引种了许多种新品种花草，甚至高贵典雅的郁金香也落户小城，从春到夏、从夏到秋，城中随处可见各色盛开的花朵，姹紫嫣红，令人目不暇接，成为人们生活中一道亮丽的风景线。

穿过开花的城市，满目绽放的花朵，让我们感受到生命的幸福和愉悦。我们亦如这无尽的繁花，选择了脚下这片土地，便会为之无怨无悔地付出，最后与这片土地融为一体，彼此成为生命中不可分割的一部分。

风过唐布拉

唐布拉在我的心中一直是一个飞翔的梦。因为它是伊犁有名的"百里画卷"，这里雪峰云杉交相辉映，高山白云相依相伴，芳草萋萋，流水滔滔，似人间仙境，绵延百里。夏秋季节，许多游客前来这里感受奇异的草原风光，在白云碧草间放逐自己的心灵。

而唐布拉于我则是一个梦中向往多年的圣地。冬末时节，终于有机会踏上奔向唐布拉的旅程。此时的尼勒克县城就像一个婴儿卧在遥远的群山中，静默地等待我的到来。

冬雪还未完全融化，薄薄的残雪坚韧地覆盖着层层叠叠的山峦，就像夕阳守候着大地不肯离去，但却又是那么无奈。朝阳的山坡上呈现出一片一片的土黄色，枯黄的干草在瑟瑟的风中摇曳，向阳光诉说着一冬的寂寞。喀什河温婉地环绕着群山，蜿蜒流向大山深处，一块又一块的冰凌随着汹涌的波涛流向远方，在阳光的抚慰下渐渐融化，直到彻底融入水中，与大河共舞。

到唐布拉要穿过乌拉斯台。这个意为"白杨沟"的蒙古语词包含了许多神秘。有人说车过乌拉斯台时会有150多个弯，我们不信，于是坐在车上认真地一个个数。车子驶上第一个弯，紧接着就一连串过了10多个急转弯。时间就在这认真中悄悄滑过。当我们盘旋着到达山顶时，恰数到第50个弯。就像在亿万年前的海底世界穿行，我们在一个又一个略微有些晕眩的时光中绕过了一个又一个弯，出山口到达乌拉斯台乡政府时恰巧是

150个弯。

　　乌拉斯台，蒙古语意为"白杨沟"，据说是当年成吉思汗率大军经过时起的名字。虽然现在少见白杨，但数百年前成吉思汗的铁蹄踏在这片黑土地上发出的隆隆蹄音仿佛仍然萦绕于耳畔。出山的路上有三三两两等车的哈萨克族或蒙古族牧民衣着光鲜的衣服望着阳光那端的路，金色的阳光洒在他们充满了期盼的眼中。

　　穿过雪山沟，往前不远就是唐布拉。还带着冬意的唐布拉，没有盛夏的喧闹和缤纷色彩，就像一个素静的女孩，有些瘦削又有些忧郁，唱着一首忧伤的情歌。

　　一片片的雪，就躺在偌大的唐布拉的怀中，轻轻地一下一下地撕着时间的纸片，金色的阳光泼洒在雪和草的身上，带着铜的气息。此时的草原是寂静的，没有马的呼吸。突然感觉冬日的唐布拉也是一个天堂，一个没有人抵达的天堂，它静静地沉睡在世界的末端，遥远得没有人能够抵达，草原上纯净的雪和风就是天堂的舞者，风中穿行的是哈萨克族歌手略带忧伤但却深情的旋律。歌和舞都在穿越千年时空，歌和舞都在演绎动人传说。也许，我的梦就在不经意间落在了唐布拉。

　　傍晚的风是冷的，炉火映红了哈萨克族牧民被寒风吹红的脸颊。我醉倒在冬不拉优美的旋律中，一曲《故乡》从心底流出的呼唤，"谁不热爱自己的故乡和母亲，总会思念，心情越来越惆怅……"歌声来自草原深处，带着山谷的回音，歌声里有青青的山峦、青青的草原、盛开的鲜花、潺潺的流水……草原的气息深入哈萨克族牧人的血液之中，草原即是母亲，母亲即是草原。

　　哈萨克族的谚语说：歌和马是哈萨克族人的两只翅膀。这两只翅膀让藏在深山绝密之处的唐布拉飞翔起来。雪落之前，一群群来自世界各个角落的游人乘着风走了，带走了五彩的唐布拉，留下哈萨克族的歌声和冬不拉忧郁的琴声。

雪来了，铺天盖地，世界静寂无声。

风吹过唐布拉的上空。

我看见一棵草睁开了惺忪的眼睛说：春天来了。

唐布拉秋韵

　　唐布拉被誉为"百里画廊"，多次到过唐布拉，都是在六月至八月所谓唐布拉最美的时候，叠翠的山峦、奔腾的河水、葱郁的松林、缤纷的野花，莫不令人心醉。但我一直深刻地在心里记着一张照片，那是一张被我命名为《唐布拉秋韵》的照片，它让我对自然之美有了更加深刻的认识。

　　有一年十月中旬去唐布拉。在伊犁，这样的季节一般是没有游人了，景区的服务人员在"十一"国庆节前都撤下山了。

　　我以为唐布拉的秋天一定是阴冷的、寂寥的，当我在秋雨中面对唐布拉时，才发现自己错了。秋色中的唐布拉处处是美景，处处是色彩秾丽的油画，银的雪峰、金的秋叶、静的小河……就连飘过头顶的细雨也那么富有诗情画意。

　　唐布拉的美风韵天成，有人调侃说，手中的相机掉在地上，捡起来一看，镜头里呈现的就是一幅非常美的照片。这也从一个方面说明了唐布拉的美俯拾即是。

　　穿行在深秋的唐布拉，仿佛在画中行，处处都呈现着诗意的美，真不虚"百里画廊"之誉。与盛夏时节不同的是，此时尘世的喧嚣已随游人的远离而消失，她的美独自盛开，尽管没有游人惊羡的目光、流连的足音，但她依然寂寞盛开。她的盛开，不是为了那一声惊叹，不是为了那一道目光，而是为了自己的生命。

　　与夏季唐布拉的喧闹不同，秋风中的唐布拉丰腴而厚重，草原、高山、河流、野花 …… 一切都是那样安静，只有河流缓缓流过的声音，风与树叶喁喁私语，还有偶尔飞过天空的一只苍鹰羽翅击破气流的声音。

沿着河流走到唐布拉中段，远远地便见路北面的山峰与众不同，灰色的山石向上耸立，险峻奇丽，从山脚下呈"之"字形的上山的石梯陡而长。"小华山"是唐布拉一景，因山势陡峭，形似华山，而被当地人称为"小华山"。

向导说，"小华山"是唐布拉海拔比较高的山，又处于唐布拉中段，上到山顶风光更是独特。在这句话的激励下，同行的人都热情高涨地开始爬山。

"小华山"真不愧此名，的确很陡峭，走了不一会儿腿就开始发抖了。站在半山腰上欣赏风景，突然路边一丛烈焰般的红闯入眼中，在一片略带秋黄的草叶中分外显眼。秋天，因为寒露深重，秋风萧萧，草木开始枯萎，令人渐生悲凉之感，而这烈焰般的红叶，那么红，红得没有一丝杂色。

在如此深凉的秋天，能见到这烈焰般的红叶，不禁令人惊诧。这种草我叫不上名字，但在夏天时在野外见过，跟其他草一样，是浓郁的绿，所以并不引人注目。我知道，深秋的火红之后，它会像所有落叶一样回归大地，将所有的一切全部化作护花春泥。

一路上走走歇歇，随着不断登高，身边的风景也在不断变化，最终，当我们站在山顶上时，人群中发出一片惊呼声：太美了！

远望"小华山"险峻陡峭，及至山顶才知道，竟然是一片开阔平坦的草原，真可谓"空中草原"了。站在"小华山"顶，南望唐布拉大草原，河流潺潺，重峦叠嶂，青松林立，造型别致的度假山庄坐落在鲜花盛开的草原上，红色的屋顶点缀其上，让草原显得更加鲜活灵动；北望远方，北天山银冠戴顶，一列列山峦迤逦伸向远方，因为刚下过雨，脚下云雾缭绕，仿佛置身仙境，不禁慨叹，人们总在梦中追逐心中的天堂，其实天堂

就在我们身边。

下得山来，车子往前行不远，向导将我们带到路旁一处胡杨林，让我们停车驻足观景。这里的胡杨林虽没有南疆沙漠中的胡杨叶片那么金灿灿，但已是黄绿参半，秋意浓浓了。更吸引人的是，一条小河静静地穿过树林流向远方，地上落叶缤纷，一条枯死的树干倒在河边，更增加了此刻的苍凉。这种秋的意境，让你瞬间无法用语言来形容，简直就是一幅绝美的油画。

大家纷纷上前合影，我也很俗套地在这张心仪的美景里做了个装饰，为的是永远留下这美的瞬间。于是，就有了这张被我命名为《唐布拉秋韵》的照片，它带给我的不仅仅是一种安静的美，更有一种深远的意味值得再三回味。

在伊犁，只要心静，美景俯拾即是，无论春夏秋冬。这也许是我深爱伊犁的一个重要的理由。

伊犁河畔秋意浓

金秋十月的最后一天，相约几家好友，在伊犁河畔游玩，钓鱼、烧烤、捡石头，享受秋天的美好。

下二桥（伊犁河特大桥）往右拐，车便驶上伊犁河南岸景观大道。道路两旁的密密的新疆杨如身披金色铠甲的卫士，静默而立，地上已经落了厚厚一层金色落叶，如地毯一般。几辆小轿车停在路边，几家扶老携幼的游人正在树林里认真地用树枝扒拉落叶，希望捡到野蘑菇。

宽阔平坦的景观大道沿伊犁河蜿蜒向西而去，河水平缓，河中的灌木丛已由夏日的碧绿转为红黄色，绿色还未全褪去，最上面的树叶呈红色，其次是金黄色，将浑黄的水流衬托得生动起来。

在层林尽染的掩映下，河对岸醒目的是伊宁市的几栋高层住宅楼，东北部是市政府楼群，隐隐约约的小城远影，宽阔的景观大道，日渐美丽的建设景观，使相伴了20年的这条河流越来越有现代的气息。

在这个小城生活了近20年，一方面总是忙忙碌碌，另一方面以前伊犁河两岸没有加固绿化时行走不便。近几年伊宁市加大对河两岸景观带的建设，坚固的大堤拦住了桀骜不驯的河水，春夏秋三季两岸鲜花盛开。沿岸开起了很多家渔家乐、农家乐，周末到河边钓鱼、休闲、娱乐的人越来越多。

我们活动的地点是一家叫"捕鱼达人"的渔家乐，沿景观大道旁有3个鱼塘，塘周围是茂密的芦苇、灌木丛。一人高的芦苇已经完全发黄，微风吹来，梢头的芦花随风摇曳，与波光粼粼的宝蓝色水面相映成趣，成为一道亮丽的风景。塘边有几株河柳，树叶已呈黄色，枝条却出奇地红，像是用红油漆染过的，红亮红亮的，在色调渐趋暗淡渐趋萧瑟的秋天显得异常耀眼。

鱼塘主人在凉棚底下摆了几张桌椅，便于人们休憩。拿出新鲜的羊肉、水果、零食等，胖哥袖子一挽："我来！你们女士就负责嗑瓜子、捣闲话吧！"女人们乐得有"偷得浮生半日闲"的惬意，当仁不让地坐在一起泡茶、嗑瓜子、聊天了。切肉、腌肉、剖鱼、腌鱼、生火……男人们忙得不亦乐乎。秋阳暖暖地照在身上，一切都是那么美好。

吃得太饱，我们几位女士相约去散步、捡石头。伊犁河边，最不缺的就是河滩上冲刷了亿万年的石头了。因建景观大道，路边堆了无数石砾，便道上处处是新垫的砂石，我们一边漫步欣赏风景，一边捡石头。

这里可是散步的好地方，空气清新、湿润，在景观大道上散步，沿途可观赏伊犁河美景；沿鱼塘边散步更好，沿塘边是可容两辆车并排行驶的沙石便道，路两旁长满了灌木、芦苇、河柳，夏季郁郁葱葱，秋季黄绿相间，随风摇曳的植物形态各异，每一种姿态都体现了属于自己的美。

因为是河石，大小石头多表面光滑，我们捡了很多圆如镜、扁平光滑的石头，有黑色、赭色、蓝绿色等。突然，我发现一个形似女式尖靴底的石头，底有浅浅横纹，恰似鞋底的花纹，跟部略凸起，像女鞋的酒杯跟。送给喜欢的女友，女友爱不释手。不一会儿，又发现一块形似男鞋的石头，送给女友与女鞋石配成一对，仿佛一对男女同行的足迹，看上去也蛮有意思。

一块小小的黑色石头，因为身上的白色花纹跳入眼中。虽然高不过2厘米，但如一座山峰，凸凹不平，奇特的是一条白色花纹从山顶穿过，从山顶部直下到底，如同一条微缩版的瀑布，真有"飞流直下三千尺"的意境。另有细细白色水流从旁边左迁右回，从山顶落下来，一部分白色花纹从山顶向石背面倾泻而下，在一角形成一片白色区域，如水流汇成一汪清泉，中间一块黑石，如同湖中一石。整块石头左右均可见细细的白线自上而下，曲曲折折落到石底，宛如飞流从天而降。一块小石，却若一幅灵动的山水画，令人无法不感慨大自然的鬼斧神工。

还有一块色如紫泥的长条形石头，两面光滑如丝绸，形如一枚带壳花生，握在手中滑润异常，根本不像是山野中经风历雨的石头，更像是专门烧制的陶器。石底面平整，上部如山峰隆起，横看如空中鸟瞰的起伏山峦，竖看握于手中的手把件，边缘还有弯曲处，刚好便于手握，真如一块手捏的泥件，放火中烧制而成。

女友捡了一块10多厘米长、拇指粗的石头，石身光滑，我们称它为玉兔捣药的石锤，非常形象。还有状如鹅头的、形如猪头的，形形色色，捡了一大堆，女友2个裤子口袋装满了，不停地往下坠，我们提醒她裤子别掉下来。看她一手提裤腰，一手紧抱满怀石头的可爱样子，大家哈哈大笑，笑声惊得芦苇丛里的野鸭一只只飞起来。

远远地飘来烤羊肉的香味。男人们扯着嗓子唤自家的女人回来吃饭。焦黄冒油的烤羊肉串散发着浓浓的香味，吃着喷香的烤羊肉，喝着热气腾腾的普洱茶，看人们塘边垂钓，同行的两位70多岁的老人也高兴得乐不思蜀。

一位钓友的钩被一条大鱼吃了，看他站起来焦急而兴奋地收鱼竿，男人们都激动起来，七嘴八舌地指挥他：站起来！慢慢收！热心的胖哥赶紧飞奔到凉棚底下，抄起一鱼捞前去支援。钓友费了好大劲把鱼拉近岸边，胖哥手疾眼快，早早将鱼捞侍候上前，把鱼捞了上来。看着大鱼在网中活蹦乱跳的样子，大家纷纷猜测有多重，激动地拥着胖哥前去称重。2.9公斤！哇！这可算得上当天的冠军了，大家比那位钓友还要兴奋，嚷嚷着让鱼塘老板给冠军免单。

不知不觉，夕阳西下，我们漫步河边，边捡石头边往回走，老人们也加入这个行列，直到夕阳完全沉落地平线下，才恋恋不舍地上车回家。

美丽的伊犁河，随着飞驰的车轮驰出视线，但一幕幕温馨浪漫的场景，却永远定格在记忆中。

赛里木湖的眼泪

在天与地含泪热吻之后，一滴巨大的泪珠掉在了白云缭绕的果子沟的顶端。

于是，伊犁的高山之巅就有了一个美丽的赛里木湖，几千年来无数忧伤的爱情故事迷醉了每一个从她身边经过的心灵。

从此，每一个进入伊犁的人，第一眼就会被这个蓝宝石般的眼神灼伤，爱情从此随着你的行囊在他乡的天空飞过。

赛里木湖，以她晶莹的圣洁之美，洗濯尘世的污浊，让所有经过的眼睛走出心灵的迷雾。

在伊犁人的心中，赛里木湖是一剂医治心灵伤痛的良方。

在忧伤环绕的春天，来到赛里木湖，就是登上了走向天堂的阶梯。在伊犁，没有比她更为冷峻、清明的水了。无论身边走过多少繁华和喧嚣，她总是以静默的姿态等待着一个故事，碧波之下与岁月磨砺了千万年的石子依然在沉睡。还有与她长年相伴的雪山青松，夏季盛开的缤纷繁花，都能够直达你的心底，震撼你的视觉。

多少次，走过赛里木湖的身边，我的心都会被她澄明的眼神所震颤。在这个喧嚣的尘世，还会有谁的眼神如此纯净？还会有谁能在纷纭世事中等待一个没有结尾的故事？在爱情已成为一些物质的代名词的今天，还有谁会像她一样珍藏着爱情的只言片字？

多少次，在赛里木湖的身边静坐，我的心都会被她静默的透明所覆

盖。对于很多人来说，赛里木湖如若一位多情女子，沉浸在爱情之水中。然而，在酒与肉充斥的蒙古包里，在觥筹交错的喧闹中，在欲望与生存的倾轧中，有谁愿意倾听来自碧波拍岸的声音？有谁愿意抛弃功名利禄与来自天堂的空灵之音对话？

多少次，与赛里木湖的每一次对视，我的心都会被她的深邃的思想所折服。在这个浮躁的世界，还会有谁能保持一种沉静的心态，静对每一个岁月轮回？还会有谁能拨开眼中的云翳，审视大地苍生的每一度春夏秋冬？

赛里木湖的眼泪，滴落了无数个美丽的爱情传说。

如果有一天，你再次来到赛里木湖的身边，那千年琥珀做成的泪珠，一定会滴落在你的心尖，浸湿你的双眼。对于你的人生来说，爱情从今天才开始启程。

库尔德宁的目光

与库尔德宁的目光对视，一种光芒穿透你的心灵。那是来自自然的天光，把你心底的浮躁燃成灰烬。

在我的记忆中，库尔德宁就像一位刚被人撩开纱丽的异域美人，她羞涩的惊慌的目光是如此纯净，足以覆盖世人混沌的心灵。

在炎炎夏日，人们纷纷寻找能让心灵栖居的处所。库尔德宁，千百年来藏在崇山峻岭中间，关于她的一切只是许多美丽的传说。在众多诗人的心中，她是一个绝美的梦中情人，等待着你跋千山涉万水去追寻。

那一年的夏日，我与库尔德宁的目光相遇，刹那间，呈现在眼前的巨大画卷让我的心掀起惊涛。

森林之于雪山，草原之于河流，清泉之于奇岩，野花之于蜂蝶，都展现着自然的鬼斧神工和浑然天成。

仰望高入云天的松杉，看它笔直的躯干直指苍天，仿佛在诘问苍天，那一代天骄成吉思汗金戈铁马的滚滚尘烟是否还有踪迹可寻；俯首奔涌的雪水河流，九曲回环，令人想起千年前汉家公主与乌孙国王的缠绵悱恻；看雄壮的天马在草坡上闲庭信步，全无千百年前骑马驰骋疆场的隆隆蹄音；看山花烂漫，蜂飞蝶舞，山泉潺潺，令人流连忘返。

在库尔德宁，不经意间你就会遇见一个传说千年的美丽故事，甚至会撞上一个让你心灵跃动的哈萨克族姑娘，在你的心弦上弹起优美的音乐，让你无从分辨是历史还是现实，是真实还是梦幻。

事实上，库尔德宁本身就是历史风云和大自然创造的一个神话。

在库尔德宁，森林、草原乃至一缕炊烟，都会给你带来惊喜。如果恰逢一场夏雨，在静寂的山间，你能听见一个个白如玉花的小蘑菇发出的叽叽喳喳的嬉闹声。在草丛里，在树根下，在花朵下，它们骨骼拔节的声音吸引着你的目光。

在库尔德宁，遍地野花的灿然在一瞬间占据你的心灵。如果在清晨，那一缕缕清香萦绕于鼻息间，唤醒你的梦，又在寂静的夜晚拥着你的孤独入睡。

在库尔德宁，河流永远吟唱着悠扬婉转的哈萨克族民歌，时而荡气回肠，时而柔情万千，时而豪迈奔放。其实，它是在向在水一方的情人倾诉衷肠，尽管那是已重复了一千遍一万遍的话语。

在库尔德宁，看神态各异的石头在冰山雪水的冲击下泰然自若，看空谷幽兰在绝壁之上神情怡然，看鹰击长空划破草原上空的寂静，看牧马扬鬃奋蹄牧人纵马驰骋的英姿……

在库尔德宁，唤醒你心底最柔软最脆弱的，恰恰是定格在眼眸深处的那一片风景，那是一种你无法不被之感动的澄碧，它让历经岁月长河的尘土不再飞扬，它让落定的尘埃不再承受裸露的痛苦，它以一种大美的胸怀拥抱一切尘世的苦难，它是一片让你一生都不能忘记的风景。

在库尔德宁，有看不完的风景等待着一双眼睛去发现惊世之美。

行走在夏塔的风中

　　夏塔，是一个登上西去天堂的阶梯。

　　来到夏塔，你就是为自己打开了一扇通往心灵净土的门。

　　七月，我来到夏塔，一路伴行的是大雨后的凉爽。夏塔，像一个醉卧在天山脚下的高原之子，清晨还未睁开惺忪的睡眼，阳光已洒满了额头。他打着呵欠，伸手将将额头上的野草，野草、野花便顶着晶莹的露珠在睡梦中醒来。

　　夏塔的风带着青草的气息、野花的幽香和冰峰的凉爽。走在夏塔的风中，天和地之间用宝石般的蓝色和翡翠般的碧绿隔开，所有的色彩在夏塔都是透明的，不染纤尘的。

　　在盛夏的酷热中，夏塔则像是一个开着巨大空调的梦幻画室，色彩斑斓。夏塔的美，是一种层次分明的美，是一种大气壮丽之美，是一种摄人心魄之美。

　　一位爱好摄影的朋友在夏塔守候了很久，终于在一个阳光明媚、鲜花盛开的日子，于一个极佳的角度把冰山雪峰、夏塔古道和缤纷繁花的绝色之美定格在他的胶片上。当一些搞摄影的人们看到这张片子时惊呆了，非说这是一张电脑合成的片子。朋友轻轻一笑，不再多解释，因为这美景是很多人一生可遇而不可求的，遇到了是他此生的幸运。

　　夏塔，在一个人的生命中是一段美丽的经历。也许夏塔不能给你最现代的享受，可是在这时你会有一种心灵的宁静和淡泊。这里的人和这里的

风一样，不事雕琢，不假妆饰，甚至不善谈笑，但他们的眼神、他们的朴拙，袒露着另一种自然。

　　在夏塔的风中行走，你会忘记一些伤痛，一些生命的划痕，在充满青草气息的风中化蝶而去，你会背着装满风的行囊继续到达下一个驿站。

最后的俄罗斯手工列巴店

她静静地站在这里30个年头了。

蓝色斑驳的木门依旧，门楣上方小小的招牌依旧，门上悬挂的铜铃依旧，屋内设施依旧，烤制过程依旧，遥远的麦香依旧。

只是，守在土烤炉前20多年性格开朗、留着大胡子的俄罗斯老人弗拉基米尔，换成了年轻的蓄着齐耳长发的俄罗斯帅小伙巴力克。还有他的母亲里玛和婶婶柳巴。

她是伊宁市阿合买提江街238号的俄罗斯手工列巴店。

30年，到处都发生了翻天覆地的变化。而她，却似乎脚步停滞，时间在这里没有激起多少波澜。

还是用啤酒花发酵、手工制作、炭火烤制。

还是那座矗立了30年的土烤炉。

还是简约的风格、传统的工艺。

她，他，她，从不会因为店门外飞速的车轮和喧嚣的人潮而忽视制作列巴的每一个细节。

她的门面很小，一点也不起眼。

但有很多人并没有忘记她。数十年来，她以纯朴和纯正滋养着他们的胃，并成为他们生活中永不分离的一部分。

我慨叹，岁月蹉跎，时光改变了许多，但她却历经30年风雨仍然站在那儿。

我也好奇，是什么让一群俄罗斯人能够抵御金钱的诱惑执着于传统工艺。

从不用机器做列巴，也不用发酵粉，只用自制的啤酒花发酵。从不用电烤箱烤列巴，只用木柴炭火烤制。所有的过程全是手工制作，炭火烘烤，每天最多只能做80个列巴。这么做，只为保持祖传的俄罗斯风味。

巴力克身材高大、皮肤白皙、头发金黄，有着一双淡蓝色眼珠，继承了母亲开朗的性格，手上再忙活，也不忘跟妈妈、婶婶们斗嘴。每天早上六点钟，巴力克会准时起床，七点钟到店里和面，用提前做好的发酵啤酒花发面。发酵粉20分钟可以发好面，但啤酒花发面得一个小时。尽管这样慢，他们还是一直坚持用啤酒花发面，这样发出来的面不仅保持了面粉的清香，还浸透了啤酒花特殊的香味。

八点多钟，里玛用发好的面坯儿做大列巴。在宽大的木质案板上，她用力地双手揉搓面团。一遍又一遍，尽管十分费力，她还是一丝不苟。揉好的面团要醒一定时间。醒好后的面团，里玛会把它们擀成长方形，再铺上葡萄干和核桃仁，然后卷成条状，放入铁质托盘待烤。

十点钟开始烤制大列巴。巴力克把炉膛清理干净，在烤架上放了一些木柴，再用火点燃，不一会儿，柴火便熊熊燃烧起来。20分钟后，等火焰燃烧成红红的木炭时，巴力克把木炭全部拨出来，用水浇灭，然后将一盘盘已醒好的列巴面坯儿连同托盘塞进炉膛里。刚撤去火炭的炉膛是火热的，列巴面坯儿们就在满炉的木炭香味中慢慢成熟。屋角站着一台老式录音机，《喀秋莎》经典的旋律在屋内回转。

刚刚做完大列巴面坯儿的里玛又开始揉面，准备做杏酱果仁面包坯儿，嘴里不停地哼着俄罗斯民歌。

杏酱都是她用自家杏树上的杏子酿制的，绝对没有任何添加剂。

大约十二点，80个散发着面香果香焦黄的大列巴就新鲜出炉了。大列巴烤好后，巴力克又重新引燃木柴，开始烤制杏酱果仁面包。

即便劳动如此烦琐辛劳，也不会影响里玛的好心情，移动铁托盘的几步路，她也会和着悠扬的音乐扭动胖乎乎的身子来个优雅的旋舞。那一刻，里玛淡蓝色的眼眸里满是笑意，一个个列巴面坯儿仿佛是她亲爱的孩子。待面坯儿醒至一定时间，柳巴揭开盖布和塑料纸，在面坯儿上仔细地刷一层鸡蛋黄。这样烤出的小面包就会红黄发亮，色泽诱人。面坯儿上炉前，柳巴还会在面坯儿上撒一层芝麻，在杏酱果仁面坯儿上撒一层白砂糖，这样做出的小面包会因不同辅料而具有各自不同的风味。

直到下午四五点钟，才能烤完所有面点。30年来，浓郁俄罗斯风味的白面列巴、黑面列巴、玉米面列巴、葡萄干列巴和小面包、杏酱果仁面包，一直是她的所有内容。尽管内容并不花哨，尽管工艺依旧传统，没有时尚糕点店里的甜腻、精致和丰富，但她依然吸引着不少情有独钟的老顾客。

80岁的包律师在伊宁市颇有名气，这里的列巴让他情系30年。虽然后来家搬到开发区，他依然会每周不远数里地坐公交车专程来买。

30年白驹过隙，伊宁大街上矗立起许多高楼大厦，而她依旧站在那里，生意不好不坏，日子不紧不慢。

如今，倒是有很多游客离开伊犁时，会来这里买一大包俄罗斯风味列巴作为特产带回去。她成了伊犁一张有味道的特产名片。

可是，我知道时间是多么强大，强大到无人能够与它对抗。

我不能揣度她的未来，但我庆幸她一直在我的生命中站立。

无论时间过去多久，记忆会让我回味那些纯正的味道。

伊孜海迩手工冰激凌

看着窗外熙来攘往的人流，静静地听着忧伤的充满思念的歌曲，一点点地品尝杯中的冰激凌，让香甜的味道在舌间慢慢回旋进入肺腑。这是许多伊犁人安静地享受一个普通星期天正午时光的一个片段。

在伊宁市，伊孜海迩冰激凌店是非常有名气的。之所以有名，除了历史悠久、味道独特以外，还因为在机械化批量生产产品的当代，它依然是用手工精心制作出来的。在这家位于胜利街南路一条安静小巷的小店里，周末顾客特别多。在这里，你经常可以看到来自天南海北的游客和各种肤色的外国游客，除了品尝冰激凌，人们更在阅读一种饱含新疆风情的饮食文化，而各色游客也成为店里的一道独特的景致。

第一次吃伊孜海迩冰激凌，是一年夏季听朋友的介绍后慕名而去的。那天傍晚时分，朋友带着我们乘兴前往。车子在巷子里拐来拐去，停到一间看上去再也普通不过的平房前。这是一间与伊宁市其他平房没有任何区别的普通房屋，甚至显得有些破旧，让我们的勃勃兴致多少有些低落。

走进刷着蓝色花纹的拱门，一股浓郁的香甜味扑面而来。30多平方米的店里已坐满了客人。房间因我们这群人的到来而显得异常拥挤。冰激凌端上来，蛋黄色的圆球状冰激凌装在一个晶莹剔透的高脚玻璃杯中，有的上面放着几只鲜艳欲滴的樱桃，有的放着几只南非产的绿车厘子，还有的放着巧克力，样子精致可爱，慢慢用小勺刮着冰激凌，一丝丝香甜细腻地沁人心脾，夏日的暑气也随之淡去。

第一次吃伊孜海迩冰激凌的朋友们开始兴奋起来，因为这种冰激凌的香甜的确与众不同，醇香可口却不腻人，待咽进肚里，那种香醇依然在口中回旋，回味无穷。一勺勺慢慢地品味，轻言细语、天南海北、漫无目的地聊着天，看着夕阳的余晖慢慢地退却，品味时光的轻柔抚慰，甚至有种微醺的快乐。

原来我一直与很多人一样，认为冰激凌是舶来品，其实真正用奶油配制冰激凌始于中国。根据文献记载，大约在唐朝末年，人们在生产火药时发现硝石溶于水时会吸收大量的热，可使水降温到结冰，当时在莲子绿豆汤或薄荷百合汤中放入冰粒是很流行的饮品。到了元代，聪明的商人在冰中加上果浆和牛奶出售，这和现代的冰激凌已经很近似了。公元1295年，在我国元朝任官职的马可·波罗从中国把一种用水果和雪加上牛奶的冰食品配方带回意大利，于是欧洲的冷饮才有了新的突破。

冰激凌在伊犁由来已久，并且经过多年的发展形成了自己的独特风味。这种传统的伊犁手工冰激凌是用土鸡蛋、纯牛奶、奶皮子和白砂糖为原料做成的，味道香醇可口，甜而不腻。制作手工冰激凌的过程，不会添加一滴水，全靠原料自身的水分。

与现代机器制作出的各色冰激凌相比，手工冰激凌没有那么多的花哨和夸张，从内到外透着一种朴素，与之搭配的水果看上去也是简约清爽。坐在桌前，看着这样一杯冰激凌，浮躁的心会慢慢沉静下来。

店主迪力木拉提是个英俊的维吾尔族小伙子，看上去朴实憨厚。迪力木拉提说，做一桶冰激凌大约需要两个半小时，比起用机器快速搅拌出来的冰激凌，伊孜海迩冰激凌的味道确实醇厚香甜，令人回味无穷。

迪力木拉提的父母于20世纪80年代从乌兹别克斯坦来到伊犁，一直经营着这家冰激凌店。30多年来，伊孜海迩手工冰激凌已成为伊宁市民族风味特色小吃中的一种，并且成为冷饮业的一个标志。中央电视台、广东电视台栏目组专程来伊犁报道伊孜海迩冰激凌店。

　　店主迪力木拉提也因此与小店一起出了名。几年前，他重新在小店旁盖了一间高大的房屋，装饰一新，铁质栏杆，精致的窗帘，明亮的店堂，干净的桌椅，悠扬的本土民歌的旋律回荡在室内，处处充满了迷人的中亚风情，还有空气中弥漫的冰激凌甜蜜的味道，吸引了更多顾客前来品尝。

　　生活就像一条迂回着奔向一个方向的河流，常常在拐弯处对我们回眸一笑，让我们心存感动。在疲惫的时候，给自己放一个假，穿过曲折迂回的小巷来到伊孜海迭冰激凌店，品尝一份手工冰激凌，品尝生活深处的甜美，当你再次抬起头时，一定会看到一个动人的微笑。

不能忽略的馕

关于馕的故事，一百个新疆人会说出一百个不同的故事。在我这个已经被新疆美食完全熏染浸透的人身上，馕，是绝对不能忽略的。

周末到汉人街买东西，不由被小巷口一家馕铺飘来的香味诱惑，直奔馕铺。浓眉大眼高个卷发的维吾尔族老板正站在馕坑前取馕，满月一般的馕一个个轻盈地飞旋出坑口，散发着浓郁的香气。

这是一种非常朴素的馕，面粉不够白也不够细，没有复杂的花纹，也没有过多的芝麻，没有过多的调味品，但却闪烁着麦子纯朴的气息和阳光的味道。

挑了三个温热的馕，中间夹一个刚出坑烫手的，一手拎着袋子，另一只手忍不住掰一块尝尝。一股醇厚的麦香直冲胸腔，还未等咽下肚，忍不住又掰一块。十几分钟的车程，还未到家，半个馕已经进了肚。

馕是新疆人生活中不可缺少的食物。同样，也是我这个在新疆出生、成长的纯粹的军垦后代生活中的重要食物，因为新疆美食的味道早已融入我们的生活中，融入我们的身体中，融入我们的生命中。

小时候，维吾尔族邻居阿不拉江家院子门口有一个大馕坑。阿不拉江的妻子中等身材，皮肤略黑，眉毛弯弯，眼睛大大，是个非常漂亮并且性格温柔的女人，每天都会早起把庭院打扫得干干净净，然后开始准备一家人的早餐。人们都夸阿不拉江有福气。

我们经常在夕阳西下时，看到阿不拉江和妻子在门口打馕。一个个擀得大小均匀的圆形馕坯儿，从屋里端出来。阿不拉江则站在馕坑边，将馕坯儿的背面蘸点泡了皮芽子的盐水，将其一个个贴在坑壁上。馕坑里的煤火映红了他的脸庞。此时，夕阳的余晖也映着他妻子娇美的脸庞，她身上那件常见花色的艾德莱丝绸的长裙也因此更加生动起来。

对于我们这些汉族小孩子来说，阿不拉江家的馕坑飘出的香味是一种很大的诱惑。如果我们围在馕坑边上，他的妻子会给大家一人分一块馕。那种与妈妈烙的饼子迥然不同的香味，让我们的味蕾异常兴奋，一块冒着热气的金黄的馕一会儿便进了肚。当然，妈妈也常会让我给阿不拉江送去一些自家院子里的蔬菜，因为爸爸在连队种菜水平是数一数二的，院子虽然不大，时令蔬菜却多得吃不完，经常送左邻右舍。

在我吃过的馕中，最为美味的算是六十四团十九连一位维吾尔族朋友家里做的肉馕。那年秋季，应朋友之邀我们来到位于六十四团最南端的距团部35公里的十九连。这是一个典型的沙漠中的连队，春天风特别大，刚出苗的麦子，一场风过后就会被吹得遍体鳞伤，甚至被埋在沙土里。就是在这样艰难的境地里，这里的职工群众种下了希望，洒下了汗水，使这里变成一个"兵团小康连队"，白杨环绕、鲜花盛开、阡陌纵横、田畴如画。

在绿荫浓郁、挂满串串葡萄的葡萄架下，我们品尝了主人精心制作的肉馕。因为肉馕制作时程序相对复杂，成本也高，一般只有节假日和贵客来临时才做。那经过炭火烤制的皮焦黄香酥，浸透着皮芽子独特香味的羊肉馅细嫩鲜香，加上主人精心调制的奶茶，以及这块沙土地上生长出的西瓜、甜瓜、苹果、葡萄等水果，让这个下午变得那么美好。

馕的诞生有着源远流长的历史。馕是新疆的主要面食之一，已有2000多年的历史，古代称为"胡饼""炉饼"。"馕"源于波斯语，最初他们称其为"俄可买克"。由于馕具有易于制作、便于携带、久存不坏、适合旅途携带等特点，因此成为商旅行人的最佳选择。

在市场上卖的馕，大都呈圆形，饼状，最大的馕叫"艾曼克"，中间薄，边缘略厚，中央戳有许多花纹，直径足有四五十厘米。这种馕大的要一两公斤面粉，被称为馕中之王。最小的馕叫"托喀西"，和一般的茶杯口那么大，是做工最精细的一种小馕，也被称为小油馕，常被作为点心在蛋糕店里销售。还有一种直径约10厘米，厚五六厘米，中间有一个洞的"格吉德"，这是所有馕中最厚的一种，也叫窝窝馕。

在边城伊宁，穿行在大街小巷里，特别是街边有许多馕铺的新华西路，看着那一摞摞金黄的形态各异的馕，嗅着扑面而来的香味，还有馕铺主人怡然的面容，尘世的繁扰便会随风而逝。

经过漫长时光的浸染，馕，已不仅仅是一种食物，可以满足人们的口腹之欲，还成为一种民俗文化的象征，成为当地民族饮食习惯和心理的代表，成为人们表达心愿、传递祝福的美好事物。

馕，让我们感受新疆的美好。

根植新疆大地的皮芽子

我一直不喜欢把皮芽子叫洋葱，就喜欢叫皮芽子的感觉，有着浓浓的新疆味道，就像新疆大地上到处飘荡的孜然的味道、烤肉的味道、馕的味道。

小时候，特别不喜欢吃皮芽子，现在还能想起那时看见碗里有皮芽子的痛苦表情。生皮芽子的味道辛辣冲人，做熟之后嚼在嘴里软兮兮的，带一丝怪异的甜味。那时候，碗里再细小的皮芽子末也会被我的火眼金睛剔出来。这个不好的习惯一直保持了很多年。

不知从何时起，皮芽子不那么讨我嫌了。虽然一直没有勇气尝试吃生的，但慢慢可以接受熟的，最后发展成为一般炒菜能放都放一些进去当配料。后来，喜欢吃炒熟的皮芽子了，经常自己发明创造，炒土豆丝、莲花白、豆角等，也不管搭不搭，都在里面配一些皮芽子进去。

皮芽子学名洋葱。皮芽子和大葱同属百合科蒜属，在种子和幼苗时期几乎一样，很不好分辨。有一天回家，父亲指着院子里一畦绿油油的苗说，今年没皮芽子吃了。原来，邻居叔叔给了他一包皮芽子种子，他心想今年多种一些，没承想一地的苗长大后才发现是大葱。哈哈，种了一辈子菜的父亲也被它们的外表忽悠了。

说起现在的皮芽子，父亲常常叹气，现在市场上卖的皮芽子长得也忒大了，味道也没有自己种的浓，水汋汋的，不好吃。这让我更加怀念那些拥有菜园的幸福日子。

每个金秋，父亲都会将刚收获的一袋袋皮芽子晾晒在走廊下，皮芽子长满长须的头一定是朝着太阳的。经过十几个不甚炽烈的秋阳，皮芽子的根须全部变干萎缩，外皮变成紫红色，紧紧地将果实包裹起来。父亲说，这样的皮芽子才不会在漫长的冬天里出现内心腐烂的现象。

在甘肃老家并没见过皮芽子的父亲，离开老家已近一个甲子，曾经十六七岁的小伙子如今已是白发苍苍，虽然说话还带着浓重的乡音，但他已经再也离不开脚下的这块土地了，更不用说皮芽子早就融入他的生活中。

我这个兵团二代，从小生活在新疆、成长在新疆，经过漫长时间的"驯化"，在生活中、情感中已经彻底接受了皮芽子的味道，如同骨子里头认为自己从来就是新疆人，祖籍"甘肃"已经成为一个遥远的符号，仅仅代表着我的血脉源头。相信其他与我有着一样经历的人也会有同感。时间、地域、习惯，是一个个多么奇妙的东西啊，会改变人的很多先天"属性"。

童年、少年时代漫长的冬天，就是在土豆、白菜、洋芋加上胡萝卜、白萝卜和皮芽子的日子中一天天熬过的。如今，随着生活水平的不断提高，由于饮食过度摄入热量过多而导致的"三高"人群快速增长，皮芽子也因其丰富的营养成分被越来越多地摆上人们的餐桌。

皮芽子是洋葱的别名，这在新疆是一个非常独特、充满了地域特点的称呼。查阅资料得知，洋葱的起源已有5000多年的历史，公元前1000年传到埃及，后传到地中海地区，20世纪传入我国。洋葱在我国分布很广，主要种植在山东、甘肃、新疆、内蒙古等地，是目前我国主栽蔬菜之一。我国已成为世界上洋葱生产量较大的4个国家（中国、印度、美国、日本）之一。

洋葱被称为"蔬菜皇后"，营养成分相当丰富，不仅富含钾、维生素C、叶酸、锌、硒、槲皮素等营养素，还是目前唯一含前列腺素A的蔬菜，能降血压、增加冠状动脉的血流量和预防血栓形成。科研人员还发现，洋葱可以帮助预防和控制各种癌症，这来自它富含的硒元素和槲皮素。硒是一种抗氧化剂，能刺激人体免疫反应，从而抑制癌细胞的分裂和生长，同时还可降低致癌物的毒性。而槲皮素则能抑制致癌细胞活性，阻止癌细胞生长。另外洋葱还有帮助消化、杀菌、祛痰、利尿、抗感冒等功效。

有一天，很认真地思考皮芽子这种蔬菜，才发现吸引我的是它在新疆人饮食中必不可少这一特点。烤羊肉要提前用皮芽子腌，打馕时要用皮芽子，油腻的抓饭要配皮芽子，手抓肉更是少不了皮芽子相佐，拌面里少不了皮芽子，著名的"皮辣红"更是新疆独创……小小的皮芽子竟然占据了新疆人的餐桌！这也是新疆少数民族虽然食肉较多，但却不易患"三高"的一个重要原因，据说这是有科学依据的。可以说，皮芽子在维护新疆人健康方面功不可没。

皮芽子于新疆，就像羊群要在草原上生存那么自然，它的味道是新疆典型味道中的一种，带着新疆阳光的辛辣，带着茫茫戈壁的粗犷，带着荒漠甘泉的一丝淡淡甜味。

皮芽子的味道，代表了新疆的味道。

春来野菜香

又是一年春来早。当第一抹绿意刚刚漫上城市的柳梢时，街头已出现了卖荠菜的小贩，那一堆堆还带着早春寒意的绿油油的荠菜，吸引着人们的目光，也勾起了我关于野菜的回忆。

童年的记忆，大部分与这遍地的野菜有着紧密的联系。在那个物资极度匮乏的年代，人们日日在为如何填饱肚子而发愁，女人们整日绞尽脑汁翻新花样来改善百分之九十是吃玉米面的生活，以让孩子们吃饱肚子，于是各种野菜填充着我们的胃和童年。

大地刚刚回春，柳梢刚刚发出嫩黄的芽尖，母亲会将下鲜嫩的柳芽用开水焯一下，拌凉菜吃；马齿苋遍地都是，一株会繁殖一大片，开水焯后加些盐和醋稍微拌一下便是一道美味，还具有止泻消炎的作用；榆钱儿长出来了，一串串煞是喜人，拌上玉米面加盐在笼上蒸几分钟，就成了一道鲜美的主食 …… 嫩嫩的蒲公英可以下面条、拌凉菜，荠菜可以打汤、素炒、包饺子等，就连那遍地都是的兔子草也成了常吃的一道菜。

凡此种种，均是大自然的恩赐，她给人类以非凡的智慧，使之度过了一个又一个劫难，望见人生的彼岸，抚摸到人生的理想。

多年之后，当我看到在钢筋水泥的世界里穿行的孩子们日渐笨拙的身躯和迟钝的表情，更加感激上苍给我们童年赐予的一切苦难。苦难是人生的一笔财富，让我们懂得珍爱、懂得求索、懂得回报、懂得感恩 …… 而这一切当中，野菜是功不可没的。

　　不知从何时起，吃惯了大棚培育出的时令蔬菜的人们，终于又意识到野菜是来自大自然的无污染的绿色安全食品，纷纷食之，于是吃野菜成了春季的流行时尚。

　　我对大棚蔬菜有着超乎常人的排斥性，这大概缘于对其生长过程了解太多的原因，冬季几乎不吃时令蔬菜。多年来，冬季吃干菜已养成了一种生活习惯，母亲会在每年夏季将菜园中的豆角、莴笋等晒成干菜收好，将西红柿晒成酱，以备给我们冬季食用。用干菜炖肉、用干豆角做蒸面也成了我的拿手绝活，让不少朋友艳羡不已。

　　对于野菜，更是有着无比的热情，冰箱里每年都会在春季贮放满满一箱野菜，有时越过蔬菜丰富的夏季，一直吃到冬季甚至春节。于是，关于野菜也有了许多值得骄傲和回味的故事。

　　彼时，父母住在被称为"中国薰衣草之乡"的六十五团，那里不但生长着大片的薰衣草，还有大片的薄荷。一年春季的一个周末，回去看望父母，晚饭后一起去散步，顺便挖些野菜。

　　当我们走到一块地的渠埂上时，只见一丛丛茂盛的状似薄荷的植物沿着渠道两边生长，可周围并无薄荷地。正当我疑惑不解时，善于思考的父亲说，可能是从上游的薄荷地里冲下来的薄荷种子，沿着渠道生根发芽了。我仔细地掐了几根闻闻，没错，那清香的清凉的味道的确是薄荷的味道。

　　于是我突发奇想，既然薄荷可以做茶叶，那么也一定能吃，至于怎么个吃法，还有待回去研究，但当务之急是将这绿油油的薄荷叶采摘回家。父亲很赞同我的想法，于是我们沿渠而上，将两边的薄荷叶悉数采了回来，居然是好大一堆。我和母亲一起将薄荷叶拣好洗净，用开水焯一下，然后捏成一个个拳头大小的菜团，放在冰箱里。

　　关于如何吃这薄荷的问题，我认真地想了一下，薄荷叶有些干，若拌凉菜吃口感肯定不会太好，只有包饺子多放些油才会弥补这一缺点。于是买些羊肉饺子馅，将薄荷叶切碎拌入其中，加些葱、姜等。由于包饺子亦是我的专长，不费吹灰之力，一会儿一盘冒着热气的清香的饺子便出锅了。

第一次吃薄荷，都不知会发生什么结果，我命令大家别动，我先吃，并叮嘱如果过一会儿没有异常现象大家再吃，还颇有一点壮士将会一去不复返的悲壮味道。

咬一口饺子，清香的薄荷味裹挟着肉的香味涌入口中，昔日闻起来腥膻的羊肉居然没有一丝腥味，菜嫩肉香，鲜美可口，我禁不住多吃几个。看着我吃得津津有味，家人也忍不住大吃起来，一盘薄荷饺子不一会儿便被一扫而光，个个吃得肚滚溜圆好不惬意。一晚上未见异常，大家反而精神特别好。

后来多次到种薄荷的地方打听，有无人包薄荷饺子吃，这个问题让所有的人惊异，薄荷还能吃？于是很肯定自己大概是伊犁第一个包薄荷饺子吃的人，说起来还是首开先河呢，不免心下有几分得意，包薄荷饺子也成了招待好友的一道特殊饭菜。

逢周末，携家人一起去踏青，不到四月底荠菜已是时老花开。漫步在田野中，突然发现名叫田菊的野菜（俗称兔子草），一片连着一片，赶紧采摘装袋。田菊用开水焯后切碎，放入蒜末加醋凉拌或放入洋葱拌之，味道极鲜美。田菊也可包饺子、包子，放肉或素食都可，口感如同干菜，筋道耐嚼，带着一丝若有若无的苦味。

野菜菜质虽然粗糙些，但其作用不可小视。大自然是厚爱人类的，荠菜、蒲公英、马齿苋、甜苣等均是中草药，既可做菜食之，又可治病，强身健体。于是乎，我对野菜的热爱又多了一分。

春光明媚，漫步在充满生机的大地上，寻找野菜，也是在寻找生活中的一份真实，让生活回旋着一丝淡淡的苦涩，让这苦涩滋养我们日趋麻木的心灵，抚慰我们日趋中空的灵魂。

苜蓿里的春天

乘飞机回乌鲁木齐上班，随机的包里装了一大包冻得硬邦邦的苜蓿。让苜蓿"坐"飞机，只是因为喜欢苜蓿里的春天味道。

每年春天，我都会和家人一起去田野里挖野菜，从春雪还未完全消融便迫不及待钻出地面的荠荠菜，到果园里沟渠旁疯狂生长的蒲公英、田菊等，再到仲春时节长到一拃长的嫩苜蓿，目不暇接的野菜，让春天的日子变得充满诗意。

记忆中的苜蓿，是新疆最常用的饲草，在团场连队大片大片种植，职工家的小院里也偶尔会有一小片苜蓿随意生长，跟菠菜、小白菜一样是皮实的青菜。在我们缺衣少食的童年时代，苜蓿常是调剂伙食的吃食。百分之九十吃的是玉米面，让我们这些孩子难以下咽。春天时，母亲会去地里掐一些嫩苜蓿尖，用玉米面裹着放进笼里蒸。锅开不一会儿，热气里便有了一股苜蓿清香味和玉米面淡淡的甜味，丝丝缕缕地飘散在厨房里，让我们这些小孩子垂涎三尺。或是面条下到锅里了，到院子里掐一把苜蓿的嫩尖，用水冲冲扔到锅里，碧绿的颜色、清香的味道令人食欲大增。或是将苜蓿尖用开水焯后凉拌，加点油泼辣子和醋，那香味儿简直让人无法拒绝。

小时候因为常听父母说谁谁家的羊又吃苜蓿撑死了，在吃苜蓿时尤其是吃苜蓿饺子时我们都会控制自己不要吃得太多了，成年后也把这一经验传授给孩子，以免遭遇那些羊的厄运。美味再美，也得有度。

上学后才得知新疆竟然是苜蓿的原产地。汉武帝时，为对匈奴开战，马匹需要大量草料，遂自新疆引进苜蓿。一般种植的饲草苜蓿开紫花，这种苜蓿素以"牧草之王"著称，不仅产量高、草质优良，而且富含粗蛋白维生素和无机盐，是牲畜上好的饲草。

我国古代关于苜蓿已有许多记载，李时珍在《本草纲目》里称苜蓿为牧蓿。葛洪《西京杂记》云："乐游苑多苜蓿。风在其间，常萧萧然。日照其花有光彩，故名怀风，又名光风。"宋王安石诗云："苜蓿阑干放晚花。"陆游曾言："苜蓿堆盘莫笑贫。"唐朝王维在《送刘司直赴安西》中写道："苜蓿随天马，葡萄逐汉臣。"

查阅资料得知，苜蓿还是一种中药，性苦，平，无毒，安中利人，可久食。吃苜蓿利五脏，轻身健人，洗去脾胃间邪热气，通小肠诸恶热毒，煮和酱食，亦可做羹。在很早以前，我国就有食用苜蓿的历史了。唐代薛令之为东宫侍读，待遇很差，作诗自嘲："朝日上团团，照见先生盘。盘中何所有？苜蓿长阑干。饭涩匙难绾，羹稀箸易宽。只可谋朝夕，何由度岁寒！"后来，人们以"苜蓿盘"形容生活清苦。

岁月更迭，时代变迁。如今的生活水平已经让很多人忘记了曾经生活中的苦涩，而这些曾经带着苦涩记忆的野菜如今也成为人们更换口味的首选。我喜欢用苜蓿包饺子。我家的生活习惯是尽量不吃反季节蔬菜，吃了一个冬天的"老三样"，春天的野菜味道尤其清新。加之家人都爱吃饺子，苜蓿本身的清香味与肉中和，不但去掉了肉腥味，还会让肉质更加鲜美。每年春天，苜蓿饺子就成了我家餐桌上的一道必上主食，生活中积累的经验还会让我把这种美味延长到隆冬时节。

工作不久后就搬到小城居住，家里没买车以前外出并不是很方便，会借回团场看父母的机会，到连队苜蓿地里掐点苜蓿，但毕竟不是很方便。所幸伊宁是座小城，早春时节，街头巷尾总会有维吾尔族老汉推着架子车卖苜蓿，一车蓬蓬松松的苜蓿上扔着一只大铁盘。苜蓿不论公斤卖，一盘

6块8块钱。我若遇到，便会不计价钱地买上一大袋，直到拎不动为止。

在现代人的生活中，几乎没什么吃不到的，据说连荠菜这样的野菜都在大棚里种植。但这种天然苜蓿，只有早春时节短暂的时间里才能吃到，而且不是每个春天我在街头巷尾都能遇到，一旦遇到了，还有什么可吝啬的?!

回家择好苜蓿用水洗净，烧一大锅开水，旁边放两盆凉水。水一开，就将苜蓿放进去，用筷子不停地翻，以使所有苜蓿都能完全浸在开水中。蓬松的苜蓿进入开水中立即收缩，一会儿便变得翠绿翠绿的。稍翻搅之后捞出来赶紧放凉水中浸泡，直到完全没有热气。经验丰富的我知道，在捏成团之前一定要保证苜蓿完全晾凉，否则带着热气的苜蓿堆在一起，会很快变色发黄，那就大大影响后期加工出的菜肴品相了。

把晾好的苜蓿捏去水分，捏成大小均匀的菜团，装进保鲜袋放到冰箱冷冻箱里，可以在盛夏或金秋季节随时拿出来食用，甚至有的人家会放到冬季没有新鲜蔬菜时食用。想想吧，窗外天寒地冻，大雪飘飞，而你在温暖如春的家里能给家人端出一盘颜色碧绿、味道鲜香的苜蓿饺子，那是一种怎样的幸福呵!

按照我家的生活习惯，我们专门买了一个冰柜来装野菜，自家里有车后出门方便了，想到哪里挖野菜、掐苜蓿都可以。春天的两三个周末，冰柜里就装得满满的了，有苜蓿，有荠菜，还有蒲公英等。

苜蓿里的春天，清清淡淡的美好。

第二辑　爱在新疆

送你一束沙枣花

清晨起来，出门，一头撞进一片浓郁的花香里。整个校园角角落落无不弥漫着这馥郁的伴随我走过童年、少年时代直至今天的沙枣花香。我的生日是"520"，恰是每年与沙枣花相遇的时刻。因此，对沙枣花又多了一份喜欢。

在家园越来越美丽、生活越来越幸福的当下，在兵团每个城镇，也越来越多各种形态优美、花色独特的植物，而伴随我童年少年时代的沙枣树早已鲜见，只有偶尔在偏远的连队、田间地头才能遇到稀疏的几株。这些见证兵团事业发展的沙枣树似乎被人们渐渐遗忘了，远离了人们的视线。

感谢兵团党委党校的绿荫中还保留了数株沙枣树，有的甚至已经有相当年岁了。枝干毫无章法地伸向天空，绿叶随意披满枝头，枝干上的尖刺个个凌厉，躯干树皮皴裂，一幅桀骜不驯的面孔，丝毫不介意风霜、雨雪、干旱。

正是因为这幅从里到外的不羁、无惧，才会在新疆大地上处处可见沙枣树的身影，也让它见证了新疆大地发生的巨大变化，陪伴了父辈的辛苦劳作，也陪伴了我们的快乐成长。

记忆中的沙枣树，常在连队营区和田间地头，特别是在父辈开垦的盐碱地旁深深的排碱渠边，一棵棵一排排耸立着，高大、茂密，虬枝伸向蓝天，身旁则是渠坝上密密的芦苇丛。后来才知道，沙枣林是当时新疆干旱地区最好的防风林。有它们庇护，父辈们辛勤开垦多年靠近沙漠的良田，才没有被肆虐的沙魔吞噬。

对于我们这些连队的小孩来说，沙枣林，就是我们的快乐营地。初夏折沙枣花，金秋摘沙枣吃，我们像小猴子一样在沙枣树上蹿上蹿下，甚至把一些沙枣树的粗大树干磨得溜光。女孩们下了树，则在脚下盛开的野花中寻找梦想，摘一把鲜花编成花环，戴在头顶上，俨然童话故事中骄傲的公主。沙枣树，让我们简单贫瘠的童年变得意趣盎然。

沙枣花开时，母亲也会在下班途中折儿枝盛开的枣花，插在玻璃瓶中，可以数十日花干而香韵不散。简陋狭小的土坯房，也因为这缕花香，多了几分诗意。

后来查阅资料得知，沙枣树别名银柳、香柳、桂香柳、七里香，生命力极强，具有抗旱、防风沙、耐盐碱、耐贫瘠等特点。难怪它们总是生长在盐碱滩上、荒漠边上，总是默默无闻、不为人知。

因为所处环境干旱恶劣，沙枣花如米粒般细碎金黄，但它盛开时的情景却是令人叹为观止，是生命竭尽全力的华美绽放。那细碎的花蕾密布枝条，一枝枝，一串串，如金铃缀满枝头，花香馥郁，铺天盖地，仿佛要香透它所遇到的所有事物。

也是这样春意盎然的季节，共同生活了20年的婆婆离开了人世。也就是这时，才知道婆婆结婚前在老家农村当过会计，有些当时农村姑娘少有的文化知识。然而，当她唱着《送你一束沙枣花》跟随参加抗美援朝战争凯旋的丈夫来到新疆兵团后，她的才华能力全被伟岸、优秀的丈夫的光芒掩盖了。在众人眼中，她只是个普通职工，吃苦、耐劳、踏实、勤俭，在缺吃少穿、极为艰苦的条件下，耕种着贫瘠的土地，养育了5个儿女。

一如千千万万个兵团"戈壁母亲"，婆婆舍不得吃、舍不得穿，用可怜的收入，喂养着5个快速拔节的儿女，赡养着年迈的老人，扶养着从老家接来的兄妹。她的一生，平凡得不能再平凡，普通得不能再普通，如一棵常常被人忽略的沙枣树。因为她坚强，所以风霜来时，没有人心疼她；

因为她粗犷，所以干旱来时，没有人怜惜她。

个性强的婆婆与个性更强的公公度过了清贫的一生。性格豪爽、正直清廉的公公曾在团场当过武装部部长，工作忙碌，经常出差，却总是把当时不算低的工资与下属"共产"完。而家中老小八九口人只能靠婆婆微薄的收入维持生活，吃了上顿没下顿，缺盐少油是常有的事。为此，婆婆没少跟公公争吵生气，然而公公依然我行我素，生活依然这么艰难地进行着。

公公一心扑在工作上，从没对5个子女给过特殊照顾。于是，这个所谓干部家庭的子女们都靠自己的努力艰辛地劳作、成家立业，经历着生活的磨难。

而从漫长生活的细节中向内望去，我看到婆婆对公公的敬重和深爱。公公去世颇早，家中阳台上始终摆着他的照片，不善家务的婆婆从不会擦拭落在照片上的灰尘，但逢年过节，照片前总是摆满了水果点心。说起公公的人品能力，除了脾气暴躁、不会理财、不顾家，其他都好。

公公婆婆那一代兵团人的爱情和生活是火热的也是残酷的，理想主义的色彩浓浓地铺满了他们的人生，也释放着他们的激情。半个多世纪的风霜掠过他们匆忙而又艰辛的一生。他们的人生底色，是新疆的辽远荒凉，是兵团的艰苦创业，是漫长边境线的逐渐牢固，是垦区大地的日益繁华。

你能看到他们长满双鬓的白发，布满老茧的双手，日益蹒跚的脚步，日渐佝偻的脊背，以及一个个绽放在沧桑面庞上的幸福笑容，却很少能听到他们的抱怨。那些远逝在历史烟云中的苍凉命运，就这样成为理所应当，成为厚重记忆。

2019年，是兵团成立65周年。我想起60多年前与婆婆一样从山东穿越八千里路云和月，来到新疆兵团的2万名花季少女们。

"坐上大卡车/戴着大红花/远方的青年人/塔里木来安家/来吧，来

① 吧/年轻的朋友/亲爱的同志们/我们热情地欢迎你/送给你一束沙枣花/送你一束沙枣花。"

唱着这首《送你一束沙枣花》，怀揣着理想和激情，从此，将她们从泰山脚下的故乡移植到天山脚下的他乡。

60多年来，她们散落在新疆兵团大地的角角落落，让这些曾经充满荒凉基调的荒原、大漠、戈壁滩，因为有了女性的温润，盛开出了灿烂的生命之花。

当黑暗的地窝子传出生命的第一声啼哭，她们生命的根须便往脚下的盐碱地、荒漠更深地推进。当排排兵营式房屋房前屋后传来孩子们欢乐的嬉戏声，她们生命的根脉已经牢牢地深植于脚下的土地中。兵团大地，因为有了她们，变得更加多彩，更加生动，更加丰富。

四季的风，就这样卷走了父辈们平凡而悲壮的一生，在他们洒下青春汗水最美年华的那片热土上，阿拉尔、铁门关、图木舒克、双河、可克达拉……一座座美丽繁华的城镇快速崛起着，一次次重绘着新疆大地的壮美。

又是沙枣花香时。期望每年如约而至的花香，引我们回到深深的记忆之海中，打捞那些永不褪色的时光金片，回望那一颗颗闪亮的初心。

来新疆一辈子我知足

一排高大的砖房，一架爬到屋顶的葡萄架，满架绿荫遮住了初秋仍然炎热的阳光，一位满头银发的老人坐在硕果累累的葡萄架下。虽然只能靠轮椅行走，但老人脸上却始终绽放着幸福满足的笑容。

这是"沙海老兵精神"的发源地——位于塔克拉玛干沙漠边缘的四十七团四连今年84岁的山东女兵邢翠英留给我的第一印象。

放飞青春到边疆

出生于1933年7月的邢翠英，有两个妹妹，16岁那年父亲去世。没了父亲这个顶梁柱，作为家中老大的邢翠英，虽然自己还是个孩子，也不得不承担起照顾母亲和妹妹的重担，最重要的是还要料理家里的3亩（2000平方米）地。

回忆起过去岁月的艰难，邢翠英感慨万千："妹妹在前面牵毛驴，我在后面扶犁，犁地、播种、背肥料，这些重活都是我干。但辛苦一年下来地里收成并不好，一家人日子过得非常艰难，我就一心想着出去闯闯。"

正当邢翠英在梦想着更为广阔的天地时，机遇来了。1952年夏季，新疆军区的干部到她的老家招女兵，性格泼辣的邢翠英毫不犹豫地报了名。很多乡亲知道后都劝她，新疆那么远，你一个女娃多不安全，闯不好就死在外面回不来了。可倔强的邢翠英不怕："我就想出去看看世界。"

"我们公社一共来了5个女娃。8月6号从家走，一路坐车往西走，晚上走到哪儿就睡在哪儿。有一天晚上，部队驻扎在河边，我们5个女娃挤在一条被褥里，早上起来头发全是湿的。"

"铺的地，盖的天，沙子石头当枕头"，邢翠英笑着用这句顺口溜形容当时的情景，语气里却没有丝毫抱怨。

坐火车到西安后，女兵们又改乘汽车来到兰州，在这里休整几天后继续西进。

"新疆好，新疆好，戈壁滩大石头子小，想开小车跑不了。"说起初来新疆的印象，邢翠英张嘴就来了几句当年流行的顺口溜。

"新疆太大了，我们坐汽车走一天也见不了一个人，那时候大戈壁滩大沙漠里也没路。一个老乡看到这个情景难过得哭了起来，我劝她别哭，我们是自愿报名当兵来新疆的，没有人强迫你来，有啥哭的。再说，我们来这里就是用双手建设边疆的。"

一路西行再往南行，经过漫长的时间，终于，邢翠英和姐妹们来到了位于塔克拉玛干沙漠边缘的十五团。

建设边疆不言苦

邢翠英被分到十五团机炮连，拿起了坎土曼，和穿越塔克拉玛干沙漠的老兵们一起挖地、平沙包、种树、种田。她和大部分山东女兵一样，有着泼辣、豪爽的性格，也像那大漠里的红柳，面对苦难表现出柔韧坚强的一面。

"那时候我们工作都特别积极，一大清早就起床下地，早饭午饭都在地里吃。中午一个班一盆菜，没碗盘，就把菜打到坎土曼上，折根树枝当筷子，一些下放干部刚开始嫌脏不吃，后来饿得实在受不了了也就不讲究

了，抱着坎土曼照吃不误。"说起当年的劳动场景，邢翠英开心地笑了。

　　"刚开始工作我一个月工资10元，加上3元卫生费，一共13元，我攒两个月钱寄回家一次，每年寄好几次，就这样把一家人养活了。"那时候，虽然日子过得很艰苦，但能够用自己的双手和辛勤劳动养活母亲和妹妹，让邢翠英颇为自豪。

　　爱情是人类永恒的话题。亘古荒原上来了一群青春四溢的姑娘，与解放和田后就地转业的十五团官兵一起劳动、生活，慢慢地，自然也就诞生了一段段感人的爱情故事。

　　采访山东女兵，不能回避的当然是爱情和婚姻这个话题。

　　记者与邢翠英老人聊起当年恋爱结婚的情景，令人敬佩的是，虽然老人文化不高，但当年的婚姻观还是很超前的。

　　"我和丈夫在一个连队工作，他当排长，管30多人，我也当排长，管30多人。他工作认真负责，我工作也不错，我不想找个比我高出太多的，我可不愿意在家里当家属。两个人情况差不多，他能支持我的工作，我也能腾出时间来好好工作。"

　　邢翠英的丈夫叫张进喜，是一名"沙海老兵"。就是在这种男女平等的观念下，邢翠英和张进喜在共同工作中产生了感情。1955年12月，22岁的邢翠英和28岁的张进喜喜结良缘。

　　张进喜为人本分，工作踏实认真。经历过血与火的战争，又经历过徒步穿越"死亡之海"生死考验的他，更加珍惜中华人民共和国成立后的新生活，对工作兢兢业业，对妻子疼爱有加。心地善良的邢翠英对张进喜也是敬佩有加。

　　"那时候结婚没房子，好几对年轻人一起举行集体婚礼，结完婚还住集体宿舍。到我生娃娃的时候，我们还没房子，领导就把托儿所的一间小房子腾出来给我生娃娃用。"

　　一个个家庭组建起来了，一个个新生命呱呱落地，荒漠有了生机，连队有了更多欢笑。为了更好地生活，军垦战士们开始盖房子。

"那时候的房子其实就是地窝子，在地上挖个坑，上面搭上芦苇把子。外头刮风，里头也刮风，早上起来被子上全是土。"但这一切困难都没有影响军垦战士们建设边疆、建设美好家园的热情。

"那时候条件差，我们吃的都是涝坝里的水，上面漂着羊粪蛋。"

"这里除了沙包就是沙包，有巴掌大的地，我们就种上庄稼。"

平沙包、修大渠。夏天种棉花，冬天栽树。就这样，在大家的共同努力下，田地一点点多了起来，绿荫一点点浓了起来，人群一点点大了起来，十五团慢慢发展壮大起来。

献了青春献子孙

"领导都尊重我们，我真的很知足。我是老党员，党的生日那天，师长还来看望我，还送来了1000元慰问金。以前的兵团领导陈德敏、车俊都来看望过我，车俊还来了两次。有一年山东开运动会，山东省的省委书记、省长都接待过我们，胡锦涛就坐在离我们不远的地方。"说起领导的关怀，邢翠英老人幸福自豪，感激之情溢于言表。

"不过，我也无愧于公家，干啥也没落在后头，两次被评为先进，多次被评为优秀共产党员，退休以后还评了优秀党员。每年团里来很多劳务工摘棉花，让我帮忙带娃娃，我都尽心尽力。"

退休以后，邢翠英和老伴住在团场免费提供的120平方米的砖房里，房前有一片菜园，门前是与房屋一样宽的葡萄架。果蔬满园，儿孙绕膝，幸福安宁的田园生活老两口很满足。

由于长年超负荷劳作，邢翠英患上了腰椎间盘突出，不能行走，常年靠轮椅出行，很少出门。老伴2012年10月去世后，邢翠英一直独居。好在儿子就在隔壁住，有个头疼脑热，方便照顾。

邢翠英自豪地告诉记者，她的5个儿女，由于没钱上学，都只上到初中，但孩子们都自学了大学学业。现在是儿孙满堂，一家人生活很幸福。

"戈壁变良田，沙漠变绿洲，高楼大厦平地起……刚来新疆时，领导们就给我们讲以后新疆会变成这样。现在你看，我们团场多漂亮，当年的愿望不都实现了吗，我知足得很!"邢翠英笑着说。

我来新疆从不后悔

"您来新疆那么多年，后悔吗？"

"从来不后悔！"

面对我的提问，81岁高龄、承受了5年尿毒症透析折磨、身体羸弱的董桂花语气坚定地说，那一刻她原本黯淡的眼眸变得奕奕有神。

2017年是山东女兵进疆65周年，6月底的一个周末，我专程来到位于十二师二二二团团部的董桂花家，对这位令人尊敬的山东女兵进行采访。

建设边疆 使命光荣

董桂花和91岁的老伴李信志居住的楼房虽然只有70多平方米，家具陈旧简单，但收拾得干净整洁，客厅墙上的一个大相框集纳了很多老照片，卧室墙上还有一排儿孙满堂的全家福照片，很是温馨。

"我记得1954年二军25团到我老家招兵时是元月份，家家户户正在备年货，当时我18岁。听着部队接兵同志的演说，听着新疆优美动听的歌曲，我激动万分地报了名，经过严格的检查、考试，我被招上了，当时我那个心情啦很激动。"回想起63年前参军的那一刻，董桂花仿佛又回到了那个激情燃烧的岁月。

"我家里姊妹三个，老家人都看不起女娃，说女娃娃干不了大事，我就不信这个，一心想干些事。妈妈舍不得我走那么远，哭着不让我来，但我还是下定决心要参军建设边疆。"董桂花说。

不久，董桂花就恋恋不舍地告别了母亲和亲人们，踏上了西去新疆的列车。"从山东坐火车到甘肃兰州，之后改乘汽车去新疆，一路向西，走了一个多月，到了25团一看，到处是一眼望不到边的戈壁滩，我们这些小娃娃都失望得哭起来。虽然现实跟来之前想的有很大差别，但我想已经来了就好好干吧。"既来之则安之，山东人吃苦耐劳的品质此时此刻在董桂花的身上显现出来。

"我被分在25团一营一连，这时才知道什么叫地大，什么叫荒凉、寂寞。这里的条件虽然艰苦，但有兵团的战士们，和我们这些来自不同地方的山东姐妹，大家亲如一家，也就忘记了一切苦恼。不久我们跟随着部队一起开荒造地，大家起早贪黑地拼命干，从不叫苦叫累。1955年团场在炮台自力更生开荒造田种棉花，秋天白花花的棉花一大片、一大片的。看到这丰收的景象，我们的心里有说不出的高兴。那时候，大家干工作都是你追我赶争先进。为了多摘棉花，晚上月亮还挂在天上，我就悄悄地来到地里摘棉花。太阳落山了，我们还在地里干着，没有人叫苦叫累，手上长满了倒刺，手背和手腕子被棉花枝叶拉得血痕累累，但我们一点也不觉得苦和累。为了节省时间，我们中午饭都在地头吃，一口凉水，一口干馍就算是一顿午饭。我以一天摘了119.8公斤棉花的最好成绩，被评为团场拾棉花能手。现在，这枚奖章还在团文史馆里。"回想当年战天斗地的革命热情，董桂花语气中满是自豪。

"1954年我参加柳沟水库建设，那时候条件非常艰苦，我们女同志跟男同志一样干活，女同志给筐子装土，男同志抬筐运土。这活又重、又脏、又累、又紧张，十几岁的我在家从没干过这样的土方活，这在老家都是男人们的事。但那时候大家都争先恐后地干，谁都怕落在后面，身上的衣服每天不知让汗水打湿过多少回，满头满脸的灰尘，分不清谁是谁。身上的衣服是晚上洗了白天穿，破了补一补、缝一缝又继续穿。手上血泡也不知打了多少个，看着一双起满老茧的双手，根本不敢相信是不到20岁的姑娘的手。吃得也很简单，伙食单一，但我们从不叫苦叫累，经常受到领导的表扬。我参加革命工作以来获得不少奖励，这都是党和人民培养的结果，我只不过做了该做的工作。"尽管一辈子吃了很多苦，但董桂花从不以为苦，对党和组织饱含感恩之情。

革命婚姻 幸福一生

"我结婚后跟着你叔叔把南北疆跑遍了，住了七八个地窝子，印象中光搬家，一年不知要搬多少次，那时候年轻也不知道累。"虽然青春岁月经历过那么多苦，但这位瘦弱的耄耋老人没有丝毫埋怨。

"我和你叔是连长介绍的，1956年3月8号结的婚，当时一共有4对排以上干部举行集体婚礼，大家一起热闹热闹，吃点瓜子、花生。住的是苇子房，往地下挖50厘米，上面搭上苇把子就成了。"

"苇子梁苇子墙，苇子铺的钢丝床。"听董桂花说起这段往事，老伴李信志笑着说起当年的顺口溜。

"我爱唱歌、爱文艺，领导让我学护士，我拒绝了。这一辈子跟着老伴全疆各地到处跑，他是搞水利工作的，那时候新疆、兵团水利条件特别差，他到处跑着建水库，我就跟着干后勤。这辈子值了，你叔叔对我百分之百好，我们从没有红过脸。"回忆起当年刚结婚时的情景，董桂花的脸上露出幸福的笑容。

我问李信志老人，在他心中老伴是个什么样的人。李老感慨地说："她是一个一切吃苦在前的人，无论在哪儿上班都很努力。带着娃娃跟着我跑遍了南北疆支持我搞建设。当时生活生产条件特别差，建设工地没房子住，娃娃们都是在地窝子、苇把子房里生的。由于孩子多，家务重，领导让她当家属，不上班在家带娃娃，她不干，她说'我是来建设边疆的，不是来带娃娃的’，一心扑在工作上。"

董桂花说，那时候她们都谈理想、谈工作、谈未来，一切为了国家和集体，没有私心。领导说的"楼上楼下，电灯电话，小车洋房"，现在都变成了现实。说到这儿，老人像个孩子般高兴得举起了双手。

1965年至1967年董桂花被调到阜北农场（现二二二团）农七队，由于工作认真，成绩突出，被连续评为"五好"工人和生产能手。1979年至1980年，董桂花被调到农八队牛圈工作。当时她已经是三个孩子的母亲，照顾孩子和家的任务也很重，但山东人要强的个性让她从不服输。

担任班长的董桂花总是担心完不成任务，不管酷暑严寒，她领着一班人天天起早贪黑干，放牛、喂牛、铡草、接生牛犊、挤牛奶，每天早晚两次挑牛奶送到队里，工作安排得满满当当。在工作上她处处以身作则，生了病吃点药连续顶着干，只要没有倒下，就一天病假也不会请。特别是在母牛下犊季节，接生牛犊很辛苦，几天几夜连轴转，有时候遇到母牛难产，数九寒天的夜晚，她住在牛圈里，观察照料母牛，确保牛犊顺利产下。牛圈离队部较远，到了冬天，野地的狼没吃的常常袭击羊群和牛群，她和守夜的同志一起巡逻，使集体财产免遭损失。由于她工作认真，忠于职守，吃苦在前，勇挑重担，因此年年被评为先进生产者或优秀工人。

平凡一生　伟大母亲

每个人的一生都是一部书，更何况跟随丈夫跑遍南北疆投身建设边疆事业60多年的董桂花老人，她的人生经历更是一部厚重的历史。

记者让老人回忆一下过去60多年生活工作中记忆深刻的事儿，老人认真地皱起眉头想，但想了半天也想不起来，懊丧地对记者说："你看，这个病太折磨人，我这记性越来越不好了，过去的很多事都想不起来，脑子越来越糊涂了。"

　　"刚进疆时间不长，那会儿我和同班的女兵们都住在地窝子里，地上放些板子铺些苇子就是床了，一个班12个女兵睡大通铺，一人只有50厘米宽。突然我发现床下有长虫（蛇），吓死我了，我的惊叫吓醒了其他女兵，她们赶紧喊来了男班长，狠狠地打，最后在我们床下打死了12条长虫。"回忆起当时的场景，董桂花现在还心有余悸。

　　"1958年12月13号，我刚生下大儿子的第二天，团里调老李去剿匪，晚上地窝子没灯了，黑灯瞎火的，我一翻身差点把儿子压死。那两年，老李跟部队一出去剿匪就是几个月，家里一点顾不上，都是我一人操心。1957年9月20号生女儿，因为没人照顾，第二天我就起床出门到食堂买饭、照顾孩子。"

　　"我家有5个孩子，工作忙家务多，但咱山东女娃泼辣，不娇气，有啥累啊难啊自己苦从不跟人家说，人活着还是要有点精神的。"董桂花继续讲述。

　　在大儿子李克心目中，母亲不但能干还是个慈祥的妈妈，对子女非常关心呵护。"我妈在八队牛圈工作时，每天凌晨4点赶到离家一公里外的牛圈，挤完牛奶后又赶紧回家给我们做饭，非常辛苦，但从没听她喊过苦叫过累。"

　　严格的家教，淳朴的家风，以身作则的榜样力量，使董桂花的5个孩子都成长为务实本分的人，工作上继承了父母认真负责、兢兢业业的品质，受到单位领导和同事们的肯定和好评。

　　今年77岁的退休职工乔德仁，跟董桂花是多年邻居，说起她赞不绝口："董桂花是个好人，一辈子老实本分，平时隔壁邻居谁家有事她都热心帮忙，说话办事讲理，有肚量，从不计较。"

　　正如董桂花老人所说："咱一辈子没给山东人丢脸！"她用简单而厚重的一生诠释了60多年前离开故乡时对故乡的承诺。

这辈子来新疆不后悔

　　盛夏的一天，记者见到了今年88岁的山东女兵郭秀婷，中等身材，皮肤白皙，满头银发，说起话来笑声朗朗，山东人豪爽的性格可见一斑，虽然经历过很多苦难，但老人家看上去依然神采奕奕。

　　1929年8月，郭秀婷出生在山东省平度县（今平度市）一个普通的农村家庭，她是家中老大，下面有两个弟弟、一个妹妹。

　　"1954年3月，新疆军区的干部来我们县招收女兵，我决定报名。我母亲支持我，但父亲极力反对。最终，在母亲的劝说下父亲同意了我的选择。当时，我们村报名来新疆的就我一个人。"回忆起当年参军到新疆的情景，郭秀婷不由自主地笑起来。

　　从平度经高密，到济南乘火车，坐到兰州后又改乘汽车，饿了啃几口干饼子，渴了喝几口冷水，经过20多天的行程，年轻的郭秀婷和其他女兵终于到了乌鲁木齐。部队对女兵们进行整编，郭秀婷被分配到乌鲁木齐工一师一团水磨沟的一个建筑单位。

　　"乌鲁木齐市人民电影院、南门民族剧院、和平渠、火车南站，都是我们那时候建设的。夏天我们女同志的主要工作是抬土方、刷油漆、刮泥子，冬天砸石头、拉煤炭。每天天不亮就去上班，干一个多小时再回来吃饭。为了多出活，我们午饭都在工地上吃，经常晚上点着煤油灯工作。"回想起那时候的生活条件之苦和工作干劲之高，郭秀婷慨叹不已。"俗话说盖房子的没房子住，还真是这样的。我们建筑单位到处搞建设，自己却没房子住，经常住地窝子、住帐篷。"

"来到新疆不久后，指导员和排长就给我做工作，介绍对象。当时我已经25岁，在山东姐妹里面年龄算大的。他们给我介绍的对象是当时单位上的副队长汤清水，比我大11岁，参加过著名的孟良崮战役、兰州战役、哈密战役等，正营级干部，为人正直，憨厚老实，踏实肯干。1954年10月1号我们结了婚，第二天就搬到七道湾预制厂在玉米地边搭建的简易帐篷里。老汤经常开会回家很晚，那时候到处是荒郊野地，经常有狼出没，帐篷一点都不安全，我一人很害怕，经常搬回集体宿舍住。"

"老汤人很好，对我也非常好，结婚几十年，从没有骂过我，更没动过我一根手指头。"在那个特殊的年代，像郭秀婷和汤清水这样的革命婚姻很多，但这些经历过战争与死神擦肩而过的老战士更加珍惜来之不易的幸福生活，对妻子都非常好。

"1956年，我的大儿子出生了。不久，单位派老汤到石河子进修一年。我和孩子就住进了集体宿舍。当时集体宿舍条件比较差，没有床，在地上铺些干草当床，房子到处漏风，孩子不小心受凉，抽风、出麻疹，虽然多次住院治疗，但最终还是没有保住。"回忆起那段痛心的往事，郭秀婷流下了难过的泪水。

1960年，工一师阜北农场（现十二师二二二团）开始建场，需要大量的人员，领导提名要汤清水到农场去，说老汤肯干、能吃苦，农场搞建设就需要这样的人。很快，郭秀婷就随丈夫一起来到了阜北农场，这一待就是一辈子。

"当时的场部只有几排土房子，我们自己盖了两间土房子，屋顶上放几根椽子，再放些红柳条和麦草，上一层草泥，遇到下雨天就漏水。当时我们的主要任务就是开垦荒地、兴修水利，每天劳动很辛苦，但大家热情都很高，你追我赶，积极工作。"

1963年，老场部搬到现在的地方，没有房子住，郭秀婷和丈夫就利用业余时间打土块，自己盖房子。当时，他们都在团修造厂工作，汤清水任车间主任，郭秀婷在木工班工作。后来，郭秀婷又从事过建筑、榨油等工作。由于劳累过度，患上了腰肌劳损，有时干活腰痛得都站不住，但山东女性要强泼辣的个性使她一直坚持上班，从不叫苦叫累。

1968年，单位为了照顾郭秀婷，把她分配到加工厂托儿所工作。那时候，为了上班，人们把只有几个月大的孩子都送到托儿所，托儿所工作人员少，郭秀婷整天忙个不停，常常很晚才下班。

汤清水是三级残疾，在解放战争中，敌人的一颗子弹从他右脸颊穿过大牙出来，另一颗子弹从他的左胳膊穿过，左小腿也被子弹打伤过。上级给他发的抚恤金他不要，他说还是给那些比他更困难的人。

在参加一次劳模表彰会后，上级领导找他谈话想调他到乌鲁木齐工作，被汤清水拒绝了，留在团场继续当车间主任。后来车间改为修造厂，他担任厂长，直到63岁光荣离休，享受副团级干部待遇。1994年8月，汤清水因患癌症不幸去世，享年76岁。

1980年郭秀婷也光荣退休。忙碌了一辈子的她退休后也闲不住，每年秋收团场劳动力紧缺，她就和其他退休工人一起摘啤酒花、打扫卫生，做一些力所能及的事。

"我母亲是典型的山东女性，性格泼辣，一辈子勤勤恳恳，任劳任怨，对我们家教很严，也为我们的成长打下了很好的基础。"汤卫新说起母亲很是自豪。

我问郭秀婷："您来到新疆兵团60多年建设边疆，这辈子吃了那么多的苦，您后悔过吗？"

"这辈子来兵团不后悔！现在的生活越来越好，实现了当初领导给我们描绘的'楼上楼下，电灯电话'的美好生活，儿女工作都很努力，在单位上都受人尊重，孙子们工作学习也都很好，我觉得自己很幸福！"郭秀婷抱着一岁多胖乎乎的曾孙子开心地笑了。

歌声中的可克达拉

"美丽的夜色多沉静，草原上只留下我的琴声，想给远方的姑娘写封信，可惜没有邮递员来传情。等到千里冰雪消融，等到那草原上送来春风，可克达拉改变了模样，姑娘就会来伴我的琴声，来来来……"

每当听到《草原之夜》这首歌曲，黄昏中的可克达拉就会浮现在眼前，金色的余晖照在那条并不算长的街道上，朴素可爱的人们在长满绿色植物的田畴中劳作，混合着烤包子、烤羊肉串香味的炊烟在空中飘荡，悠扬的歌声轻轻抚过我的心间，就像母亲温暖的手让我那颗在尘世中奔波劳顿的心安静下来。

一片热土与一首歌

机缘有时是无法解释的。

"可克达拉"和《草原之夜》之间冥冥之中有着无法言表的机缘。

从这块小小的土地上诞生的《草原之夜》被誉为"东方小夜曲"，她以忧伤、婉转、抒情的魅力抵达听者的心灵，让你的坚硬在瞬间崩溃。而"可克达拉"这个在中国地图上根本无从找到的小小的地方，也因为这首歌成为天南地北无数歌迷心中的圣地。

我庆幸自己出生在这个叫作"可克达拉"的小地方，从此让我与《草原之夜》这首歌有了说不尽的机缘，而这首歌也让我产生了说不尽的骄傲和自豪。

60年前，八一电影制片厂纪录片导演张加毅在可克达拉农场（后改名为六十四团）拍摄了一部大型彩色纪录片《绿色的原野》，作为国庆10周年献礼片。

这是一部歌颂兵团战士建设社会主义的劳动热情和反映新疆多民族亲密团结的影片，《草原之夜》是该片的主题歌。随着影片在全国各地的公映，《草原之夜》迅速风靡神州，以前在地图上都很难找到的边境小农场——可克达拉，也因此在一夜之间广为人知。

《草原之夜》因其优美深情的旋律、感人至深的歌词被收入中国民族经典歌曲的宝库，与《天涯歌女》《在那遥远的地方》《半个月亮爬上来》《康定情歌》《紫竹调》《敖包相会》《茉莉花》《蝴蝶泉边》和《花儿为什么这么红》并称为国乐精华之十大民歌。

1992年，联合国教科文组织把《草原之夜》定为"世界著名小夜曲"，这首抒情歌曲成为世界文化的瑰宝，被人们誉为"东方小夜曲"，成为我国第一首被列入世界名曲的经典抒情歌曲。

因为《绿色的原野》，可克达拉成了张加毅导演魂牵梦萦的地方。他在拍摄影片时对可克达拉的群众说，等到可克达拉改变了模样，我还会来看你们的，我还要来拍电影。

岁月无情，张加毅却没有等到再回可克达拉的这一天，这成为他一生的遗憾。在弥留之际，他叮嘱家人一定要将他的骨灰埋在可克达拉这片土地上，他要与可克达拉的人民永远在一起。

无数次地漫步在可克达拉草原上，秋风中的牧草随风摇曳，仿佛是在轻轻地呼唤那些远走的岁月。徜徉在草原深处，我依然能够听见张加毅老人饱含深情的呼唤，可克达拉，我的可克达拉……

一首歌曲与一群人

因为《草原之夜》这首歌曲，可克达拉的人们对音乐有着一种独特的情怀。有位来到可克达拉的艺术家感慨地说："可克达拉的人天生都是歌手"。

是的，这里的人都会唱《草原之夜》，并且乐此不疲地唱了一代又一代。

漫步在黄昏的可克达拉街头，你可以听到用维吾尔语、用哈萨克语、用汉语唱的不同韵味的《草原之夜》，每个人唱的感觉和味道各不相同，但每个人都是在用心唱这首歌。

从可克达拉走出去的伊犁州第一个声乐硕士、伊犁师范学院声乐副教授史春梅，被誉为"伊犁歌王"、曾在西北五省"花儿"演唱比赛中获大奖的回族歌手马玉斌，在伊犁音乐界颇有名气的专业歌手游密黎、谢国华、皮达尔卡等就别说了，业余歌手郭方君、张冬生、候广慧、周克生、李为公、谢利民……随便站出来放声一唱吓你一跳：几乎专业水准啊！

中国文化名人吴祖强先生来可克达拉观光后，感慨万千地写下了"草原之夜，歌舞之乡"八个大字。

在可克达拉这片土地上，因为爱唱《草原之夜》，这里的人们愿意用音乐这种形式诠释对家乡深厚的感情，于是《美丽的家乡可克达拉》《可克达拉》《可克达拉我的家乡》等一首首优美深情的歌曲从可克达拉诞生，并被更多的人传唱到更远的地方。

如今的可克达拉，已成为新疆边境线上一颗璀璨的明珠。半个世纪以来，她更加成熟、更加美丽、文化气息更加浓厚。在这里，夏秋季节，每周末傍晚，文化广场上都会上演丰富多彩的文化活动，每个单位都会拿出最精彩的节目，每个人都会把自己最优秀的一面呈现给大家，在活动中人们最爱唱的还是《草原之夜》。

充满传奇色彩的可克达拉，吸引了中央电视台音乐频道《百年歌声》、电影频道《电影传奇》等栏目摄制组前来拍摄专题片。

2010年8月31日，可克达拉举办"再唱《草原之夜》演唱会"，史春梅、马玉斌、游密黎、谢国华等从可克达拉走出去的伊犁音乐界名人应邀回到家乡参加演唱会，为数千名家乡观众义演。

应电影频道《电影传奇》栏目摄制组邀请参加演唱会的兵团文工团优秀青年歌唱演员李秀莲婉拒了六十四团为她提供来回机票的好意，自费从乌鲁木齐赶到可克达拉，并且不要一分钱报酬为观众演唱。虽然可克达拉的舞台并不华丽，但他们却用全部身心唱出自己对这片土地的深情。

李秀莲感慨地说，我在全国各地无数次演唱过这首歌曲，可长这么大却是第一次站在可克达拉这片热土上唱《草原之夜》，这更让我产生了与这片土地、与这里的群众、与这首歌曲的共鸣。

穿越了半个世纪的时光，《草原之夜》这首歌的影响力不但没有因时间的递增而减弱，反而更加强烈地冲击着人们的心灵。

每一个走进可克达拉怀抱的人，都深深地被这块神奇的土地和这首动听的歌曲所吸引，并最终深深地爱上她，用自己的一生歌唱她。

一群人与一个地方

与农场其他同龄人一样，我是听着《草原之夜》这首歌长大的。小时候每每听这首歌，只是感觉喜欢那悠扬的旋律。如今，再次倾听这首歌，更能感受到歌声中悠远苍凉的韵味。

1969年春，父亲因为组织上把他的档案丢了闹情绪而被分派到可克达拉农场，在当时这相当于下放。母亲牵着刚刚会走路的姐姐，跟着父亲从伊宁市来到这个偏远的农场，从此开始了他们的农垦职工生涯，并且把自己的一辈子都交给了这片土地。

童年时代的农场连队，没有几栋像样的房屋，刚开垦的土地里戈壁满地、盐碱遍地，地里的苇子盖住了庄稼，下地劳动的强度非常大，挖渠、翻地、播种、锄草、收获，汗珠子掉地上摔八瓣，出工收工的道路上都是厚厚的白碱土，一脚下去鞋里灌满了土。

就是在这样的日子，冬季农闲了人们会聚在一起吹琴、唱歌。记得邻居家的何大哥特别喜欢吹口琴，歌也唱得好。傍晚收工后，他会坐在家门前吹口琴，《草原之夜》是他经常吹的曲子。幼年的我坐在自家院里就能听到悠扬的琴声，而琴声中有着说不尽的惆怅。

而对于我们这些天真的孩童来说，虽然住的是地窝子、吃的是玉米面、穿的是补丁摞补丁的衣服、玩的是红土泥做成的泥巴蛋，虽然我们会为一块水果糖、一块饼干幸福好几天，但物质的贫瘠、生活的压力丝毫没有影响我们单纯的快乐。回想起来，事过经年留在印象中的居然是无边的笑声。

从可克达拉走出的每一个人，一路唱着这首属于故乡的歌，属于自己的歌。可克达拉，成为我们永远的故乡；《草原之夜》，成为我们传唱一生的歌曲。

在可克达拉人的眼中，可克达拉的土地是贫瘠的，又是充满了血性的。

这是一个有魔力的地方，她在人们的生命中深植了一种叫作"坚强"的东西，岁月的苦难不但没有把人们的信心摧垮，反而练就了他们非常的耐力和承受力。回荡在这片土地上的歌声，让人们把苦难看作生活的磨砺，让人们从苦难中看到希冀。

在可克达拉这片土地上有着太多我所熟悉的名字，为了抢救落水的哈萨克族儿童的汉族小伙宋乱气，勇救十七名落水汉族同胞的维吾尔族职工阿不拉海提·卡斯木，生活艰辛仍然抚养汉族弃儿的维吾尔族大妈玛丽亚，节衣缩食却接济了数十名各民族学生的汉族教师易延坚……

还有田野中劳作的人们，还有无数我知道不知道的人，他们就像这草原上默默盛开的花朵，静静地开在岁月深处，以自己的方式回馈着对这片土地的深情。

半个多世纪后，可克达拉真的改变了模样。

2015年4月12日，兵团第八座城市、四师首座城市 —— 可克达拉市正式挂牌成立。因为一首歌，因为一群人，半个多世纪之后，在这个曾经没有邮递员传情的地方崛起了一座现代化的城市。23万四师各族干部职工群众欣喜万分。

智慧注入过的地方，一片片高楼拔地而起、一座座大桥巍然屹立；汗水浇灌过的地方，一片片绿树郁郁葱葱、一片片绿地碧草如茵 …… 迤逦的伊犁河穿城而过，宏伟的高架桥连通两岸，可克达拉成为新疆最美的城市，再一次回到可克达拉，你会为她惊艳！

可克达拉市，一座绿树围绕、鲜花盛开的公园城市，一座碧水环绕、天蓝水清的生态城市，一座充满现代文明、多元文化气息的边陲城市，一座弥漫薰衣草花香的浪漫香都。

可克达拉，丝绸之路经济带上的一颗璀璨明珠，正在祖国西部边陲冉冉升起，《草原之夜》悠扬的旋律在夜空中回荡着，传向很远很远。

　　6月22日，是大型彩色纪录片《绿色的原野》的插曲《草原之夜》诞生56周年纪念日。半个世纪以来，这首歌激励了无数军垦战士屯垦戍边、建设边疆、保卫边疆，拂去了无数人心头的阴霾和忧伤，让生活充满了希望和憧憬。她是兵团屯垦史上一颗璀璨的艺术明珠。近日，笔者采访了影片导演张加毅的家人及参与影片拍摄的相关人员，挖掘出《绿色的原野》拍摄背后鲜为人知的传奇故事献给读者，让我们一起重温那个如歌年代的青春故事和如火情怀。

如歌年代　如火情怀

—— 大型彩色纪录片《绿色的原野》拍摄背后的故事

　　"张导演，可克达拉如今已改变了模样，可克达拉市挂牌成立啦！这是四师首座城市、兵团第八座城市。请您放心，兵团精神会代代传承，祖国西北边防会更加牢固！"

　　静静的坟冢上萋萋青草随风摇曳，仿佛在为这个好消息欢欣鼓掌。

　　2014年4月22日，78岁的伊犁州路政系统退休职工周克昌老人激动地前往位于精伊霍高速公路边的《草原之夜》风情园，把四师可克达拉市挂牌成立的好消息告诉长眠在可克达拉这块热土上的中国著名纪录片导演张加毅。

向草原进军

1958年，时任铁道兵司令员、政委兼国家农垦部部长的王震邀请八一电影制片厂纪录片导演张加毅有机会去新疆生产建设兵团拍摄一部反映军垦战士屯垦戍边、艰苦创业的影片，并热情地向他介绍了兵团的有关情况。不久后，张加毅奉命准备拍摄一部大型彩色纪录片，作为中华人民共和国成立10周年的献礼片，他把目光瞄准了新疆生产建设兵团。

临行前，张加毅还受到周恩来的亲切接见。在谈到即将要拍的纪录片时，周恩来做了三点指示：第一，要歌颂兵团战士建设社会主义的劳动热情；第二，要很好地反映新疆多民族的亲密团结；第三，要反映中苏友好。

根据周总理的指示，张加毅在1958年秋天赴新疆进行采访，选定了即将成立的可克达拉农场（后改名为六十四团）作为拍摄点。这里生活着13个民族的军垦战士，他们的生活是一幅多姿多彩的民族团结壮丽画卷。可克达拉当时还是一片未被开垦的荒草地。可克达拉，维吾尔语意为"绿色的原野"，因此拍摄组最后将片名定为《绿色的原野》。

1959年3月，《绿色的原野》在伊犁可克达拉农场开机，肥沃的土地此时还沉睡在冰天雪地之中。一支由汉族、维吾尔族、哈萨克族等13个民族组成的军垦战士，扛着"八一"军旗，骑着马，坐着马拉爬犁，开着汽车、拖拉机，踏着冰雪向草原进军。他们像当年奔赴战场一样，斗志昂扬，歌声嘹亮，张加毅和同事们用摄影机记录下了这极具感染力的场面。

张加毅把战士们向草原进军的镜头拍摄地点选在赛里木湖畔。可当时兵团还没有多少车，要组织这样大的场面有很大的难度，于是抽调当时在清水河公路管理站工作的周克昌到拍摄现场协助组织车辆。

周克昌告诉笔者："我站在公路边拦车，有五六十辆车了，再按照张导演的要求让车统一行进。当时还拍摄了数十辆马车和爬犁行进的场景，为了拍摄'向草原进军'的镜头，大家忙乎了一天。"

在张加毅导演现场拍摄间隙，周克昌向他介绍了当年在新疆广为流传的几句顺口溜："兵团三大怪：粗粮吃、细粮卖，下雨天当礼拜，发不起工资打牌牌。"周克昌说，兵团当时的奋斗口号是：政治挂帅、思想先行，吃苦在前、享受在后。正是凭着这种精神，初建时期的兵团在三年自然灾害中，给兄弟省市支援了数千吨粮食，缓解了灾情，受到党中央和国务院的表彰。

新疆生产建设兵团军垦战士艰苦奋斗、无私奉献的精神深深地打动了张加毅，他表示，影片要反映新疆生产建设兵团战士热爱祖国、无私奉献、艰苦奋斗、开拓进取的精神，让全国人民更深入地了解新疆生产建设兵团和兵团战士。

三进果子沟

1958年冬天，张加毅率剧组主创人员深入新疆伊犁采访，即将任可克达拉农场场长的默哈默德陪同他们来到赛里木湖畔。湖的一侧是通往伊犁的山路，路的两侧是白雪覆盖下傲然挺立的松林，松林间横亘着几道不被人注意的雪沟。默哈默德介绍说："这可是福沟宝地，里面全是野果子树，春天花满枝，秋天果满沟，很美！明年春天，还有秋天，你们再来看！"

1959年春天，张加毅率摄制组来到果子沟拍摄。春天的果子沟鲜花遍地，争奇斗艳，扑鼻的花香沁人心脾，花丛中蜂飞蝶舞，美不胜收。张加毅和摄制组的成员们流连忘返。

可克达拉农场副业队的营地就在离果子沟不远的地方，军垦战士们举着香馕，端着蜂蜜，载歌载舞欢迎张加毅和摄制组成员。他们身后是数百个蜂箱，无以计数的蜜蜂在花蕊间穿梭采蜜。

　　张加毅和摄制组成员一边架机拍摄，一边询问他们蜂蜜的收成情况。战士们骄傲地告诉张加毅："好极了，不但可以满足农场职工需要，还可以供应市场。"他们接着又说："不过，五分之一的产量被扒手偷吃了！"张加毅很惊讶："这地方的小偷很厉害呀！"战士们大笑不止，领着他们来到一个蜂箱前。张加毅一看大吃一惊，一头"黑瞎子"用大掌"啪"地打烂蜂箱，不管不顾地抓起一块蜜板津津有味地吃起来。蜂群受到袭击，都飞到箱顶上空聚成一团，向敌人发起反击。然而，"黑瞎子"毛长皮厚根本不在乎，吃得更加来劲儿。正在它得意之时，忽然发出"嗷嗷"的叫声，两只熊掌不停地拍打自己的鼻头，原来是一只聪明的蜜蜂对准狗熊的鼻子猛蜇了一下。"黑瞎子"大叫起来，叫声引来了农场战士，一个小伙子手持猎枪对着天放了一枪。副业队队长说："不能伤害狗熊，它是咱农场的一员哩！"

　　告别春天的果子沟，张加毅和摄制组成员到别处继续拍摄。转眼到了秋天，他惦念着果子沟美丽的秋景，就和摄影师再次前往果子沟。还没到果子沟，远远就闻到浓郁的果香。几十里山路上，人们赶着毛驴车来来往往热闹非凡，从果子沟出来的毛驴车上都装满了果子，人们的脸上洋溢着丰收的喜悦。

　　果子沟名不虚传，到处都是成熟的野果，沟里沟外，处处是采果子的人。张加毅很惊异农场怎么会有这么多人，一打听才知道，除了农场的军垦战士外，方圆几十里的维吾尔族、哈萨克族等各族群众，都可以自由采摘果子，只要你能运走。这么多的鲜果难以久放，农场就组织人力把果子加工成又香又甜的果酱。战士们还热情邀请张加毅和摄制组的同志品尝果酱。多年之后回想起当时的场景，张加毅仍感慨军垦战士的勤劳智慧。

开发可克达拉

1959年春天，刚刚成立的可克达拉农场是一望无际的荒草滩、芦苇湖。军垦战士们没有不满和怨言，放下行李，挖个地窝子，支起帐篷，就算安了家。垦荒播种的战役打响了，战士们开着拖拉机、播种机在这块土地上耕耘。数百匹战马在荒原上等候，战士们换马不换人，创造了日耕地82亩（约5.47公顷）的奇迹。

劳动创造智慧。战士们发现草原上的野草根茎较浅，人工拔除功效不高，就设法在拖拉机后面固定一根或几根粗大的木杠，横拖着从草地上扫过。一片片的野草被连根拔起，极大地提高了垦荒效率。战士们劳动热情高涨，短短一个多月就播种了数千公顷小麦和棉花。与中华人民共和国成立前那种落后的耕种方式相比，简直是天壤之别。例如，一个哈萨克族马拉犁手一天开荒82亩（约5.47公顷），一个维吾尔族小伙子驾驶着拖拉机一天耕300多亩（20公顷）地。张加毅感慨：没有那一代军垦战士的无私奉献，就没有今天的幸福生活！

夏收季节到了，清风徐来，金黄的麦浪随风起伏，整个可克达拉沉浸在丰收的喜悦中。收割机、大钐镰一起上，虎口夺粮，收获的麦子堆成一堆，像小山一样。金秋时节，数百人在棉田里一字排开，双手上下翻飞采摘棉花，晒场上堆满雪白的棉花。

昔日的戈壁荒滩，在军垦战士汗水的浇灌下，变成了绿色的原野，处处生机勃勃。13个民族的军垦战士用汗水谱写的华丽篇章被张加毅和同事们收入镜头，永载史册。

《草原之夜》的诞生

从1958年秋到1959年国庆节的一年多里，张加毅与可克达拉农场的军垦战士们同吃同住，全身心地投入到组织拍摄《绿色的原野》大型彩色纪录片工作中。

在辽阔的草原上，在美丽的赛里木湖畔，张加毅领略了独具魅力的草原文化和千姿百态的民俗风情，但最让他难忘的还是开发建设可克达拉农场的军垦战士们。没有房子住，他们就挖地窝子。春天冰雪刚刚融化，他们就驾驶着马拉犁、拖拉机、播种机在一望无际的荒原上耕耘。当夏天麦浪金黄时，一台台康拜因开进麦田，收获的麦粒像一座座小山堆满了晒场。晚上收工后，各族军垦战士聚在一起载歌载舞……

1959年6月22日晚饭之后，张加毅叫上青年作曲家田歌骑马出去溜达。他们从住的地方向西走，此时太阳如金灿灿的圆盘，一切显得静谧而美好。他们骑在马上缓缓前行，与喧嚣的白天相比，傍晚的草原更具魅力。他们就这样并辔而行，享受这难得的美景，谁也没说一句话。

继续前行了一段，张加毅看见不远处的芦苇丛中有缕缕青烟升起，走近一看，原来是军垦战士点燃了篝火，把打来的猎物挂在架子上烧烤，旁边的草地上还有躺着坐着的小伙子，他们弹起冬不拉，唱着动听的歌曲。

张加毅来到他们中间："阿达西（维吾尔语意为'朋友'），你们唱的是什么？"小伙子们回答说："我们唱劳动、唱爱情、唱今天，也唱明天嘛。"这不正是发自人民心中的语言吗？张加毅从口袋里掏出一个旧信封坐在床边一口气写下了歌词：美丽的夜色多沉静/草原上只留下我的琴声/想给远方的姑娘写封信/可惜没有邮差来传情……等到千里雪消融/等到草原上送来春风/可克达拉改变了模样/姑娘就会来伴我的琴声……

张加毅只用了半个小时就完成了词作，把它交给了田歌。田歌拿着这首词瞪眼看了半天不动声色。张加毅感觉到他的心语，大概心想这个词不错，但怎么这样软呢？不合潮流吧！等了一刻钟见没有动静，张加毅焦急地问他："行不行？你说话呀！"田歌说："亚克西（维吾尔语意为'好''优秀''棒'）！亚克西！太美了！我来谱曲吧。"40分钟后，田歌把曲子交给了张加毅。张加毅请他试唱，他打开琴盒，一边弹琴一边唱了起来。

优美动听的旋律深深地打动了张加毅，他心想：田歌呀田歌，我的词是软了些，可你的曲子比词还软，但觉得很美，就让他一遍一遍地唱，越听越有味道，竟忘了自己是在审查他的曲子。试唱了五六遍，田歌催问："到底行不行，你表态呀！"张加毅正要表态，忽然听到窗外一帮少数民族战士说："亚克西！亚克西！"他笑着对田歌说："还用得着我表态吗，群众批准了！"回到北京后，张加毅请当时我国著名的抒情男高音歌唱家孟贵彬演唱并录了音，完成了这首歌的创作。

《草原之夜》这首歌曲随着影片的播放飞向祖国的大江南北，很快就在全国各地流传开来，溢美之词也像雪片一样飞到张加毅手中。邮政系统的干部职工向他反馈：中华人民共和国成立都10年了，昔日的"邮差"早已被"人民邮递员"取代了，张加毅听了立刻将原词里的"邮差"改成"邮递员"，就形成了今天大家传唱的歌词。

随着《绿色的原野》在全国各地公映，《草原之夜》迅速风靡神州。以前在地图上都很难找到的边境小农场 —— 可克达拉，也在一夜之间声名鹊起、广为人知。

一部艺术作品的魅力是无穷的。半个世纪以来，《草原之夜》被一代又一代歌者用饱含生命激情的声音演唱着，她以舒缓、委婉、悠扬、动人的旋律表达着人们对幸福生活的向往和赞美之情，成为人们心中永远奔腾不息的一条大河。

可克达拉改变了模样

—— 纪录片《绿色的原野》六十四团原型演员回访

2015年4月12日，兵团第八座城市、四师首座城市 —— 可克达拉市正式挂牌成立。这座城市的名字来源于四师"东方小夜曲"《草原之夜》的诞生地 —— 可克达拉（六十四团）。因为一首歌，因为一群人，半个多世纪之后，在这个曾经没有邮递员传情的地方正在崛起一座现代化的城市。

4月22日，记者来到六十四团采访了1959年拍摄的大型彩色纪录片《绿色的原野》中一些依旧生活在团场的原型演员和他们的家人，挖掘沉落在半个多世纪时光尘埃里的传奇故事。

古丽巴哈和小可克达拉

影片《绿色的原野》开头有一位维吾尔族母亲一边给一个三四个月大的孩子洗澡，一边哼着悠扬的歌曲，场面非常温馨优美，展现了当时可克达拉农场人幸福温馨的生活场景。这位母亲名叫古丽巴哈，孩子名叫"可克达拉"。

可克达拉的母亲古丽巴哈今年76岁，多年来一直生活在六十四团五连。说起当年拍电影的情况，白发苍苍的古丽巴哈情不自禁地笑起来。她说，当年她并不知道自己上电影了，直到一年后这部电影在六十四团公映时，她才知道自己当时是在拍电影。

说起为啥要给孩子取名"可克达拉"，古丽巴哈说，当时的可克达拉农场刚组建不久，孩子的父亲与其他军垦战士一起建设农场，我们希望可克达拉农场的未来是美好的。为了纪念孩子出生的这块土地，也为了表达对美好生活的向往之情，她给孩子取名"可克达拉"。

来到六十四团十四连，我们寻访当年在电影里只有3个月大的小可克达拉，算来她现在应该有56岁了。来到连队一处安静整洁的院落，新上架的葡萄正在发芽，一栋带廊檐的平房，屋内陈设温馨简单。中等身材的可克达拉（又名古丽娜尔·热合曼）胖胖的，皮肤稍黑，大大的眼睛，依稀还可以找到影片中当年的模样。

可克达拉说："我头一次知道自己上过电影是1997年张加毅导演来团场，他专程来家里看望妈妈，并问妈妈当时拍电影时那个小女孩多大了，妈妈说38岁了。得知张导演想见见我，妈妈赶紧给我打电话，我立即赶到妈妈家。"张导演见了我笑着说："你不到北京看我，我只好来看你了。"

回忆起往事，可克达拉的眼睛泪光闪闪，感慨张加毅导演和夫人待人和蔼。她说："张夫人亲切地叫我小可克达拉，我不好意思地说我都老了。张夫人笑着说，在我们面前你永远是小可克达拉。2000年8月中央电视台的导演来团场拍片子，还专程告诉我，张导演说他身体不太好，不能来看你们了。"

可克达拉告诉我们，出生于1959年1月8日的她，还有一个小3岁的妹妹，小时候她被姨妈接到苏联去了，后来妹妹不幸去世，父母又把她接回来，落在妹妹的户口上，也因此她晚退休了3年。

在可克达拉的解释下，我们才弄清了原来一直说影片里的她当时3个月大是有误的，实际是8个月。可克达拉说，3个月大的孩子哪有那么大，当时妈妈抱着我洗澡，我都可以坐在盆子里了。而3个月大的孩子是坐不住的。

可克达拉有兄弟姊妹5个，其中4个是男孩，她是家中老大。她告诉我们，小时候经常听母亲说，以前团场都是芦苇湖，连条像样的路也没有，父母和其他第一代军垦战士们不分昼夜地开荒、挖渠、种地，住的是地窝子，吃的是玉米面。虽然生活条件非常艰苦，但大家团结和睦，互帮互助，就像一个大家庭。

可克达拉说，父亲去世时是一名有着42年党龄的老党员，经常教育儿女们做人不能自私自利，要关心别人的利益。她告诉我们这样一个故事，其父亲的品格由此可见一斑。

可克达拉告诉我，受父母的影响，她没结婚时就积极向党组织靠拢，写了入党申请书，结婚后调到十四连，这事就被耽搁了。后来，她又在所在单位写入党申请书，直到1997年终于加入了党组织。

可克达拉拿出一本珍藏的张加毅、杨晓著的《纪录辉煌》，书的扉页上写着"小可克达拉（古丽娜尔·热合曼）好友留念 薛蕴华赠 2013年7月1日于北京莲花池畔"的字样。这是张加毅的夫人2013年6月22日来六十四团回访可克达拉返回北京后寄给她留做纪念的。她还拿出薛蕴华、张加毅之子张江舟及中央电视台编导与她合影的照片。

可克达拉的女儿买有盖告诉我："爸爸多年前因车祸去世，妈妈一个人支撑着这个家，还一直侍奉着爷爷。如今，爷爷已经90多岁了，身体还不错。虽然还有3个女儿，可爷爷就是喜欢住在我家里。妈妈有高血压、糖尿病、心脏病，不但要照顾年事已高的爷爷，还要抚养正在上中学的15岁的弟弟。尽管生活并不宽裕，但一家人相亲相爱。"

绿色原野孕育甜蜜爱情

1959年，张加毅导演与摄制组的工作人员在可克达拉原野上拍摄电影，走到地方时，看到一位哈萨克族小伙子驾驶着康拜因正在地里收割小麦，而一位漂亮的维吾尔族姑娘在另一块地里开着拖拉机犁地，两人身上洋溢着青春的气息，丰收的喜悦溢于言表。这不就是反映兵团军垦战士屯垦戍边火热情怀的最好内容吗？灵机一动，张加毅赶紧命令摄制组的工作人员进地拍摄小伙子和姑娘劳动的场景。

拍完电影镜头，张加毅握着这两位农机手的手深情地说："兵团的建设离不开你们，你们好好干，等到可克达拉改变了模样，我还会再到可克达拉来看你们，再给你们拍电影！"这位小伙子和这位姑娘就是六十四团十四连退休职工子牙旦·卡孜班与妻子吐尔逊娜依·卡吾力。影片中还拍摄了他俩漫步林荫道、相互交流等其他镜头。

电影《绿色的原野》成就了一对年轻人的甜蜜爱情，也成就了他们历经半个世纪的美满姻缘，因为时间久远，这件事一直鲜为人知。直到2009年中央电视台《音乐告诉你》栏目的导演和工作人员来到可克达拉，寻找当年影片《绿色的原野》中的原型演员，人们才知道在六十四团生活着这两位当年影片中的原型演员。

经过了解，我们得知两位老人于去年不幸去世，于是来到他们的两个儿子家，寻访老人的故事。听说我们的来意后，老人的儿子、儿媳们都非常热情。

子牙旦·卡孜班的大儿媳妇阿孜古丽告诉我们，两位老人的感情非常好，她嫁到这个家里几十年，从没见他们生过气红过脸。谁家有困难来找他们，他们都会热心帮忙。

子牙旦·卡孜班有三个儿子一个女儿，在他们的言传身教下，孩子们都勤劳上进，家庭美满幸福。如今，这个大家庭一共有27口人。虽然父母去世了，但两个儿子及子女还住在一个大院里，和睦相处。

快言快语的阿孜古丽告诉我们，爸爸（维吾尔族妇女将"公公婆婆"称为"爸爸妈妈"）子牙旦·卡孜班当时在团场开农机，而妈妈吐尔逊娜依·卡吾力是南疆莎车县人，在农机学校上大学，毕业前来到可克达拉实习，正巧被分到爸爸子牙旦·卡孜班手下实习。在这次拍电影的合作过程中，这两位青年相互了解，擦出了爱情的火花，继而确立了恋爱关系。1960年，他们携手走进婚姻的殿堂，相亲相爱、相扶相携地走过了半个世纪。

阿孜古丽说，爸爸1948年当兵，1954年转业到可克达拉，1958年从事农机工作。爸爸刚来可克达拉的时候，这里全是苇子湖，春天开垦土地，急需拖拉机手，农场派他到石河子学习6个月，回来后在农场从事农机驾驶工作。因为爸爸技术好，工作积极，经常白天黑夜加班，所以获得了很多荣誉，被人们誉为"麦田里的雄鹰"。

1959年，爸爸遇到从南疆来可克达拉实习的妈妈，给她当师傅。在共同的工作中两个人产生了感情，妈妈回学校后，两个人一直书信来往，互诉衷肠。那时候，真的像歌曲里唱的那样"没有邮递员来传情"，寄一封信要15天对方才能收到。妈妈毕业后没有留在城市，而是选择来到可克达拉农场，留在爸爸身边。

当我们给子牙旦·卡孜班的家人们播放影片《绿色的原野》时，一家老少都围坐在一起，聚精会神地观看影片。子牙旦·卡孜班的孙子孜拉丁还熟稔地指导我们快进影片，找到那段有爷爷奶奶的镜头。当再次看到影片中两位老人年轻时候的模样，一家人的心情十分激动。回想起老人，他们的眼睛湿润了。

半个世纪以来，子牙旦·卡孜班与妻子一直没有忘记张加毅导演语重心长的话语，为可克达拉的发展奉献了自己的青春和汗水。如今，他们的孩子也继承了父辈的使命，继续在团场工作，坚守在自己的岗位上。然而，张加毅导演却没有等到56年后的今天，没有看到可克达拉繁荣兴盛的今天。

2010年6月18日，中央电视台《音乐告诉你》栏目的导演和工作人员再次来到可克达拉，寻找当年影片《绿色的原野》中的原型演员。听说子牙旦·卡孜班与妻子吐尔逊娜依·卡吾力还健在，张加毅的长子张江舟专程赶来看望他们。在老人家鲜花盛开、绿色葱茏的农家小院里，张江舟双手紧紧握着这对老夫妇的手连声问好，并与老人合影留念，替远在天堂的父亲完成当年的遗愿。

2013年6月，张加毅的妻子薛蕴华专程来六十四团，看望子牙旦·卡孜班和吐尔逊娜依·卡吾力，回忆当年张加毅在可克达拉拍电影的细节，并与他们合影留念。

历经半个多世纪的打鼓手

六十四团十四连现年92岁的退休职工马木提·阿力马斯，曾在纪录片《绿色的原野》中扮演了打鼓手的角色。4月22日，当我来到他家采访时，老人小心翼翼地从一个暗红色六角木盒里拿出羊皮手鼓，满怀激情地打起了手鼓，唱起了《草原之夜》。他说他太喜爱这首歌了，每当唱起时，那歌声总能唤醒久远的记忆，让情感、思绪穿越56年的时空，重新回到如火的青春岁月，回到那个难忘的年代。

头戴小花帽、胡须花白的马木提·阿力马斯虽然已是92岁高龄，但身体尚好，面孔红润，只是腿有毛病，走起路来不太利索。聊起过去老人情绪激动起来，热情地为我们打起手鼓唱起了《我们新疆好地方》，欢快的旋律回响在安静的农家小院里，我很惊讶这么大岁数的老人竟然能够清楚准确地记得全部歌词。

老人告诉我，这只鼓是当年他从上海托人买回来的，花了130块钱，皮面是用山羊皮制成的。1959年拍电影时他就用这个手鼓给大家唱歌表演。据老人说，他是1955年从部队转业到可克达拉的，以前在师部文工队工作。听说我从师部来，他一个劲儿地问我认不认识师部一个汉族丫

头，她的手鼓打得也好，是他教的。

看我对这个手鼓非常好奇的样子，老人热情地让我敲鼓。拿起这个穿越了半个多世纪时光的羊皮手鼓仔细端详，蒙面的羊皮已经发黄，上面出现许多纹路，四周的小铁环可见斑斑锈迹。摇动手鼓，数十个铁环一起晃动发出"沙沙"的声音；用手指轻拍鼓身，发出"咚""哒"等欢快悦耳的声音。

听着清脆欢快的鼓声，瞬间心头涌起一种感动，这个会敲手鼓的老人，一辈子生活在这样一个偏远的团场连队，怀揣着对生命的喜悦，以简单而厚重的一生见证了兵团团场的发展。

老人的妻子今年70多岁，是一位慈祥的老太太。她告诉我，丈夫比她大20岁，性格非常好。他当过班长，集体劳动时，大家累了，老头就唱歌、敲鼓给大家听。因为工作积极，得过很多先进荣誉。

老人的大孙女抢着对我说，我们小时候跳舞唱歌时，都是爷爷敲手鼓伴奏，他对我们太好了。在奶奶的心目中，爷爷是个能人，不但性格开朗幽默，而且劳动积极，乐于助人。

坐在这个朴素的农家小院里，与老人们聊着往事，不知不觉中黄昏来临，夕阳的余晖照在马木提·阿力马斯老人和妻子饱经沧桑的脸上，也映照在儿孙们朝气蓬勃的脸上，一阵阵欢声笑语飞出庭院。

来到六十四团团部，这里已是一座繁华美丽的城镇，座座高楼林立，条条大街通达，车水马龙，商贸繁荣。高杆路灯照亮了小镇繁华的夜晚，文化广场上亭台楼榭，曲径通幽，绿草如茵，柳绿花红。人们或散步或健身或跳舞。广播里播放着《草原之夜》，悠扬的旋律在夜空中回荡着，传向很远很远。

可克达拉真的改变了模样。

跨越时空的深情传唱

—— 兵团第四师团（厂）歌创作背后的故事

"面对蜿蜒的界河／背靠亲爱的祖国／我们种地就是站岗／我们放牧就是巡逻 …… 要知军垦战士想着什么／祖国富强就是我们的欢乐 …… "六十二团团歌《军垦战士的心愿》的歌词是兵团战士的真实写照，是兵团精神的生动诠释，已成为兵团形象的代言。

一首首团歌，不仅是兵团人的一面精神旗帜，还是一种战斗的号角，更是兵团团场形象的标志，是兵团人用声波来抒情言志的艺术形式。一首首荡气回肠、感人至深、广泛传唱的经典团歌，是几代军垦战士用生命和激情谱写而成的，虽然历经沧桑岁月，但仍然传唱至今，滋养着军垦战士的精神，慰藉着军垦战士的心灵，并深深地融入一代又一代军垦战士的血脉中、生命中。

在半个多世纪的兵团发展历程中，团歌充分发挥着凝聚力量、激励斗志、促进和谐的积极作用，是推动兵团事业发展的精神动力之一。团歌是独具特色和活力的兵团文化的一种表现形式，是半个多世纪以来兵团各族儿女在稳疆兴疆、富民固边的漫长时光中创造的，是兵团文化中的一枝奇葩。

文化是民族的血脉，是人民的精神家园。兵团文化面临着难得的发展机遇。"诗言志，歌永言。"加大团歌传唱力度，大力弘扬兵团精神，成为加快兵团文化建设的一个有效载体。

每一首团歌的诞生都有其特殊的地域、人文环境，具有独特的不可复制性，彰显着独特的精神风貌。每一首团歌都表达了军垦战士对团场的热爱、对兵团的热爱、对祖国的热爱。

通过广泛传唱团歌，可以使团场形象更富有文化底蕴，以文化的力量凝心聚力，激励广大军垦战士以更加饱满的激情、更加昂扬的斗志投身深化改革、加快发展的时代洪流中，为实现社会稳定和长治久安继续贡献自己的聪明才智和青春汗水，在垦区大地上书写更加辉煌的篇章。

兵团第四师团（厂）歌创作历史长达半个多世纪，在这漫长的时光背后埋藏着许多鲜为人知的故事。那些昂扬向上的歌曲，使人们过去充满激情的火热生活历历在目；那些优美动听的歌曲，使人们重新回到难忘的青春岁月；那些感人至深的歌曲，使屯垦戍边的情怀永远涌动在兵团人的血脉中……多年之后，我们拨开历史的烟尘，将四师团（厂）歌曲创作背后的故事奉献给广大读者。

六十一团团歌《阿力麻里，我的家乡》

在那遥远的边疆，

有一个古老神奇的地方。

她像那美好的人间仙境，

那就是阿力麻里，

阿力麻里，

传说中的天堂。

古道入云端，

绿荫满山冈，

果品佳天下，

四季好风光。

哎！阿力麻里，

你用乳汁把万物哺养，

为了你阿力麻里，

多少人世世代代把你守望。

在那遥远的边疆，

有一个绿色覆盖的地方。

她像那美好的人间仙境，

那就是阿力麻里，

阿力麻里，我的家乡。

雪山清泉涌，

片片五谷香，

山下浮炊烟，

云中见牛羊。

哎！阿力麻里，

你用乳汁把生命哺养，

我爱你阿力麻里，

我们世世代代把你守望。

——六十一团团歌《阿力麻里，我的家乡》

在四师，"阿力麻里"是一个很响亮的名字。"阿力麻里"意为"苹果城"，它是六十一团所在地的地名，是当时东西方交通要道上的国际都会，是历史上有名的繁华都市，被誉为"中亚乐园"。

说起六十一团团歌《阿力麻里，我的家乡》的创作过程，还有着鲜为人知的故事。这首歌曲的词曲作者是时任该团总工程师的张树明。

张树明自幼生长在伊犁垦区，深受当地各民族文化的影响，平时喜欢创作一些反映边疆各民族生活的音乐作品，如比较受当地群众喜欢并传唱的《欢迎你来可克达拉》《美丽的可克达拉》《生活总有向你微笑的时候》等歌曲。

2002年，张树明被调往六十一团任总工程师。当年春节，现任兵团副政委、时任农四师师长的卢晓峰同志去张树明家拜年，在中午聚餐时，大家让张树明唱一首自己创作的歌曲，他随即唱了一首《生活总有向你微笑的时候》。唱完后，卢晓峰对张树明说："老张，你既然来这里工作，应该写一首反映'阿力麻里'文化风格的歌曲，一来让更多的人了解这里的人文风貌，二来也可向社会展示这里果品的独到之处。"

当晚，夜深人静时，想想卢晓峰的话，张树明开始在脑海中细细酝酿"阿力麻里"歌曲。"阿力麻里"位于祖国最西面的边境线上，各族人民世世代代守护着这片热土，所以张树明在歌词中写道："在那遥远的边疆/有一个古老神奇的地方/她像那美好的人间仙境/那就是阿力麻里/阿力麻里/传说中的天堂。"

"阿力麻里"又有着源远流长的历史底蕴、丰富多彩的民族文化、名扬疆内外的果品优势，如何把这些元素都融进歌词中，张树明煞费苦心。当一幅幅美丽的画面从他的脑海中掠过时，他一下子迸发出创作的灵感："古道入云端/绿荫满山冈/果品佳天下/四季好风光 …… 雪山清泉涌/片片五谷香/山下浮炊烟/云中见牛羊 …… "的佳句从心灵中倾泻而出。

给这首歌谱什么样风格的曲子，张树明苦苦思索。有天晚上，电视里正在播放新疆民歌《半个月亮爬上来》，优美的旋律一下子触动了他的灵感，考虑到阿力麻里是多民族聚居地，他决定给这首歌的曲中注入多民族音乐特色。因为新疆是维吾尔自治区，这首歌曲的基调以维吾尔族音乐风格为主。考虑到伊犁是哈萨克自治州，阿力麻里与蒙古族有着深厚的历史渊源，张树明在歌曲中又揉进了哈萨克族和蒙古族音乐风格元素。

张树明比较喜欢从阿拉马力边防站传唱出去的歌曲《毛主席的战士最听党的话》，特别是其中"祖国需要我，打起背包就出发"的歌词，反映了边防战士热爱祖国的情怀，张树明沿用了这一句的韵律。于是，《阿力麻里，我的家乡》这首歌就这样诞生了。

由于《阿力麻里，我的家乡》这首歌歌词清新深情，旋律优美抒情，融汇了多民族音乐风格，很快得到当地各族职工群众的喜爱，并传唱开来。

六十二团团歌《军垦战士的心愿》

面对蜿蜒的界河，背靠亲爱的祖国，

我们种地就是站岗，我们放牧就是巡逻。

啊！我是哨兵，家是哨所，

祖国是家，家就是祖国。

要知军垦战士想着什么，

祖国富强就是我们的欢乐。

背负祖国的希望，牢记人民的嘱托，

我们屯垦就是为家，我们戍边就是为国。

啊！我是哨兵，家是哨所，

祖国是家，家就是祖国。

要知军垦战士想着什么，

祖国富强就是我们的欢乐，

祖国富强就是我们的欢乐，欢乐！

——六十二团团歌《军垦战士的心愿》

"面对蜿蜒的界河/背靠亲爱的祖国/我们种地就是站岗/我们放牧就是巡逻/要知军垦战士想着什么/祖国富强就是我们的欢乐……"这首由安静作词、田歌作曲的六十二团团歌《军垦战士的心愿》是兵团军垦战士的真实写照，并从六十二团唱向红兵团、唱向全国。但对于这首歌的创作经历，现今却很少有人知道。

2012年1月11日，时任四师老干局局长的白河清告诉记者："这首歌创作于1998年夏季。时任农四师党委书记、政委的王仲伟对艺术比较热爱，对六十二团领导谈到了团歌创作的事，并说可以请著名作曲家田歌和著名词作家安静来为团场创作团歌。当时我在团场任副政委，主管文教卫生，当时我们对艺术创作历史意义的认识并没有现在这样深刻。团党委班子经研究后决定创作团歌。"

通过联系，当年7月的一天，田歌和安静应邀来到六十二团采风。白河清一直全程陪同他们。在5天的时间里，田歌和安静走遍了六十二团的田间、连队、边防线、哨所。

白河清清楚楚地记得，他当时陪着田歌和安静从四连英塔尔边防连沿着边防线往前走，一边走着一边向他们介绍团场的情况，面前就是蜿蜒的霍尔果斯界河，铁丝网那边是哈萨克斯坦高高的哨楼，边防哨兵的模样都看得清清楚楚。站在边防线上，充满激情的安静脱口而出："面对蜿蜒的界河／背靠亲爱的祖国／我们种地就是站岗／我们放牧就是巡逻。"

在十二连刚挂果的苹果树旁，田歌和安静饶有兴致地察看苹果的生长情况，陪同的团场宣传科工作人员快速拍了张照片，后来这张照片被收进团史中，作为此次创作活动唯一的照片。

安静回去后很快创作好歌词，紧接着田歌谱好曲，他们又请我国著名的国家一级演员、民族声乐表演艺术家、男高音歌唱家吴雁泽首唱。从此，六十二团开始在全团掀起了学唱团歌的热潮，凡是接待外来的宾客，大家每次都会唱这首歌曲，很多内地来的客人听了这首歌忍不住感动得落泪。

如今，六十二团团歌《军垦战士的心愿》唱响了大江南北，成了兵团军垦战士的真实写照，成了兵团精神的真实写照。

六十三团团歌《沙林之歌》

是谁在沙漠里耕种，

是谁在界河边守望，

闪亮的钢枪屹立风雪边关，辛勤的汗水唤醒亘古荒凉。

那是咱屯垦戍边的沙林人，

栽下绿荫征服凶猛的沙丘，

引来雪水灌溉美丽的家乡。

是谁在沙漠里耕种，

是谁在界河边守望，

挺直腰杆如白杨一般坚贞，

扎下根须像红柳一样顽强，

那是咱改天换地的沙林人，

金秋的田野洒满欢歌笑语，

崭新的城镇到处鸟语花香。

啊！沙林人，啊！沙林人，

是忠诚的卫士，是绿色的太阳。

——六十三团团歌《沙林之歌》

六十三团在四师是一个具有独特地域特点的边境团场，所在地称塔克尔穆库尔，哈萨克语意为"不毛之地"。这里曾是伊犁地区沙漠化最严重、风沙危害最大的地区。为了屯垦戍边，抵御风沙的危害，两代军垦战士经过40余年的艰苦奋斗，终于在这片荒漠上建成了一个基础设施齐全、环境优美的小城镇。截至2012年，团场拥有人工造林面积10.2万亩（6800公顷），森林覆盖率达26%，条田林网化达到98.8%。

"是谁在沙漠里耕种/是谁在界河边守望/闪亮的钢枪屹立风雪边关/辛勤的汗水唤醒亘古荒凉/那是咱屯垦戍边的沙林人/栽下绿荫征服凶猛

的沙丘/引来雪水灌溉美丽的家乡……"虽然已离开六十三团多年，但谈起这首《沙林之歌》，时任七十团副团长王忠军依然清晰地记得歌词。

六十三团团歌《沙林之歌》创作于2000年。2000年是六十三团建团40周年，团党委决定举办庆祝建团40周年活动，具体事宜由时任团工会主席、分管宣传工作的王忠军操办。

王忠军专门拿出了一个活动策划方案，其中有一项就是团歌创作。很快，团党委下发文件，在全团征集团歌歌词，一些干部职工非常热心，创作出了几首歌词，但王忠军看了以后都不满意。于是，他与伊犁垦区报社领导沟通，专门邀请伊犁青年诗人、伊犁垦区报社副刊编辑单守银和伊犁作曲家、伊犁师范学院教授王理人来创作团歌词曲。

当年初秋的一天，单守银、王理人应邀来到六十三团采风，王忠军带着他们跑遍了团场的连队、条田、水库、防风林和边防线，还与老一辈军垦战士座谈，了解团场发展曲折艰辛的经历。

"过去，这里是一刮风沙尘满天的地方，如今，经过军垦战士数十年的建设，已发展成一个美丽的小城镇，处处沃野，万亩棉田银花朵朵，自然环境得到改观。沙林人的壮举可以说是惊天地泣鬼神。"谈起当时创作这首歌曲的经历，说到六十三团的历史背景和沙林人艰苦创业、无私奉献的精神，单守银依然非常动情。

为了写好歌词，单守银查阅了不少团场历史资料，了解了沙林人戍守边陲，与恶劣严酷的自然环境做斗争，硬是把荒无人烟的沙漠变成了美丽家园，深深地被他们战天斗地、改天换地的精神和艰难的创业经历所打动。由于感触非常深，他很快就创作出《沙林之歌》的歌词，又与王忠军等人经过仔细斟酌稍做修改后定稿。

"……啊！沙林人/是忠诚的卫士/是绿色的太阳……"在这首歌中，最传神的莫过于"绿色的太阳"这个比喻。俗话说"万物生长靠太阳"。"太阳"是万物生长不可缺少的重要因素，寓意着生命力和创造力。

作者将太阳比喻成"绿色的"，是对沙林人顽强的生命力、伟大的创造力的赞美。

王理人根据团场的特点和历史背景很快谱好了曲，曲调中融入了俄罗斯音乐风格，优美抒情，但王忠军和团党委班子其他成员听了后感觉不利于传唱，后来又专门让团中学三位音乐教师谱曲，要求曲调简单明快、铿锵有力，易于传唱，谱好后组织一班人反复听、评，最后大家一致选中了团中学副校长、音乐教师韩泽福谱的曲。自此，这首歌就在六十三团传唱开来。

六十四团团歌《草原之夜》

美丽的夜色多沉静，
草原上只留下我的琴声，
想给远方的姑娘写封信，
可惜没有邮递员来传情。
等到那千里冰雪消融，
等到那草原上送来春风，
可克达拉改变了模样，
姑娘就会来伴我的琴声。

—— 六十四团团歌《草原之夜》

在我师18个团场的团歌中，创作最早、传播范围最广的当属六十四团团歌《草原之夜》了。

"美丽的夜色多沉静，草原上只留下我的琴声，想给远方的姑娘写封信，可惜没有邮递员来传情。等到那千里冰雪消融，等到那草原上送来春风，可克达拉改变了模样，姑娘就会来伴我的琴声，来来来……"穿越了半个世纪的时光，《草原之夜》这首歌的影响力不但没有因时间的推移而减弱，反而更加强烈地冲击着人们的心灵。

1958年，八一电影制片厂纪录片导演张加毅受命来到可克达拉农场（后改名为农四师六十四团场）拍摄一部大型彩色纪录片，作为国庆10周年献礼片。

来到可克达拉农场，首先映入张加毅眼帘的是这样一幅火热的劳动场景：每天一大早，兵团战士们就手擎"八一"军旗，或骑着马，或坐着马拉爬犁子，或开着拖拉机，到田野里劳作。远处一望无际的可克达拉草原上，成群的牛羊星罗棋布。

一天吃过晚饭后，张加毅拉上摄制组的青年作曲家田歌散步。走着走着，他们被眼前动人的画面吸引了：一抹晚霞斜倚在天边，丛丛芦苇在夕阳下泛着耀眼的光亮，远处缕缕炊烟在袅袅升起，一群年轻人正把打来的猎物架在篝火上烤着，有的小伙子边弹奏着都它尔边轻声歌唱，有的战士横躺在架子车上休息……这个场景深深地触动了张加毅的心弦，他心潮澎湃，灵感奔涌，随即掏出口袋里的旧信封，仅用半个小时就写出了一首歌词。歌词优美动人，田歌看了后非常激动，只用40分钟就谱好了曲，并当即拉起小提琴演唱起来。

经过数月的努力，这部纪录片于1959年6月下旬顺利拍完。这是一部歌颂兵团战士建设社会主义的劳动热情和反映新疆多民族亲密团结的影片，因为"可克达拉"维吾尔语意为"绿色的原野"，摄制组给影片取名为《绿色的原野》。《草原之夜》成为该片的主题歌。

随着影片在全国各地的公映，《草原之夜》迅速风靡神州，以前在地图上都很难找到的边境小农场——可克达拉，也因此在一夜之间广为人知。

《草原之夜》因其优美深情的旋律、感人至深的歌词被纳入中国民族经典歌曲的宝库，与《在那遥远的地方》《半个月亮爬上来》等歌曲并称为国乐精华之十大民歌。1992年，联合国教科文组织把《草原之夜》定为"世界著名小夜曲"，成为我国第一首被列入世界名曲的经典抒情歌曲。

六十六团团歌《光荣啊六十六团》

身披着保卫延安的硝烟，

高举解放大西北的战旗，

披荆斩棘进军伊犁，

把南泥湾的种子撒满边陲。

艰苦奋斗耕耘播雨，

让丰收的果实结满大地。

坚定着改革开放的信念，

开创屯垦戍边的业绩，

代代相传自强不息，

把兵团的精神发扬光大。

团结进取开拓奉献，

让农场的明天更加壮丽。

我们是战无不胜的人民军队，

我们是光荣自豪的六十六团。

征程万里重任在肩，

谱写时代新的诗篇。

——六十六团团歌《光荣啊六十六团》

在四师，最早有意识地创作的团歌当属六十六团团歌《光荣啊六十六团》。这首歌的词作者是该团教育科科长焦登明，曲作者是六十六团中学教师王占军、伊宁市文化局干部、伊犁地区著名作曲家王炘。

"团歌能够凝聚人心，鼓舞士气。"1月7日上午，焦登明向记者回忆了当时创作这首歌曲的经历。

　　说起六十六团团歌《光荣啊六十六团》的创作故事，时间得上溯到20世纪90年代初。当时，六十六团党委十分注重文化事业，研究决定举办团场首届文化艺术节，由团工会牵头负责。这在当时全师各团场来说是个首创。很快团里成立了首届文化艺术节筹备委员会，当时在六十六团工会当组织干事的焦登明因为从事文艺工作多年，被选为筹备小组副组长。

　　"当时全师各团场没有一个团场有团歌，也没有一个团场举办文化艺术节。"焦登明说："我就向团党委建议创作一首团歌，在开幕式上以大合唱的形式演唱，既能展现咱六十六团人的精神风貌，又能为文化艺术节增光添彩。团党委同意了这个建议，并安排我去负责操办这件事。"

　　焦登明立即投入紧张的工作，团文化艺术节筹委会向全团干部职工发出征集团歌的启事，干部职工踊跃投稿，但因为多方面原因，这些歌曲都不能令筹委会满意。最后，有领导对焦登明说，这个建议是你提出来的，你不是也擅长文艺创作嘛，你来创作完成吧。

　　焦登明回去后抓紧时间创作，很快就理出了创作思路。他认为，作为团歌，歌词里不仅要反映六十六团的光荣战斗历程，也要写出艰苦创业的业绩，还要展望美好的未来，不但要激发团场干部职工的自豪之情，还要鼓舞人心、激发斗志。他在较短时间里就完成了团歌歌词的创作，并征求了他人建议进行多次修改。团党委审阅这首名为《光荣啊六十六团》的团歌歌词后很满意，随即歌曲进入谱曲录制阶段，并很快完成。

　　1991年1月29日，在六十六团举行的首届文化艺术节上，该团机关、学校等单位的干部职工200余人大合唱《光荣啊六十六团》。

　　回忆起当时的情景，如今已经63岁的焦登明心情仍十分激动："团歌大合唱给当时的文化艺术节增添了很多光彩。自此以后，团机关广播站一天早中晚三次播放团歌，很快在团场干部职工中传唱开来。"

六十七团团歌《美丽的捷仁布拉克》

伊犁河畔，乌松山下，

有一个美丽的地方，

捷仁布拉克，

边境线上，

保卫着国土守卫边疆。

这里的山清水美人杰地灵，

这里的天蓝地阔牛羊肥壮。

军垦人用钢枪谱写着戍边的丰碑，

军垦人用智慧再创屯垦的辉煌。

啊！茫茫棉海，葡萄甘甜，伊都园多么醉人。

啊！茫茫棉海，葡萄甘甜，我们为你歌唱自豪，捷仁布拉克。

伊犁河畔，乌松山下，

有一个神奇的地方，

捷仁布拉克，

各民族一家亲，

维护着团结守卫家乡。

这里的人热情豪迈喜迎来客，

这里满山珍奇遍地宝藏。

团场人用科技改变着往日的贫穷，

团场人用双手再创兵团的奇迹。

啊！捷仁布拉克，捷仁布拉克，我可爱的家乡。

啊！捷仁布拉克，捷仁布拉克，梦里呼喊你的名字，捷仁布拉克。

——六十七团团歌《美丽的捷仁布拉克》

六十七团位于察布查尔锡伯自治县，捷仁布拉克，全团40%的人口是少数民族。经过军垦战士几十年的建设，这个国家级贫困团场如今已发展成一个高楼林立、人流如织、商贸繁荣、经济社会事业快速发展的边境城镇。"捷仁布拉克"中的"捷仁"是锡伯语"黄羊"的意思，"布拉克"蒙古语意为"泉水"，合起来意为"黄羊泉"。

2011年5月，六十七团党委收到师党委宣传部关于创作团（厂）歌的通知后，非常重视这项工作，原来想请知名词曲作家来创作团歌，考虑到外面的词曲作家不了解团场发展历史及现状，还是决定动员团场自己的人才创作团歌，共征集了3首歌词。其中，《美丽的捷仁布拉克》和《捷仁布拉克》被大家所认可，有关人员专门将这两首歌全部录制出来，团党委为此召开了三次常委会研究团歌的事，最终确定《美丽的捷仁布拉克》为团歌。

《美丽的捷仁布拉克》是团中学代理校长党红卫创作的。党红卫在六十七团教育战线工作了30多年，亲眼看着团场从一个贫困团场发展成一个大型团场。她对这里的山山水水、一草一木都有着深厚的感情。2012年1月18日，她对记者说："多年来，我有很多次离开团场的机会，但最终我还是选择了留在这里。这是我的第二故乡，这里天蓝地阔，山清水秀，我热爱自己的工作，热爱我的学生们。"

从事中学音乐教学多年的党红卫，曾为原创歌曲《采棉舞曲》谱过曲，并参加过农四师第一届文艺汇演。感怀于团场翻天覆地的变化，她早就有创作一首歌曲的想法，正巧遇到团里征集团歌歌词，于是很快就创作出《美丽的捷仁布拉克》。

在歌词中，党红卫热情赞美捷仁布拉克是一个山清水美人杰地灵、天蓝地阔牛羊肥壮的地方，并在第一段讴歌了长年戍守在边境线上守护边疆的军垦战士，在第二段则将团场如今日新月异的发展变化展现给观众。

该团中学教师王宝平为《美丽的捷仁布拉克》谱曲。王宝平是2004年来六十七团工作的，毕业于甘肃联合大学音乐专业。在六十七团工作的

8年间，王宝平收获了事业的成功，也收获了家庭的幸福，成为扎根团场的新一代军垦战士。

正是因为对这个地方有着深厚的情感，并且非常熟悉这里的发展经历，王宝平只用半天就谱好了曲。考虑到六十七团的少数民族特点，在曲调中他融入了哈萨克族音乐元素，使歌曲更具有地域特色。这首歌旋律欢快抒情，充分表达了六十七团人屯垦戍边的豪情和对这片土地的热爱。

《美丽的捷仁布拉克》录制完成后，六十七团在团场广播电视中定期播放，受到团场干部职工群众的喜爱，掀起了学唱团歌的热潮。

七十团团歌《谊群之恋》

在一个叫谊群的地方，

我听见伊犁河在日夜诉说，

是我的父亲母亲呵，

点燃了垦荒的篝火，

那金黄的麦浪那撒欢的牛羊，

那飘逸的薰衣草香透过往的云朵，

丰收的葡萄园里是谁在唱着一支动人的情歌，

哦，生我养我的这方热土，

父亲为你拼命母亲为你白头，

流传着多少悲壮的故事神奇的传说。

在一个叫谊群的地方，

我听见伊犁河在放声歌唱，

是英雄的谊群儿女，

把苦水酿造成蜜糖。

那宽广的道路那繁荣的市场，

那宁静的校园里小树在长成栋梁，

醇香的伊珠美酒打这儿上路、多像远嫁的新娘，

哦，生我养我的这方热土，

我的泪为你流我的汗为你淌，

你是我亲爱的家乡幸福的天堂。

——七十团团歌《谊群之恋》

《谊群之恋》是七十团团歌，创作于2005年，由伊犁青年诗人、伊犁垦区报社副刊编辑单守银作词、伊犁著名作曲家王理人作曲。

2005年元旦，师里要举行元旦晚会，要求各团场都要送节目参赛。七十团有着种植葡萄的悠久历史，葡萄产业是团场的支柱产业，团办企业伊珠葡萄酒厂也是伊犁乃至全疆葡萄酒行业中的佼佼者，是全疆唯一的冰葡萄酒生产企业。考虑到这些因素，团党委想在这个节目中突出团场的产业特色，于是邀请单守银、王理人为团场创作团歌。

经过实地采风后，单守银对七十团的地理特点、产业结构等有了全面的了解，经过深思熟虑，《谊群之恋》很快诞生了。

"在一个叫谊群的地方/我听见伊犁河在日夜诉说/是我的父亲母亲呵/点燃了垦荒的篝火/那金黄的麦浪那撒欢的牛羊/那飘逸的薰衣草香透过往的云朵/丰收的葡萄园里是谁在唱着一支动人的情歌……"

"在一个叫谊群的地方/我听见伊犁河在放声歌唱/是英雄的谊群儿女/把苦水酿造成蜜糖/……醇香的伊珠美酒打这儿上路　多像远嫁的新娘/哦，生我养我的这方热土/我的泪为你流我的汗为你淌/你是我亲爱的家乡幸福的天堂……"

作者不仅在歌词中突出了团场紧邻伊犁河的地域特点，还将薰衣草、葡萄园这些代表团场特色产业的词汇融入其中，并将团场特色产品——伊珠葡萄酒巧妙地镶嵌在歌词中。歌词字字句句都表现了对"谊群"这个地方的深厚感情，对屯垦戍边事业的执着情怀，对兵团精神的讴歌。

由于七十团地处伊宁县维吾尔乡，周围居民以维吾尔族为主，王理人在谱曲时特意将维吾尔族音乐元素融入其中，节奏欢快，旋律优美。

2011年年底，四师党委宣传部、师工会、师团委联合举办四师团（厂）歌演唱会。七十团在这之前一直没有团歌，团党委班子经过研究，认为《谊群之恋》较好地反映了团场的特点，歌曲优美抒情，于是决定将其定为团歌。

在四师团（厂）歌演唱会上，演唱这首歌曲的是七十团二中的音乐教师甘远锋。今年30岁的甘远锋性格开朗，是2003年四师人事局从湖北招来的大学生，毕业于三峡大学音乐教育专业。从刚来时的小姑娘到现在为人妻为人母为人师的团场音乐教师，甘远锋在七十团度过了8年多的青春时光，也与团场结下了深厚的情缘，在她的心中，七十团已经成为她生命中最重要的地方。

"刚来时，这里到处破破烂烂的，房屋破旧，道路泥泞，我结婚时身上溅得都是泥。这几年变化太大了，道路硬化了，盖起了教学楼、数学楼。别看我们学校小，国家给我们的投入可不少，配备许多音乐教学设备，我还有专门的音乐教室呢。"从小在内地城市长大的甘远锋，如今却深深地爱上了伊犁、爱上了团场。"我家有个院子，种些蔬菜、果树，养些鸡鸭，我非常喜欢这种安静幸福的田园生活。寒假回老家，因为水土不服回去就病了，一回到七十团就好了。比起老家，我更喜欢新疆、更喜欢兵团团场。"

因为二中在拜什墩社区，离七十团有80多公里，在排练的半个多月时间里，甘远锋从拜什墩搭车到七十团团部参加排练，通常要倒几趟车。虽然很辛苦，但甘远锋却毫无怨言。她说："能让我唱团歌，是我的荣幸。在学唱团歌的过程中，我更加感受到作为一名兵团战士的自豪和骄傲，更加热爱团场热爱兵团。"

七十一团团歌《七十一团光荣的团》

骑兵团十二团，

七十一团光荣的团。

屯垦戍边建设祖国，

为国为民奋战几十年。

消灭残匪垦荒种田，

在荒园上建立家园，

实现现代化国有农场，

不辞劳苦一马当先。

骑兵团十二团，

七十一团光荣的团，

民族团结全国模范，

为国为民美名传。

　　—— 七十一团团歌《七十一团光荣的团》

《七十一团光荣的团》是七十一团团歌，创作于1991年，由马辉作词作曲。

"骑兵团十二团/七十一团光荣的团/屯垦戍边建设祖国/为国为民奋战几十年/消灭残匪垦荒种田/在荒园上建立家园/实现现代化国有农场/不辞劳苦一马当先……骑兵团十二团/七十一团光荣的团/民族团结全国模范/为国为民美名传美名传/光荣的团……"

1991年是七十一团屯垦新源40周年，团党委决定举办庆祝活动。当年5月31日，纪念七十一团屯垦新源40周年筹备委员会成立，时任政委翟宇新、团长李长新任主任委员，下设办公室，具体承办筹备事宜。翟宇新和团党委班子其他成员商议后认为应创作一首团歌，在此次纪念活动上演唱，以更好地凝聚团场职工群众，创造新的辉煌，并将这一任务交给了团场宣传科干事马辉。

由于马辉对歌曲创作比较热衷，对团场情况也比较了解，很快创作出了团歌《七十一团光荣的团》，歌词高度概括了团场40年的发展历程，反映了团场经济社会的巨大变化和取得的辉煌成就，展现了团场干部职工艰苦奋斗、建设家园的昂扬斗志。

七十一团史志办主任张万华说："1991年9月16日举行的纪念屯垦新源40周年庆祝活动，是七十一团建团至今规格最高的庆祝活动，1300多人在团电影院隆重集会，时任全国政协副主席的王恩茂、原新疆军区副司令员张希钦、原兵团副司令员林涌一、副政委史骥等亲临大会祝贺，王恩茂为大会作了'屯垦戍边，为新疆各族人民造福'的题词。大会还收到了时任自治区纪委书记周声涛发来的贺信。"

由于《七十一团光荣的团》朗朗上口，节奏明快，便于记忆和传唱，受到团场干部职工的喜爱，是团场举办重大活动的必唱曲目，家喻户晓，激励了广大团场干部职工热爱团场的情感和建设团场的热情。

七十二团团歌《肖尔布拉克之恋》

蓝天白云无边的麦浪，
雪山丛林牧歌悠扬。
钻天杨环绕着新盖的厂房，
鲜花彩裙涌进了广场。
啊！肖尔布拉克我可爱的家乡，
我的光荣，我的梦想。
啊！肖尔布拉克，绿色的家园，
我们播种爱情的地方。
"红军路"旁笑语爽朗，

小伙姑娘神采飞扬。

生活的美酒飘洒芳香，

一条长河追赶着太阳。

啊！肖尔布拉克我可爱的家乡，

我的追求，我的向往。

啊！肖尔布拉克，绿色的家园，

我们收获理想的地方。

　　—— 七十二团团歌《肖尔布拉克之恋》

　　七十二团是四师最早成立团场的团，成立于1952年，是享誉伊犁河谷的红军团。它的前身是八路军三五九旅七一七团，曾参加过南泥湾大生产，南下北返，二次长征，被誉为"铁团"。这些从炮火中走来的战士们最终将根深深地扎在肖尔布拉克这块碱土地上，用血汗和忠诚建起了美丽的七十二团。

　　2002年七十二团举行50年大庆，为更好地弘扬兵团精神，时任七十二团政委的程相申萌发了办一台文艺晚会的想法，考虑到团场至今没有一首团歌，他与党委班子成员共同研究决定请人创作一首团歌，在这台晚会上演唱。

　　程相申与伊犁州著名诗人顾丁昆、著名作曲家王理人联系，请他们为团场创作团歌，二人欣然答应，不久应邀来到七十二团采风。

　　他们深入田间地头、工厂车间、职工家中，了解了团场的发展情况，深刻地感受到红军团艰苦创业、无私奉献的精神，有了很深的感触。回去不久，顾丁昆很快就创作好了歌词，将看到的蓝天、白云、麦浪、雪山、丛林、厂房、牧歌悠扬、鲜花彩裙等意象都融入歌词中，并把充满生机和活力的团场用简短的几句歌词淋漓尽致地反映出来。

　　"啊！肖尔布拉克我可爱的家乡/我的光荣我的梦想……/生活的美酒飘洒芳香/一条长河追赶着太阳/啊！肖尔布拉克我可爱的家乡/我的追

求我的向往……"歌词准确地表达了团场人对家乡的热爱、对理想的追求，旋律优美抒情。这首歌创作出来后，专门请自治区哈萨克族著名男高音歌唱家达列力汗演唱，受到七十二团广大干部职工的喜爱，很快在当地传唱开来。

七十三团团歌《七彩的河三色的河》

有一条七彩的河，

在我梦中流过，

那是画的长卷，

那是绿的世界，

那是爱的海洋，

那是一首创业的赞歌。

啊！七彩的河，阔尔吉灿烂的星河，

美好家园流光溢彩，吟唱着幸福的生活。

有一条三色的河，

在我梦中流过，

工业是金色的河，

农业是绿色的河，

文化是蓝色的河，

汇成了垦区的欢歌。

啊！三色的河，金琪珊灿烂的星河，

你和时代同一脉搏，描绘着前景广阔。

——七十三团团歌《七彩的河三色的河》

在前不久举行的四师团（厂）歌演唱会上，七十三团团歌《七彩的河三色的河》因其富有创意的歌词、优美抒情的旋律受到观众的赞誉。

　　七十三团所在地为阔尔吉勒尕，哈萨克语意为"荒凉的沟壑"，建场初期被称为"高尔基"农场，是由"阔尔吉"的谐音转化而来。

　　七十三团多年来一直没有团歌，这是时任团党委副书记、团长冷畅勤心中一直比较遗憾的一件事。冷畅勤在基层团场工作多年，十分注重文化建设，2011年他安排时任团党委常委、副政委罗雪玲负责团歌创作这件事。

　　罗雪玲告诉记者，关于歌曲定位颇费了一番周折。七十三团既不是少数民族职工比例高的团场，也不是边境团场，经过再三斟酌，最后将歌曲定位在"水文化"上。因为七十三团在四师来说是个水资源丰富的团场，目前团场也在提倡"水滴"精神，即"滴水穿石"、持之以恒的精神，正是秉承着这种精神，两代军垦战士经过数十年的艰苦奋斗，才将团场建设成为美丽的现代化的城镇。

　　找准了歌曲的定位，下一步就是词曲的创作。罗雪玲邀请从四师走出去的兵团新疆596文化发展公司艺术营销总监李奎负责创作歌曲，并与其就相关情况进行了沟通。李奎对七十三团比较了解，经过一周的思考，很快就完成了《七彩的河三色的河》的歌词创作。

　　李奎将七十三团这个番号巧妙地镶嵌在歌名中，"七彩的河"寓意团场的现在和未来是色彩缤纷的、充满生机和活力的，"三色的河"寓意团场"三化建设"将会推动团场进一步发展。

　　"有一条七彩的河/在我梦中流过/那是画的长卷/那是绿的世界/那是爱的海洋/那是一首创业的赞歌/啊！七彩的河，阔尔吉灿烂的星河/美好家园流光溢彩/吟唱着幸福的生活 …… 有一条三色的河/在我梦中流过/工业是金色的河/农业是绿色的河/文化是蓝色的河/汇成了垦区的欢歌/啊！三色的河/金琪珊灿烂的星河/你和时代同一脉搏/描绘着前景广阔。"

　　歌词中既突出了"阔尔吉"这个地名，也突出了"金琪珊"这个品牌，体现了该团着重打造的"金玉品质，优极境界"的品牌理念。

罗雪玲说，七十三团党委对这件事十分重视，团党委书记、政委李新如和团党委副书记、团长冷畅勤亲自参与歌词的修改。当我们收到师党委宣传部下发的整理收集、组织创作团（厂）歌的通知时，歌词已经完成创作，进入谱曲录制阶段。

考虑到团歌要世代传唱的这个特点，该团党委班子成员认为团歌的旋律要唯美、抒情，易于传唱。李奎邀请在兵团音乐界比较有影响力的农五师医院的宋广斌谱曲，很快便完成了后期制作。

七十四团团歌《美丽的坡马我的家》

在那天山西部的深处，

有一个美丽的高山农场。

木扎尔特我可爱的家，

啊！木扎尔特，我可爱的家乡！

高耸的雪山屹立在边防线上，

那是兵团儿女的钢铁脊梁。

边防记录着战士的忠诚，

那是屯垦路上高耸的理想。

那是高耸的理想。

一手拿镐一手拿枪，

兵团精神地久天长，

保卫家乡建设家乡，

坡马高原洒满阳光。

无边田野上鲜花如海，

河水奔流一路欢唱。

远方客人请到坡马来，

啊！坡马戍边情意长。

古老的界碑镌刻着民族的大爱，

那是祖国母亲慈祥目光。

坡马故城讲述着故事，

那是木扎尔特历史的辉煌。

那是历史的辉煌。

军垦战士守土安疆，

坡马新城繁荣兴旺；

亲朋好友欢聚一堂，

共同描绘崭新篇章。

天山草原上雄鹰展翅，

骏马奔驰在千里边防。

远方朋友请到坡马来，

啊！坡马戍边情意长。

—— 七十四团团歌《美丽的坡马我的家》

《美丽的坡马我的家》是七十四团团歌，创作于2011年，由兵团歌舞团陈宗涛作词、宫积兵作曲。

2011年5月，该团党委收到师党委宣传部关于创作团（厂）歌的通知后非常重视，专门下发通知在全团范围内征集歌词，但征集上来的几首歌词都不能达到要求，最后，经人推荐邀请兵团歌舞团陈宗涛作词、宫积兵作曲，团场又组织人员对歌词进行修改，于当年6月份完成了词曲的创作。

七十四团是四师最偏远的团场，位于山到头、水到头、路到头的昭苏高原边境线上的坡马，仅有3500多人，是四师、也是兵团边境线最长的边境团场。

"……高耸的雪山屹立在边防线上/那是兵团儿女的钢铁脊梁/边防记录着战士的忠诚/那是屯垦路上高耸的理想/那是高耸的理想/一手拿镐一手拿枪/兵团精神地久天长/保卫家乡建设家乡/坡马高原洒满阳光……古老的界碑镌刻着民族的大爱/那是祖国母亲慈祥目光/坡马故城讲述着故事/那是木扎尔特历史的辉煌/那是历史的辉煌/军垦战士守土安疆/坡马新城繁荣兴旺/亲朋好友欢聚一堂/共同描绘崭新篇章……"

《美丽的坡马我的家》歌词中准确地反映了团场的地域特点，并且概括了团场50年发展的历程，反映了团场干部职工戍边守防、守土安疆的无私奉献精神。

《美丽的坡马我的家》创作出来后，七十四团在团里举行红歌演唱会，团歌成了必唱曲目，很快在团场传唱开来，一时间在团场掀起了学唱团歌的热潮。

因为要与驻伊某部官兵合练，七十四团把参加演出的演员们专门拉到伊宁市排练了半个月。为了节省开支，住的是便宜的旅馆，四个人一个房间，两人一张床。演员们每天从住处赶到位于郊区的部队排练，非常辛苦，但没有一个人抱怨。

当时一起陪同演员们为大家做后勤保障工作的团政工办副主任刘佩枫感慨地说："大家每天要排练到晚上十一二点，太晚了回住处时搭不上出租车，大家只好走路回。冰天雪地，天冷路滑，郊区的路上黑灯瞎火的，但没有一个人叫苦叫累，副政委吕自辉也一直陪着大家排练。"

时任四师党委书记、政委张勇到七十四团调研时感慨地说："你们的团歌创作得非常好，很有气势，体现了军垦战士坚守、奉献、忠诚的精神。希望能够通过传唱团歌，进一步凝聚人心，发挥资源优势，加快经济社会发展，让团场职工群众享受到更多的改革发展成果。"

七十五团团歌《浩特浩尔之恋》

绿色的希望，红色的足迹。

花砖铺就的城乡大道，印着多少记忆。

五十年风雨兼程的屯垦岁月，

打造了我也打造了你。

啊，浩特浩尔！

西部高原的一片洼地，

大雁不肯落脚的地方，

如今高楼厂房平地起。

引来夏塔河，滋润万顷地，

条田林网的新型农业，当初是人拉的犁。

五十年开拓进取的屯垦岁月，

靓丽了我也靓丽了你。

啊，浩特浩尔！

昭苏草原的一颗明珠，

姑娘不愿过来的地方，

如今有情人儿相依偎。

城在黄金海，城在麦浪里，

天蓝水清的塞外绿洲，清风明月多美丽。

五十年激情燃烧的戍边新歌，

陶醉了我也陶醉了你。

啊！浩特浩尔！

西部边陲的一块宝地，

各族儿女在你的怀抱，

要为明天再写新传奇。

——七十五团团歌《浩特浩尔之恋》

七十五团团歌《浩特浩尔之恋》创作于2009年，由伊犁著名诗人顾丁昆作词、著名作曲家王理人作曲。

2009年是七十五团建团50周年，团党委考虑到作为一个国营团场，要有自己的歌曲，以激发广大干部职工热爱团场热爱兵团的情感，使大家更好地投身于团场各项建设之中，但团场1999年创作的团歌有些陈旧，于是便邀请顾丁昆、王理人为团场创作团歌。

当年10月的一天，顾丁昆、王理人应邀来到七十五团采风，参观了团场小城镇建设、金地亚麻公司、马铃薯淀粉加工厂、小麦、马铃薯生产基地等。七十五团所在地浩特浩尔，蒙古语意为"洼地"。

这里曾经是一个大雁不肯落脚的地方，经过半个世纪军垦战士的辛勤耕耘和建设，如今这里变成了昭苏草原的一颗明珠，高楼林立，良田万顷。承载着丰收果实的织锦大地，隆隆作响的现代化农产品加工生产线，辛勤劳作的军垦战士们，激发了他们的创作激情，回去后一个多月，两人就完成了词曲的创作。

"绿色的希望/红色的足迹/花砖铺就的城乡大道，印着多少记忆/五十年风雨兼程的屯垦岁月/打造了我也打造了你/打造了你/啊，浩特浩尔！啊，浩特浩尔！/西部高原的一片洼地/大雁不肯落脚的地方/如今高楼厂房平地起平地起……啊，浩特浩尔！啊，浩特浩尔！/西部边陲的一块宝地/各族儿女在你的怀抱/要为明天再写新传奇新传奇。"

考虑到七十五团少数民族主要是蒙古族，当地人们的生活习俗以蒙古族习俗为主，王理人在谱曲时融入了蒙古长调风格，优美的旋律、独特的韵味，既唱出了昭苏草原的辽阔，也唱出了兵团战士豪迈的情怀。

歌曲创作出来后，受到团场干部职工群众的喜爱，团场在举办歌咏比赛时有意识地让大家传唱，反响非常好。由于歌曲优美抒情，很好地抒发了职工群众对脚下这片热土的深情，人们聚会时经常会唱这首歌曲。

由于《浩特浩尔之恋》歌词生动感人、旋律深情优美，入选由兵团文广局、兵团文联、中国音协主办，兵团音协、新疆596文化发展公司承办的"我唱兵团"原创歌曲大型系列活动之一《十团志》音乐专辑，并于2012年6月公开发行。

七十六团团歌《松拜我可爱的家乡》

这里的天空湛蓝晴朗，

这里的田野美丽粗犷，

这里是乌孙天马的家园，

这里是西部富饶的粮仓，

沙尔套群峰傲立苍穹，

吐尔根清泉源远流长，

三代军垦艰苦创业，

我们放牧巡逻守卫着边防。

这里的传说令人神往，

这里的人们热情奔放，

这里是我们美丽的家园，

这里是松拜，我可爱的家乡。

苏木拜河水奔涌欢唱，

格登青史千古传扬，

军垦一哨书写忠诚，

我们携手阔步走向辉煌。

多少期盼多少向往，

多少心愿多少梦想，

我们为你奋发，为你骄傲，

我们为你谱写最美的乐章。

——七十六团团歌《松拜我可爱的家乡》

2011年4月，时任七十六团主管文教卫生的副政委霍彦萍非常重视团歌传唱工作，经多方打听得知团场以前有人创作过一首歌曲，她专程走访了几户老军垦，想了解相关情况。

没想到在一家退休职工家里走访时，正巧遇到这首歌曲的词作者的老岳父，了解到创作这首歌曲的人是一名叫陈友权的七十六团中学教师，现在江西工作。更令霍彦萍惊喜的是这位陈友权居然是她的党校同学。于是，霍彦萍立即与陈友权联系，问他能否找到歌曲的歌词和曲谱。

不久，陈友权将这首创作于1993年的歌曲——《前进，七十六团》的复印件传真过来，而当霍彦萍看到这张发黄的手工刻印的歌词时心里却凉了半截，因为这首歌的歌词和曲谱不符合现今时代。她当即决定重新创作团歌，在全团征集歌词。这项活动更加激发了干部职工热爱团场热爱祖国的情怀，很快收到了30多首歌词。

与此同时，该团还专门邀请了某专业音乐制作公司创作团歌。经过实地采风，体验生活，音乐制作公司创作了几首歌词，但歌词大部分都反映的是军垦战士的戍边生活，霍彦萍看了后觉得内容太单一。最后选定了该团学校教师徐德虎1996年为团场举办文化艺术节创作的歌曲《松拜我可爱的家乡》。

"这里的天空湛蓝晴朗/这里的田野美丽粗犷/这里是乌孙天马的家园/这里是西部富饶的粮仓/沙尔套群峰傲立苍穹/吐尔根清泉源远流长/三代军垦艰苦创业/我们放牧巡逻守卫着边防……"这首歌旋律欢快优美，歌词既反映了昭苏草原的大美景色，又反映了军垦战士屯垦戍边的艰苦生活，同时还富有时代气息。

因为要参加师团（厂）歌演唱会，时间紧迫，团党委班子商议后决定先暂定这首歌曲为团歌，霍彦萍专门组织了团场一些喜欢文学、音乐创作的人一起对歌词进行斟酌修改，并请王理人对曲子进行修改和后期制作。

　　谈起团歌创作的经过，霍彦萍的心情十分激动，她说，团歌创作的结果并不重要，但这个过程很重要，激发了干部职工热爱团场的情怀，激发了大家的创作热情，这是我最大的收获。今后，我们团还将开展一系列这样的活动，进一步弘扬兵团精神。

七十七团团歌《康苏情》

回首历史的记忆，只为把你领悟，

推开岁月的尘封，用心把你感触。

康苏河水的欢歌，跳动你的音符，

昭苏草原的春秋，守望你 —— 你的祝福，

乌孙的明月，遥寄着你的繁盛。

彪悍无畏的天马，为你迎娶了谁家的公主，

戈壁母亲的故事，领略了你的风采，

屯垦戍边的豪情，早已踏上了你的征途。

哦！康苏，你是一部一部长书，

翻过每一页都会令人感动。

哦！康苏，你是一条一条长河，

日夜流淌着我对你的倾诉。

哦！康苏，你是一段长路，

来往的人们都会把你眷顾。

哦！康苏，你是一首长歌，

永远唱不尽你给我的幸福。

　　　　　　—— 七十七团团歌《康苏情》

　　在2012年举办的四师团（厂）歌演唱会上，七十七团团歌《康苏情》

因旋律优美、歌词感人被广大观众所赞誉。

《康苏情》的词作者之一是时任师党委组织部常务副部长的程相申，创作这首歌曲时他担任七十七团党委书记、政委，在这片黑土地上工作生活了两年半时间，对这块土地的风土人情有了更加深刻的认识。程相申除了是一位官员，多年来他还一直坚持诗歌创作。为了推进团场文化建设，他提出文化"五个一"工程，即读一本好书、建一座团史陈列室、出一本文学刊物、为团场写一本书、创作一首团歌。

程相申是新疆，尤其是兵团较有影响的诗人，创作歌词成绩斐然，与安静、顾丁昆合作的原四师师歌《情满伊犁河》获国家"五个一"工程奖。作为团领导，为了避嫌，他专门请外面的一位歌词作者创作，但创作的两首歌词都不太令人满意。恰逢有一天时任师党委书记、政委张勇到七十七团调研，得知这事后对程相申说，你自己就是诗人，又在这里工作生活，对这片土地有着很深的感情，自己写团歌不是更好嘛！

领命而去的程相申开始思考如何创作团歌，一定要有兵团元素，一定要有地域特色，一定要优美抒情，一定要易于传唱。正是在这"四个一"的创作主导思想下，程相申在歌词创作中融入了昭苏草原、古老乌孙、彪悍天马、汉家公主等多个自然、地理、历史、文化元素，大大增强了这首歌的历史厚重感。

"康苏河水的欢歌/跳动你的音符/昭苏草原的春秋/守望你 —— 你的祝福/古老乌孙的明月/遥寄着你的繁盛/彪悍无畏的天马/为你迎娶了谁家的公主 …… "因为七十七团还是电视剧《戈壁母亲》的拍摄地之一，程相申在歌词中加入了戈壁母亲的故事，艺术地表达了兵团军垦战士戍守在昭苏高原边境线上的真情实感，"戈壁母亲的故事，领略了你的风采，屯垦戍边的豪情，早已踏上了你的征途 …… "

程相申在歌词中把康苏喻为一部长书、一条长河、一段长路、一首长歌，用简单而生动的排比、形象而深情的比喻，表达自己对这片土地的深

情。歌词写成后，程相申请歌曲《一家人》的词作者、武警兵团指挥部政治部文工团创作员博文修改，并请武警兵团指挥部政治部文工团团长、新疆音乐家协会创作委员会委员石明谱曲。

七十七团境内有条非常著名的河流——康苏河。"康苏"哈萨克语意为"闪光的水"。康苏沟风景秀丽，山势险峻，是昭苏高原著名的旅游胜地。围绕这一地域特点，最后这首歌被定名为《康苏情》。

考虑到这首歌曲的风格和演唱效果，该团党委最后决定邀请新疆、兵团著名青年歌手李秀莲首唱《康苏情》。李秀莲生长在六十三团，对兵团生活有着深刻的体验，而她独特的"忧伤倾诉"的演唱风格，深情地诠释了军垦战士戍边卫国的心声。

七十八团团歌《阿热勒情思》

分明是江南，分明是烟雨，
可又见芳草连天牧歌马蹄飞。
分明是塞外，分明是边地，
可又见桃花汛里三月鲜鱼肥。
啊，遥远的阿热勒，
烟波半岛青山画屏里。
就在这雪山，就在这草原，
白云生处牧歌声里如画的家园。
就在这半岛，就在这半山，
半岛的苹果熟了甜蜜如初恋。
啊，浪漫的阿热勒，
拨动半岛妩媚的月色。
又见这雪山，又见这草地，

绿色草原延伸着红色的足迹。

又闻军号响，又见炊烟起，

峥嵘岁月沧桑巨变谱写新传奇。

啊，神奇的阿热勒。

多彩半岛希望的土地。

—— 七十八团团歌《阿热勒情思》

"分明是江南/分明是烟雨/可又见芳草连天牧歌马蹄飞/分明是塞外/分明是边地/可又见桃花汛里三月鲟鱼肥/啊，遥远的阿热勒/烟波半岛青山画屏里 …… "在不久前举行的四师团（厂）歌演唱会上，七十八团团歌《阿热勒情思》将一幅糅合了江南柔美、边疆风情和军垦特点的动人画卷徐徐呈现在观众眼前，赢得了观众热烈的掌声。

"阿热勒"是哈萨克语"半岛"的意思。七十八团团部所在地阿热勒三面环水，景色宜人，因盛产苹果而名扬疆内外。

谈起当时创作这首歌曲的经历，时任七十八团副政委廖国顺接受记者采访时说，收到师党委宣传部关于创作团（厂）歌的通知后，团党委非常重视，立即在全团开展团歌词征集活动，征集了八九篇歌词，但看了后都不太满意。在这种情况下，她决定争取外援，伊犁著名曲作家王理人推荐了现在伊犁州电视台供职的苗立遂。见面之后，双方就团歌创作进行了沟通，几天后苗立遂就到七十八团采风，廖国顺专门带他到能看到半岛的位置，当看着美丽的水乡景色他一下子找到了感觉。半个月后，歌词创作出来比较成功，很快定稿交给王理人谱曲。王理人一看歌词当即十分激动，说这首歌词太美了，我要精心谱曲。为了谱这首歌曲，他专门到七十八团去寻找创作灵感，10月中旬歌曲《阿热勒情思》创作完成。

苗立遂说，阿热勒有江南自然风光的天赋，同时江南没有的这里也有，塞外和江南的两种个性的自然风光，在这里有机融合又形成强烈的反差。当他站在高处完整地看见团场的半岛地貌时，被这里美丽独特的自然风光深深地打动。

歌词的整个创作过程很顺利，没有生硬地表达兵团精神，而是采用了浪漫的唯美的艺术表达方式，在遣词造句上，苗立遂借用了古诗词的表现手法，第一段是远景，反映半岛水乡的风情；第二段是近景，置身其中的感觉；第三段是传承兵团精神。

苗立遂认为，唱团歌的人是带着爱和深情唱的，雷同的东西是没有价值的。一定要写出这个地域的个性，写出这里生活的人的特质，团歌才具有它独特的永远的生命力。所以在创作之前他有两个思考点：一个是美，一个是个性。歌词中不仅写到了雪山、草原、牧歌、半岛、苹果这些独具特色的意象，还将意象自然延伸到兵团屯垦戍边的历史和兵团精神，"绿色草原延伸着红色的足迹/又闻军号响，又见炊烟起/峥嵘岁月沧桑巨变谱写新传奇/啊，神奇的阿热勒/多彩半岛希望的土地"。这首歌词意象丰富，曲调优美、深情，艺术地传承了兵团精神，具有深刻的时代意义。

廖国顺告诉记者，团歌创作出来的10月中旬正是团场采收苹果最忙的季节，机关干部都在果园里帮助果农采摘苹果。不少机关干部把团歌下载到手机上，边劳动边用手机播放学唱，丰收的果园里欢歌飞扬，笑声满园。

七十九团团歌《比香格里拉还美的地方》

天最蓝，云最白，山花更香，
这是比香格里拉还美的地方。
斜阳映照着绿树红房，
大路上涌来了放学的巴郎。
彩云在水库里轻轻荡漾，
凉亭中人们在弹琴歌唱。

啊，寨口，

我的家园我的故乡，

我愿借冬不拉欢乐的琴声，

向你倾诉衷肠。

山清清，水长长，情意更长，

兵团人实现了光荣和梦想。

把荒滩变成了优美的牧场，

让山谷也成了迷人的画廊。

各族兄弟姐妹手挽着手，

定叫山水长清花朵更香。

啊，寨口，

我的家园我的故乡，

我愿借百灵鸟嘹亮的歌喉，

祝你繁荣兴旺。

——七十九团团歌《比香格里拉还美的地方》

七十九团团部所在地则库，当地人习惯称为寨口。则库，蒙古语意为"温暖"。境内有将军沟、阿尔萨朗沟和著名旅游胜地"百里画廊"唐布拉景区。七十九团团团歌《比香格里拉还美的地方》由伊犁著名诗人顾丁昆作词、关寿清作曲。

2011年，该团党委收到师党委宣传部关于创作团（厂）歌的通知后非常重视，七十九团以前没有团歌，时任该团党委书记、政委的齐福聚听说伊犁著名诗人顾丁昆是从七十九团走出去的，于是立即安排宣传科科长詹宏荣负责联系他请他创作团歌歌词。

顾丁昆生活在上海，詹宏荣与其并不相识，心里忐忑不安，不知他是否同意创作团歌。詹宏荣告诉记者："我没想到我给顾老师打电话说明意图后，他欣然答应。我请他来团场采风，体验生活，以方便创作团歌，并

特别说明所有来回费用全部由团场承担。没想到顾老师说没有必要花这个钱，我在这里工作生活了17年，对这里的山山水水和生活在这里的各族人民有着深厚的感情。他只用了两天时间就创作出歌词，并从网上发给了我。"当詹宏荣对顾丁昆说到团里要给他付创作费用时，顾丁昆说："我一分钱都不要，就算是为家乡做了点小小的贡献吧。"

顾丁昆在接受记者的采访时说："创作歌词时，我考虑到七十九团的旅游优势和今后的发展方向，着重突出这里的自然风光。传说中香格里拉风景秀丽，但那里比较落后。寨口也是一个山清水秀的地方，但经过军垦战士几十年的建设，那里比香格里拉还要美。"所以，他将歌名定为《比香格里拉还美的地方》。

"天最蓝云最白山花更香/这是比香格里拉还美的地方……/山清清水长长情意更长/兵团人实践了光荣和梦想/把荒滩变成了优美的牧场/让山谷也成了迷人的画廊……/啊，寨口寨口/我的家园我的故乡/我愿借百灵鸟嘹亮的歌喉/祝你繁荣兴旺繁荣兴旺。"在这饱含深情和祝福的歌词里，能够看出顾丁昆对寨口这个第二故乡的一片深情。

顾丁昆还给詹宏荣推荐了著名锡伯族作曲家关寿清。现定居澳大利亚的关寿清在这之前已定好了11月20日飞往澳大利亚的飞机票。当关寿清拿到歌词时已经是11月中旬，整整一天他把自己关在屋子里专门谱曲。

考虑到寨口是个汉族、蒙古族、哈萨克族等多民族居住的地方，他在歌曲的旋律里融合了蒙古族和哈萨克族草原风格。很快就谱好了曲，他把歌曲带给团里审核，团党委班子通过后立即传给远在塔城的孟克制作MD，并选定由目前在网络上走红的俄罗斯族歌手索尼娅·崇来演唱。

为了赶时间，11月16日，关寿清带着索尼娅·崇亲自驾车，冒着风雪，冒着危险，翻山越岭，连续驾车14个小时后赶到塔城，并在一天半的时间完成了录音和后期制作。拿上母碟之后于19日凌晨回到乌鲁木齐，20日早晨乘飞机回了澳洲。

因为这首歌曲歌词意境很美，旋律优美，很受广大歌迷喜欢，短短两个多月时间，在中国原创歌曲基地里的点击率已达135.6万次。

伊力特公司厂歌《万世流芳伊力特》

巩乃斯草原巩乃斯河，

孕育了绚丽的花朵，

巩乃斯草原巩乃斯河，

造就了我们的伊力特，

浓浓的酒香浓浓的情，

勤劳的双手火热的歌。

春天来到肖尔布拉克，

谱写了多少美丽传说，

千年的荒原变良田，

军垦的后代创造好生活，

千锤百炼的伊力特，

像一匹天马跨银河。

国门大开好时光，

太阳更红天地更阔，

伊犁酒香飘万里，

醉倒南来北往的客，

背靠天山舞雄风，

万世流芳伊力特，

背靠天山舞雄风，

天马跨银河。

万世流芳伊力特。

——伊力特公司厂歌《万世流芳伊力特》

《万世流芳伊力特》是伊力特股份有限责任公司的厂歌，创作于1995年，由新疆普拉纳广告公司董事长流风作词、陶然作曲。

伊力特是四师乃至全疆唯一的白酒上市企业。从一个小小的手工作坊，发展成为全国白酒行业的知名企业，英雄的伊力特人经历了数十年的风风雨雨。伊力特人取天山冰川雪水和绿色五谷杂粮，酿制出醇香的琼浆玉液，同时也把英雄情结酿造在这晶莹的液体中，使其成为英雄主义的化身，并且代代传承。

为进一步彰显企业文化，传播企业文化理念，伊力特公司党委决定创作厂歌，通过传唱企业歌曲凝聚人心，鼓舞士气，加快发展。1993年3月，公司在《新疆日报》上刊登征集厂歌的启事，经过审慎评选，最后征集了50多首歌曲。1995年5月，公司党委召开常委会，经研究决定将流风作词、陶然作曲的《万世流芳伊力特》定为厂歌。

"巩乃斯草原巩乃斯河/孕育了绚丽的花朵/巩乃斯草原巩乃斯河/造就了我们的伊力特……千年的荒原变良田/军垦的后代创造好生活/千锤百炼的伊力特/像一匹天马跨银河……国门打开好时代/太阳更红天地更阔/伊犁酒香飘万里/醉倒南来北往的客/背靠天山舞雄风/万世流芳伊力特……"

歌词准确地反映了伊力特的地域特点，概括了企业的发展历程，作者将伊力特形象地比喻为"像一匹天马跨银河"，突出了"伊力特曲英雄本色"的酒文化精髓。歌曲旋律激昂，节奏明快，易于合唱。

时任伊力特公司党委书记赖积萍告诉记者，2011年9月29日，伊力特煤化工公司举行剪彩仪式时，时任师党委书记、政委张勇让伊力特公司和煤化工公司参加仪式的干部唱厂歌，时任伊力特公司董事长徐勇辉主动担任指挥、赖积萍起歌，大家一起合唱，歌声嘹亮，气势恢宏，展示了伊力特人昂扬向上、奋勇拼搏的精神风貌，受到了在场观众的一致好评。

绿华糖业厂歌《甜美千万家》

告别昔日的沧桑，

卸掉旧的铠甲，

用汗水冲去征战的泥沙；

沃野的鲜花装点着美丽的可克达拉，

边疆处处酿造甜蜜，

边疆处处美丽如画，

踏上时代的征程，

迈着新的步伐，

绿华人迎来灿烂的朝霞；

激情的欢歌滋润着可克达拉，

这里人人团结和谐，

这里人人亲如一家。

啊，绿华！你是兵团儿女，前进！前进！

年轻的绿华，用你的友爱，

用你的甜蜜，温馨那万户千家！

啊！绿华！你是边疆儿女，前进！前进！

年轻的绿华，用你的勤劳，

用你的真情，美好那万户千家。

　　——绿华糖业厂歌《甜美千万家》

绿华糖业公司的厂歌《甜美千万家》，创作于2011年，由原六十一团总工程师张树明作词作曲。

张树明曾担任过绿华糖业公司（原名霍尔果斯糖厂）副厂长、总工程师。2011年年底，应绿华糖业公司总经理张新辉的邀请给绿华糖业公司写厂歌，要求是奋发向上的，带有进行曲性质的风格。因为曾在绿华糖业

工作多年，非常熟悉企业的发展经历，同时又对企业怀有深厚的感情，张树明仅用了一个星期就创作出了《甜美千万家》这首歌曲。

"告别昔日的沧桑／卸掉旧的铠甲／用汗水冲去征战的泥沙／沃野的鲜花装点着美丽的可克达拉／边疆处处酿造甜蜜／边疆处处美丽如画……用你的友爱用你的甜蜜／温馨那万户千家……踏上时代的征程／迈着新的步伐／绿华人迎来灿烂的朝霞／甜蜜的歌儿滋润着美丽的可克达拉／这里人人团结和谐／这里人人亲如一家／用你的勤劳你的甜蜜／美好那万户千家……"

歌词意境深远，朗朗上口，不仅反映了企业改制前经历的坎坷曲折道路，还反映卸掉旧的铠甲步入新征途后新的发展面貌，反映了民族团结、社会和谐的发展现状。歌曲曲调明快、昂扬向上。

农四师电视台的导演听了此歌后，认为这首歌的歌词意境很美，曲调昂扬向上、鼓舞人心，当时就定下来将其作为四师团（厂）歌演唱会的开场歌。

原四师师歌《情满伊犁河》

"我们是这里的一团火／哎……融化了冰雪赶走了荒漠／我们是这里的一滴雨，一滴雨／播种下绿洲浇开了花朵／我们的汗水和心血，融进这悠悠伊犁河／伊犁河啊伊犁河，军垦战士心中的河……"优美的旋律、丰富的意象、深厚的情感，使这首歌多年来传唱不衰。

《情满伊犁河》原为四师师歌，创作于1995年，由原兵团文联常务副主席安静、农四师党委组织部常务副部长程相申、伊犁著名诗人顾丁昆作词，著名作曲家田歌作曲。

1995年夏季，田歌来到四师拍摄音乐专题《可克达拉的歌声》，时任四师党委书记、政委的王仲伟邀请田歌为四师创作师歌，以鼓励广大四师干部职工群众奋发向上，再创新的业绩。田歌欣然同意，于是王仲伟安排师文联推荐歌词作者，师文联推荐了时任六十四团组织科科长的程相申创作歌词。

程相申应邀来到花城宾馆专门创作歌词，巧遇伊犁著名诗人顾丁昆来探访田歌，程相申请顾丁昆一起修改歌词。在歌词中，作者将军垦战士比喻为"一团火""一滴雨""一把锁"等，举重若轻，用"融化冰雪赶走荒漠""播种绿洲浇开花朵""连接口岸伸向哨所"这样富有诗意的语句，反映屯垦戍边的艰苦生活，表达了四师广大军垦战士对屯垦戍边事业的忠诚和执着。"我们是国门的一把锁/哎 …… 连接着口岸伸向哨所/我们是边境界河桥，界河桥/迎接友谊割断那邪恶 …… "

一方水土养一方人。伊犁垦区的军垦战士虽然都来自五湖四海，但扎根在伊犁河畔之后，也将自己的事业和生命深深地融入了脚下这片热土。歌词生动地表达了四师军垦战士对祖国对兵团的热爱之情，对伊犁河的深厚情感。"我们的辛勤我们的爱，像那滚滚的伊犁河/伊犁河啊伊犁河，我们心中神圣的河 …… 伊犁河啊伊犁河，军垦战士生命的河 …… "

因为伊犁河是伊犁的一个地域标志，四师军垦战士在伊犁河畔屯垦戍边，建设着美丽的伊犁垦区，最后程相申将歌曲定名为《情满伊犁河》。歌词完成后，又送呈时任兵团文联常务副主席的著名词作家安静稍做修改，田歌看了比较满意，很快谱完了曲。考虑到演唱效果和今后传唱的效果，农四师专门邀请中国男高音歌唱家吴雁泽演唱这首歌曲。自此，这首歌曲在四师广泛传唱开来。

1997年，《情满伊犁河》获得第六届全国精神文明建设"五个一工程"奖，是四师唯一获此大奖的歌曲。

最后用李秀莲的话结尾："作为一名歌手，出生在新疆是幸运的，这里是民歌的富矿。每个时代有每个时代的声音，我在努力地用我的风格演绎属于这个时代的新疆民歌。"

新疆大地永远的歌者

　　柔美、婉约、深情，还有点云淡风轻的感伤风格，与新疆民歌固有的"热情、奔放、沧桑"的标签不同，一听就知道是李秀莲的演唱风格。

　　近年来，兵团青年歌唱家李秀莲演唱的新疆民歌在国内音乐界刮起一阵阵清新之风，吸引了大批热爱新疆民歌的音乐爱好者。由她演唱的原创歌曲《康苏情》《等天明》连续荣登《中国民歌排行榜》榜首就是一个有力的见证。

以自己的方式演绎新疆民歌

　　新疆民歌是中华民歌艺术宝库中的一块瑰宝，而生于斯长于斯的李秀莲，以新疆的女儿和一名歌者的身份重新解读、演绎新疆民歌。

　　"作为一名歌手，出生在新疆是幸运的，这里是民歌的富矿。每个时代有每个时代的声音，我在努力地用我的风格演绎属于这个时代的新疆民歌。"2011年12月2日，在个人新专辑《边疆情歌（二）》发布会上李秀莲深情地说。的确，一直以来，在艺术道路上她一直遵循着内心的指引。

　　艺术的悲剧在于重复，艺术的生命在于创新。这是李秀莲在数十年的演唱生涯中悟出的从艺之道。从小出生成长在新疆的李秀莲，对新疆民歌中表达的新疆生活有着更为深刻的理解。她认为，时代不同了，歌曲演唱的内涵、情感和声调也要有所变化，符合时代的需求。

　　因为热爱脚下的土地，因为内心强烈的使命感，李秀莲决定以自己的方式来歌唱新疆民歌。2006年，由刀郎负责监制的她的首张个人专辑《边疆情歌（一）》面世，收录了《草原之夜》《边疆处处赛江南》《送你一束沙枣花》等12首新疆名曲。这些新疆民歌被她演绎得甜美、婉转、深情，当时被誉为"新疆民歌第一张发烧碟"。就连著名作曲家徐沛东都赞叹："这种唱法很独特，有味道。这样唱下去，你可以走得更远。"

　　著名作曲家田歌听过《边疆情歌（一）》专辑后十分欣喜，他说："李秀莲没有刻意模仿谁，她唱出了自己的风格、自己的情感、自己的心声。《草原之夜》和《边疆处处赛江南》这两首歌一般来说很难唱好，我认为演唱者应该对兵团有一定的了解、有一定的情感，李秀莲唱出了我在歌曲中想要表现的内容，达到了我所希望的艺术效果。"

　　《边疆情歌（二）》共收录了《黑眼睛》《玛依拉》《燕子》等11首经典新疆民歌，非常明显的是其与传统新疆民歌高昂、奔放的旋律不同，李秀莲有意放慢了歌曲的节奏，并且大部分曲子都降了调，柔美、舒缓、委婉，就连动感十足的《青春舞曲》也被她唱得深情婉转。

　　听李秀莲演唱的歌曲，你的心会不由自主地随歌声而动，循歌声而去，因为那是从心底流淌出来的清泉，是从大地深处奔涌出的深情，没有矫揉造作，没有高亢激越，只是温柔的舒缓的倾诉，向你娓娓道来那些从历史尘烟、从脚下热土中涌现出的美和真实。

　　有专家说，李秀莲的音质和理念，都体现出对"忧伤倾诉"风格的偏好。"唱这些歌的时候，我力图让乐感像说话一样自然地流出来，"李秀莲说："这让繁复的方法和技巧显得多余。"

　　谈到艺术风格和流派时，李秀莲说她不想对此去细加研究，只想在博采众家之长的同时，走出一条属于自己的艺术之路，创造属于自己的艺术风格。

　　《边疆情歌》系列专辑在内地引起热烈的反响，不少听众在网上发帖，

倾吐自己的感受。一位叫霍小光的北京听众说："李秀莲的歌声能够打动我，是因为她用一种连接历史与未来的情愫，演绎出了这些既属于历史又属于未来的音乐。"一名北京歌迷说："静静地听你的音乐，非常感动。几首老歌既熟悉又陌生，被你引领着重新去领悟。喜欢。"

边境团场飞出的"百灵鸟"

说起李秀莲，许多听众用"百灵鸟"来比喻她动听婉转的歌喉。

解读她的作品和她的成长之路，不难发现，是兵团团场这片热土养育了她，并在她的生命中深植了一种叫作"坚强"的因子；与各民族同胞共同生活、学习、成长的经历造就了她对新疆大地的深刻认识和深厚情感，这些都在她对新疆民歌情真意切的歌唱中反映出来。正因为如此，她在人生的成长道路上一直坚守自己的理想，用心歌唱新疆、歌唱兵团。

田野中的奔跑、房前屋后的捉迷藏、沙枣花的清香、马兰花的亮丽……谈起童年、少年时代，李秀莲的脸上总是不由自主地浮现出纯净的笑容和迷恋的神往。

出生、成长于边境团场一个普通军垦职工家庭的李秀莲，有兄弟姐妹6个，在成长的过程中，她深刻地体会了生活的艰苦、父母的辛劳，但与众不同的是，生活中的沉重和苦涩都被她过滤掉了，留下的是对美和快乐的记忆，对家乡故土的眷恋和热爱。

从小在各民族歌声中成长起来的李秀莲酷爱唱歌，四五岁时演唱的《洪湖水浪打浪》就打动了周围的许多人，也展示了她的歌唱天赋。童年时代看过兵团歌舞团演出后，长大后要像那些演员们一样站在舞台上唱歌的梦想就悄悄地在她心里扎下了根。

对于理想，李秀莲有着自己独特的理解：有理想有目标，也就有压力，但要脚踏实地地去做就好了。在这个过程中，最为重要的是要保持一个平和的心态，这样自己的内心就不会太累太纠缠，反而容易超越自身。

正是抱着这种认真做事的态度、平和做人的心境，她从容地叩开了艺术殿堂的大门，如愿以偿地考入新疆艺术学院学习声乐，毕业后留在兵团歌舞团成为一名歌唱演员，之后又到解放军艺术学院进修，师从王振民老师。她在秉承传统民歌的演唱基础上，融入现代通俗音乐演唱方法，演唱风格清新、甜美、自然、抒情。除演唱外，她还曾多次担任兵团、自治区大型晚会节目主持人。伴随着演唱技艺的日臻成熟，她的艺术之路越走越宽。

"我是一个挺幸福的人，是一个受老天特殊眷顾的人，我的人生之路是循着内心的指引、按照自己的理想一路走来，还是比较顺利。"说起自己，李秀莲心怀感恩与幸福之情。尽管艺术之路上也布满了荆棘，但乐天的她从来都是将困难和艰辛过滤掉，留在记忆中的都是幸福的图景。

"我还会选择新疆"

"如果让我选择出生地，我还会选择新疆。是新疆、兵团给了我一切，无论什么境况，身在何处，我会永远歌唱新疆、歌唱兵团。"李秀莲的语气坚定而充满深情。的确，正是因为出生在新疆、兵团，新疆大地上多元丰富的音乐氛围深深地浸润着她的心灵，也铺就了她的成长之路，使她与新疆结下了永生的情缘。

李秀莲曾经发行的《边疆情歌（二）》中附赠了一部新疆风光"大片"——7首歌曲的MV。六月的赛里木湖、八月的江布拉克、十月的喀纳斯，还有大片的紫色花海伊犁薰衣草基地……这是她和摄制团队用两年时间行走几千公里，拍摄下新疆风光最经典的画画，目的只有一个："用经典的新疆民歌和最美的新疆风光联袂来宣传新疆，让更多的人因此踏上新疆之旅。"

　　"听了她的歌声，就像看到了天山顶上的雪莲那样的高雅，那样秀美，她圆润的声音，有穿透力、影响力，打动了很多游客。很多游客听着她的《草原之夜》《塔里木河》《送你一束沙枣花》走进了新疆。"新疆维吾尔自治区旅游局党组书记池重庆在为李秀莲颁发"新疆旅游形象大使"证书时这样评价李秀莲。

　　歌唱是李秀莲表达爱的一种方式，也因为对新疆的热爱，她获得"新疆旅游形象大使""兵团旅游形象大使"殊荣。她还先后四次参加联合国环境规划署举办的大型环保公益活动，先后到过肯尼亚、南非、巴西等国，曾与海清、周迅、李健、袁姗姗等国内一线明星共同出席联合国环境规划署活动，被联合国环境规划署王之佳司长称为"联合国特邀环保歌唱家"。

　　今年是中华人民共和国成立70周年，李秀莲准备已久的第三张个人专辑《边疆情歌（三）》即将出版发行。在这张专辑中，她将歌曲分为两部，一部是《爱在新疆》，一部是《爱在兵团》。"这也是我献给父母和千千万万个如他们一样的军垦前辈的歌。我会继续用自己的方式演绎新疆经典民歌，就这么情真意切地一直唱下去。"李秀莲深情地说。而在《爱在新疆》专辑中，大部分歌曲是中国著名词作家刘新圈老师为李秀莲作词。说起来，李秀莲与刘新圈老师还颇有缘分。

　　刘新圈老师因写《套马杆》而闻名中国歌坛。李秀莲第一次见刘新圈老师，是一个偶然的机会。当她一开口唱出第一句，刘新圈老师惊诧了，新疆还有人这样唱歌！现在还有这么纯净的嗓音。他当时就激动地对李秀莲说："在内地过度包装、过度市场化的今天，很少有你这种没有污染的纯净的声音。我特别喜欢你的声音，看好你，愿意给你写！"

　　我在李秀莲提供的专辑歌单上看到，刘新圈老师作词的歌曲居然有十几首之多。而据了解，刘新圈老师由于深厚的文学功底和对市场准确的判断，这些年每年都有大火的作品，所以一方面很多歌手希望与刘新圈老师合作，一方面他对作品和歌手要求越来越高，所以出现一稿难求的局面。这次一年之内，拿出十几首力作，由此可见他对李秀莲之关注和支持。

可这张专辑做到一半却因为资金紧缺暂时搁浅了。为此，李秀莲内心充满了内疚。刘新圈老师还曾提出借钱给她先出专辑，但被她千恩万谢拒绝了。她说："一般能有刘新圈老师一两首歌已经是很难得了，自己这么幸运地有他为我写一张专辑，真的是莫大的荣幸，所以不能再麻烦了！但今年想办法一定要把这两张专辑录制出来。"

李秀莲说，2017年刘新圈老师就已经写完了所有歌词，一部分录音也完成了，但我始终想做得更好些。制作完成两张专辑大概需要40万元，而我们一直扎根边疆，没走入市场，靠那点工资做专辑，非常困难。所以我去年底离开单位，成为自由音乐人，希望通过市场化运作，以及在其他行业的拓展来完成音乐梦想，确保把专辑做得好一些，更好地宣传新疆和兵团。

以《你在他乡还好吗》闻名中国歌坛的李广平老师，也十分喜爱李秀莲特殊的嗓音，在由他策划并带队的中国文联兵团行采风活动中，他的妻子、作曲家林静老师和新疆词作家孟蒙老师联袂为李秀莲的故乡可克达拉写了一首歌 ——《可克达拉的阳光》。

关心珍惜音乐人才的李广平老师，还专门为李秀莲写了一篇专访，并在文章中给予李秀莲及她的歌唱水平很高的评价："秀莲植根于新疆大地，天高地远，自由生长。在我的眼里，秀莲大方端庄、秀美雅致，犹如一束美丽的沙枣花兀自开放；在我的耳里，她的歌声纯净真诚、空灵真挚，既有热情的云端里的雅气，也有人间烟火的地气，内涵丰厚，值得细听。只是遗憾的是，一直没有遇见完全适合自己的歌曲，以及地处新疆，宣传难于达至全国。我特别向朋友们推荐她的歌声，并请带上她的歌声去展开一趟新疆生产建设兵团之旅，特别贴切。"

"歌唱兵团是我永远的使命"

"兵团是一个有魔力的地方，不管你以前是怎样的一种成长环境，但到了兵团你自然就有了一种甘于奉献、不求回报的精神。从小到大，我从没有听过父母慷慨陈词地表露自己崇高的内心，但面对困难和艰辛，他们也从不抱怨，认认真真种田、踏踏实实做人。正是在父辈智慧和汗水的浇灌下，团场从沙漠、碱滩逐渐变成绿色的原野。"说起兵团，李秀莲的话语中充满了自豪和深情。

李秀莲生在兵团，成长在兵团，兵团情结已成为她生命中的一部分，她的艺术之根牢牢地扎在兵团这块热土上。无论走在哪里，无论走向哪里，她总是以自己的方式诠释对兵团母亲深深地爱恋。

诞生于新疆大地上的兵团民歌，是新疆民歌中一个重要的组成部分，如《草原之夜》《边疆处处赛江南》《送你一束沙枣花》等歌曲广为传唱。作为兵团的女儿，李秀莲对生于斯长于斯的这个特殊组织有着永远无法割舍的情结，也对产自这片热土上的歌曲的原创精髓领会至深，用自己的方式传唱这些经典民歌。

"《爱在兵团》这张专辑，我希望用歌声来梳理兵团人的情和爱。专辑前后是有关联的。第一部分，是对兵团老一代经历过岁月的回望，是向那个时代诞生的经典致敬，也是向那个时代的军垦战士致敬。歌曲有享誉全国的《草原之夜》《送你一束沙枣花》《边疆处处赛江南》等。"秀莲说。

秀莲回忆起有一次到石河子市军垦博物馆参观，当她偶然看到地窝子窗台上的一束塑料花，内心涌起一阵感动和酸楚，热泪止不住奔流而下。对于当时建设兵团的全国各地的建设者们来说，一束花装点的生活，是多么的奢侈。而60多年后的今天，昔日的戈壁荒滩，如今变成了大花园，兵团团场处处是迷人的花海，生活也处处弥漫着花香。

《爱在兵团》专辑的第二部分是反映20世纪八九十年代兵团新时期面

貌的歌曲，如《肖尔布拉克之恋》《边境小夜曲》《康苏情》等。

李秀莲说，有一年她去七十二团采风，陪同她的时任四师党委宣传部部长的李斌曾在七十二团工作过，还有另外两位领导都曾在这里工作过，大家一起唱起《肖尔布拉克之恋》。悠扬的歌声娓娓道来兵团人屯垦戍边建设家园的情感，在优美的旋律下蕴含着波澜壮阔的画面。深情豪迈的歌声深深打动了她，让她情不自禁落下泪来。

李秀莲认为，过去很多歌曲是用进行曲式的，这与当时那个时代是有紧密关系的。现在，新疆兵团的快速发展，翻天覆地的变化，让人们的生活更美好了，歌曲节奏也变得舒缓、温婉。如四师七十七团的团歌《康苏情》，像一部深情厚重的史诗，从两千多年前的西汉解忧公主远嫁西部，到中华人民共和国成立后的兵团屯垦戍边，娓娓道出兵团的屯垦戍边史。

有一年李秀莲到北京出差，中央人民广播电台的主持人邀请她做专访。她现场唱起了《康苏情》，深情优美的歌声获得大家的一致点赞。没想到歌曲上传到中国音乐排行榜，连着两期上达榜首，开创兵团音乐史上的先河。

我好奇地问，这是什么原因？为什么一首来自兵团边境团场的团歌能够两上中国音乐排行榜榜首？李秀莲说，也许是因为这首歌曲不是为了炫技，不是为了征服听众，而是用自然深情的表达，情真意切娓娓道来的诉说，赢得了听众的认可。

《爱在兵团》这张专辑的第三部分是新创作的歌曲，如描写和憧憬兵团美好未来的《一枝一叶总关情》《梦中的那一片花海》等歌曲。

《一枝一叶总关情》是歌颂兵师在建设新城可克达拉的过程中，著名词曲作家李兰生老师看到四师干部群众热情高涨绿化可克达拉市的场景后激情澎湃，一气呵成创作了这首歌曲，由青年作曲家李珂作曲，歌词深情、旋律优美，是一首很有力量的歌曲，把兵团精神表达得很深刻。

经过四师人60多年艰苦创业和建设，曾经的戈壁荒原上崛起了一座

美丽的城市 —— 可克达拉市。经过四师人数年的精心规划和奋力建设，可克达拉市现在已经是新疆、兵团最美的城市之一。

李秀莲是兵团青年志愿者艺术团副团长，2016年曾带着志愿者到一师、三师、十四师志愿演出。对于从小出生成长在团场连队的她来说，团场连队对她并不陌生，南疆师团也去过多次。但这次南疆之行让她震惊，团场连队变化太大了，晚上迷人的夜景，美得像江南，与曾经南疆师团留给她的印象完全不同。广场及房前屋后处处鲜花盛开。她将这种变化和感受描述给了著名词作家刘新圈老师，于是就有了歌曲《梦中的那一片花海》的歌词，之后刘新圈老师亲自挑选作曲，由国内作曲青年领军人绍兵作曲及后期完成，是一首非常优美、深情、浪漫的歌曲。

从半个世纪前送你的一束沙枣花，到如今兵团垦区处处可见的大面积薰衣草花海、棉花花海、油菜花海等，《梦中的那一片花海》这首歌高度概括了兵团成立65年来的巨大变化。

专辑《爱在兵团》中还有一首歌《永不散场的青春》。李秀莲说，只有在兵团工作过生活过的人才会感受到歌曲中表达的深刻内涵。

李秀莲的父亲是扎根边境团场的支边青年，不仅把自己最好的青春奉献给了边境团场，还将6个儿女留在兵团。父亲去世后，儿女们遵照父亲的遗愿将他埋葬在团场边的沙漠里，让他永远守在这个自己为之奋斗了一生的地方。李秀莲的父亲正是"献了青春献子孙"的兵团军垦战士的典型缩影。

正因为如此，从小生长在团场的李秀莲才能够深深体味《永不散场的青春》这首歌中表达的深刻内涵，才能够深情精准地唱出这首歌曲的精魂，淋漓尽致地表达兵团人代代相传的兵团精神，兵团大地处处体现着的永不散场的青春气息。

李秀莲深情地说，我也是兵团培养出来的，对兵团有着深深的情和爱，有着深深的根的情感，不管我在哪里，歌唱兵团、宣传兵团的使命永远不会变。我会努力宣传兵团，以回报兵团的培养。

"让兵团成为常识"

说起兵团这个特殊的团体，李秀莲的神色变得庄重严肃起来。我的父亲母亲就是这其中的一分子，我对他们充满了敬意。因此，她在演唱兵团歌曲时心中总是饱含着对这份土地以及土地上的人们深深的感激和爱恋，而歌声中的婉转、深情又总是深深地打动着听众的心扉。

1998年，她与兵团歌舞团的同事们到塔城额敏县农九师一六一团演出，那是她第一次到巴尔鲁克山。一路上山峦起伏，山花烂漫，坐在车里手伸出窗外就可以摸到盛开的油菜花和五颜六色的山花。同事们都感慨这里简直是人间仙境，生活在这里的人们真幸福。

演出前吃饭时，一位干部在给演员们敬酒时说："感谢你们给我们送来精彩的节目，虽然你们现在看到我们这里风光无限好，但每到九月的中旬大雪就封山了，一直要到来年的五六月份才能通车。你们知道我们上一次看演出是什么时候吗？是1971年！"在座的演员们都惊呆了，大家的眼中溢出了泪水，能喝不能喝的都端起酒一饮而尽。

由于山上昼夜温差大，那天晚上天气非常寒冷，当地的职工群众都穿着皮大衣看演出，而演员们坚持穿着单薄的演出服演出，每一位演员都拿出自己的看家本领，演出质量特别高，整个晚会高潮迭起，掌声不断。一般来说，作为主持人的李秀莲每次演出只需换一两套演出服，可那天晚上她把带去的七套演出服全部换完了。

回想起当时的情景，李秀莲深情地说："我想我们走了以后，哪怕是我的服装能够给他们留下一些印象，作为茶余饭后的谈资，我都觉得我的付出是值得的。"

新疆军区文工团创作室的孟蒙在《爱在兵团》中写了一首《红柳谣》，

歌颂兵团女性的坚韧和伟大，歌词写得特别唯美。

"戈壁的风啊没日没夜地吹/摇曳着一簇簇红柳堆/就像天边不息的火焰/荒原上燃烧着热烈的美/啊，有谁比红柳更可贵/扎下根来就没再飞/就因为心中有一眼清泉/才让人生把这干旱面对……"

"我每次唱这首歌，都会流泪。兵团，不就是因为有了母亲，才有了血脉的传承和未来吗？我的母亲从甘肃酒泉随父亲来到兵团，直到我一岁九个月时才第一次回酒泉老家看望她的姐妹兄弟，从那之后她再也没回去过。她把一生的情和爱都奉献给了兵团的屯垦事业，奉献给了我们这个扎根边疆的小家。正是有了无数个像我们这样的小家，才有了兵团事业的延续与发展。"说到这里，李秀莲的眼中溢满了晶莹的泪花。每次唱这样的歌曲，我都努力把歌词和旋律中蕴含的画面唱出来，让听众感受到，更加深刻地了解兵团。

有一年，李秀莲的母亲到北京的弟弟家住一段日子，常抱怨北京没有好面粉，没有好羊肉，没有好牛奶，更没有好空气，反正说哪儿哪儿都没有新疆好没有兵团好，刚住几天就吵着要回新疆。她就恋她生活了大半辈子的兵团团场。母亲的这种情怀，李秀莲完全能够理解，也因此对一些跟母亲一样的观众有了更深刻的理解。

2008年6月30日，在兵团"十大戈壁母亲"颁奖典礼晚会上，李秀莲向晚会上的"十大戈壁母亲"、向兵团千千万万个母亲唱了一首《戈壁母亲》。现场雷鸣般的掌声和无数婆娑的泪眼，是对她的演唱最好的肯定。

为母亲唱母亲的歌，是李秀莲从小就有的一个心愿，因为她的母亲就是刘月季式的戈壁母亲，而在兵团这样的戈壁母亲有千千万万个。对李秀莲来说，她是带着一种使命感、责任感来演唱这首歌的。

当她拿到这首歌时，离颁奖典礼只有四天时间了。那几天，她正在首届新疆国际舞蹈节上做主持人。不巧的是，她的嗓子发炎了。而在兵团"十大戈壁母亲"面前唱《戈壁母亲》，在她艺术生涯中无疑是一个机遇，也是一个挑战。

《戈壁母亲》的编曲简易对李秀莲的演唱给予高度评价："她的演唱充满了感情，对一个专业歌唱演员来说，专业水平不是声音，而是在演唱中对感情的释放，谁释放得好，谁就成功。李秀莲做到了，完成得非常好。"

在李秀莲的演唱生涯中，这样感人心扉的事经常遇到。她告诉我，有一年她在上海闸北区演唱《送你一束沙枣花》，台下很多人在哭，其中一位妇女用袖子不停地抹眼泪，当时她觉得自己的心抖了一下，差点把词忘掉。

李秀莲说，我们在舞台后台忙碌穿梭，一位老大姐始终静静地站在角落里看着我们，一声不吭，眼中满是怜爱的眼神。演唱结束后，我们收拾东西准备离开时，这位大姐还一直望着我们。我能看出来她一定是在兵团生活过的。因为她看我们这些从兵团来的后辈们的眼神是那么亲切，又充满了疼爱与怜惜。似乎是在回望曾经投身边疆建设的她自己，以及那如火的青春岁月。

离开时大姐依依不舍跟在我们的大轿子车旁，我们全部拥到车窗边向大姐挥手告别，她兴奋地一直向我们挥手。那一刹那，我的眼泪流了下来，我觉得不是我们离开，而是我们把她孤零零地扔在了上海。

我经常想起他们，想起那个车窗外的老大姐，那些众多的建设兵团建设新疆的老一辈军垦战士，不知道她（他）们回到原籍过得好不好。现如今，这些老人已经越来越少。再不努力为他们多做一些事，将他们的精神与情怀用歌声留下来、传于世，我觉得自己仿佛罪人，寝食难安。正如我姐姐说的一句话"让兵团成为常识"。要让更多的人了解兵团，了解他们的奉献。文艺工作者应该歌颂伟大时代、伟大精神。作为一名成长于兵团的文艺工作者，我有责任有义务永远歌唱兵团。

追梦永远在路上

浅浅的微笑，轻柔的话语，一头长发随风而动，一袭长裙随风而舞，知性温婉的李秀莲任何时候都带给人赏心悦目却不张扬的美。她的内心，亦如同温婉的外表，慢慢地，淡淡地，却缓慢而坚定地朝着那个方向前行。

曾有人劝李秀莲，如果你要找团队给你好好包装一下，进行商业运作，肯定早就红了。而她则淡然一笑："我唱歌不是为了红，遇到合适的歌、喜欢的歌，用心唱出来，打动喜欢它的人，这就够了。"

李秀莲说，作为一名艺术工作者，有责任有义务引导受众的审美，使其向上向善向美。这也是她多年来从不轻易降低自己艺术标准的原因。多年来，尽管经常会遇到一些迎合市场可能会火但品味不高的歌曲，都被她拒绝了。她从不勉强自己唱自己不认可的歌，正因为如此，她唱的歌曲审美水准都比较高。

"我希望有一天在生命的最后一刻，回望自己一生是怎么度过的，希望是很坦然，很淡然的，不会后悔虚度人生。"

"成熟是一种明亮而不刺眼的光辉，是一种圆润而不腻耳的音响，一种不需要对别人察言观色的从容，一种不理会哄闹的微笑，一种无须声张的厚实，一种并不陡峭的高度。"这段文字应该是当下生命和艺术都走进成熟状态的李秀莲最好的描写。

"世事沧桑心事定，胸中海岳梦中飞"，这幅冰心先生书房里挂着的对联，也是李秀莲的最爱，她对人生的理解和态度由此可见一斑。

不在意外在的纷扰，更在意内心的感觉。"如果有时间，我想去近距离地贴近大地，尤其是新疆大地，去看更多的风景，接触更多美好的人，感知更多美好的内心，唱更多好听的新疆民歌。"

"静静地美好地唱歌"，是李秀莲期盼的生活状态。我们祝愿她能够随心而唱，永远做新疆大地上一名幸福的歌者！

"没有新疆就没有我"

虽然久仰大名，虽然在中学时代就读过《天狼星下》，但第一次见杨牧先生，并请他答应我的专访，心里还是忐忑的。

兵团首届绿风诗歌节活动内容丰富，安排紧凑。杨牧先生不但要参加活动，还要抽出时间见石河子的老朋友，在石河子期间是马不停蹄。加之他早已是誉满全国的著名诗人，怎会在意我这个小报记者的请求呢？

没想到，和蔼可亲的他竟然在百忙之中答应了我的请求。

于是在2018年国庆节前的最后一天下午，在石河子某宾馆，我与杨牧先生畅聊他与新疆、新疆与他、新疆与诗歌、他与诗歌、石河子与诗歌等贯穿他一生命运的话题。

"没有新疆就没有我"

今年74岁的杨牧先生，和蔼可亲，说起话来总是笑眯眯的。窗外暖暖的秋阳洒在他的身上，和他的笑容一起，令人感到轻松愉悦。

杨牧出生于四川渠县大巴山下的一个乡村。

1958年，年仅14岁的他因对学校奉命删去课本中艾青的作品提出反对意见而受到批判，失去了上学的机会。

1962年，他担任乡村小学代课教师时，将自己和三位诗友的作品汇编成一个油印小本《学步集》。结果被罗织各种罪名，指控为"非法组织活动"（"文革"中升级为"四家店"和"大毒草"），受到陷害和批判，失去了教书的工作和发表作品的权利，并因此流浪新疆。

在新疆，他当过工人，做过牧工，为逃命流浪南疆偏僻农村，为生活扎根兵团团场。25个春秋的边疆艰苦生活，虽然让他饱受艰辛，但他从未有丝毫抱怨，反而充满感情地感谢石河子，感谢兵团，感谢新疆。

"没有新疆就没有我，没有兵团也没有我""石河子是给我文学创作的灵感最多的地方"……这是他发自肺腑的真情流露。

笔者问杨老："在新疆、兵团您度过了25年的时光，这些时光对您的文学创作有什么影响？"

这个问题让杨牧先生有些激动。他毫不犹豫地说："这段时间几乎奠定了我的一生，可以说，没有新疆就没有我，没有兵团也没有我。加上我运气好，碰到了艾青，这是我的幸运。他不一定耳提面命教我多少东西，但他在那里，就是一个巨大的影响，是丛林中的一只大象，所有的鸟儿都往他背上飞。何况，我与他个人交往比较多，受到他的影响和熏陶比较多。我很幸运。"

杨牧先生还谈到新疆与内地的不同对他个人文学创作的影响。

"我本来是南方人，受南方气候、环境的熏陶，小桥流水，小小的诗情画意。到这儿来，过去的一切全部被撕裂了。新疆，戈壁太大了，沙漠太大了，农场太大了，小江小河进不去了，逼着我改变。加上遇到艾青，艾青本来就是大家，他的视野比较开阔。我的视野也变得开阔了，笔下变得开阔了。但更重要的是兵团这方伟业（他加重了语气：我从来把它叫伟业），到农场去第一眼我就震惊了。"

刚开始我到工程单位搞图纸设计、搞普查测绘，我走遍了团场每个连队，这才知道自己生活在怎样一个地方，我真觉得不得了。这些有形的和无形的东西深入我的生活，深入我的作品，改变了我的创作，改变着我的文学观念。兵团，给了我一个基座，一个基色，一个基调。这是我走到哪儿都变不了的。

基座，就是西部的土地、兵团的土地，广袤，无边，阔大。

基色，是绿。兵团人最爱绿，所到之处，植树造林，开垦耕地，建设绿洲，把亘古荒原的黄色变成绿色。

还有基调，是雄浑、是开阔。

过去我在南方，看不见地平线，到处是山峦雾嶂，总是有被包裹的感觉，基调是小腔小调。来到新疆这样广袤的大地上，生怕分量不够，自然而然就愿意用大的词汇、大的场面、大的画面。

在新疆，一眼望去，地平线望不到边，心情开阔，这些对我的创作生态有很大影响。多年前我就树立了这样的文学观念：一腔血涌重拙大，半只眼看小巧轻。重，就是有时代感，有历史感，有实在的内容；拙，就是宁笔拙，不纤巧，以老实和诚实的态度去换取读者的共鸣和信任；大，就是落落大方，不局促，不小气，不跟读者玩"小儿科"。

杨牧先生感慨地说："以前觉得读西部的诗太大了，不理解。来到新疆后，我理解了，懂了，这些影响是有形的无形的，但一定是有影响的。我写小腔小调、小花小草，与这里的地域不适合，那是因为我目力所及、生活所及，自然地域环境对文学创作的影响。"

作为"新边塞诗人"之一，笔者请杨老谈谈当下新疆诗歌创作。

杨牧先生肯定地说："当下，新疆诗歌界应该是活跃的，不过比当年更多元一些。在新疆整个文学当中，诗歌仍然是强项。这不用过多争议。对以前西部诗歌即边塞诗，也有所发展。

"过去，我们是凭着一种本能，从开头的不自觉到自觉。因为古时候有'边塞诗'这个说法，于是诗歌评论家提出了'新边塞诗'这个概念，并且有意无意往那方面引导，我们当时并不太自觉。后来，我们逐渐自觉起来，觉得这是我们的一个优势。内地的作家认为我们的作品与他们的不一样，所以我们就尽可能地追寻'不一样'，增强作品的'可识度'。

山西有位诗人对我说：我看见您就想起您当年的诗歌，你们那时是有骨头的诗歌，你们把骨头当火把点了，现在诗歌已经'不男不女'了。所以，从这个意义上讲，至少'新边塞诗'获得了全国的认可，而且，它就是那个时代的产物，再复制一次也不可能了。当然，也有人对'新边塞诗'不理解，因为他们不懂，我理解他们。

也有人对'新边塞诗人'不理解，我可以理解。不到新疆不懂，生活在这种很苍凉很辽阔的环境里，自然就能够理解。"

杨牧先生说："'新边塞诗'作为一种诗歌流派，第一，我们努力了，第二，它得到了认可，我很欣慰。《中华文学通史》，中国社会科学院编的，从先秦一直编到当代。在现当代卷里，'新边塞诗'是一个整章，整章中有节，节后有传，每人都有传。这已经让我很欣慰了。"

"生活是创作的源泉"

从工人、牧工，到石河子市文联副主席、兵团文联副主席、自治区文联副主席及《绿风》诗刊主编，到中国作家协会委员会委员、四川省作家协会副主席、《星星》诗刊主编，杨牧先生的成长，源于文学，成于新疆。

杨牧于20世纪50年代发表处女作，70年代后期重新习诗，出版有诗集《复活的海》《野玫瑰》《雄风》《边魂》《荒原与剑》和长篇自传《西域流浪记》等20余部作品；诗歌《我是青年》、小说《天狼星下》等作品多次获全国大奖。部分作品被选入高等院校文科教材，还有部分作品被译为英、法、德、印度、罗马尼亚等文字及其他少数民族文字，诗集《野玫瑰》被美国国家图书馆收存。曾先后出访印度、意大利，还是"中国当代最喜爱"的十大中青年诗人之一和"新边塞诗人"之一。

神秘的西部磨炼了杨牧，也成就了杨牧。杨牧不仅与新疆结下了难解的生活情缘，也结下了难舍的文学情缘。他热爱西部，创作之根深扎于大西北。他描写边塞风光、大漠奇景、多浪河畔的深情牧女、新疆的民族风情、鲜明的地域特色，其诗作在新时期文坛上独树一帜。

为了做好杨牧先生的专访，我专门在旧书网上购买了《杨牧文集（上下卷）》。这套由芬兰作家奚梅芳编辑的文集厚达1000多页。同时购买了他于25年前出版的自传体小说《天狼星下》。

重读这些厚重的作品，依然让我心潮涌动，特别是重读《天狼星下》，依然被杨牧经历的非人苦难和他坚强不屈的精神所打动，情不自禁多次潸然泪下。好作品是有冲击力的。正是因为杨牧先生用生命的真诚写作，表达了那个奇特的时代、奇特的地域、奇特的人众、奇特的经历，闪射出独异的绚烂。在20多年后重读这些作品，依然能够深深地打动我的心灵。

还有他如黄钟大吕撞击全中国亿万人心扉的《我是青年》，十年浩劫给青年一代心灵上造成了巨大的创伤，他们饱受诡言的欺骗后开始觉醒，痛苦地思索着时代、生活、人生和未来。

《我是青年》通过作者的言志抒情，用真诚的心强烈地抒发了一代青年的苦闷，但"我"并没有自弃，而是以昂扬的斗志激励自己。"我是鹰——云中有志！我是马——背上有鞍！我有骨——骨中有钙！我有汗——汗中有盐！……"这些饱含深刻哲理的诗句，既是诗人发自肺腑的自勉箴言，也是一代青年心灵的呐喊。今天读来，依然给人启迪、让人深思、予人激励。

任何时代，文学作品应该承担起人类"精神火把"的作用。真正的好作品，是能够经得起历史和时间的检验的。

杨牧先生的作品涉猎诗歌、小说、散文、评论等多种体裁，著作等身。我请他谈谈如何平衡生活与创作的关系。

杨牧先生一笑说："我的很多作品都是当工人时写的，我自己都惊奇，比如《塔格莱丽赛》，3000多行诗，是在农场的平房里完成的。生活是创作的源泉。没有生活，就没有感悟。"

"如果说石河子是给我文学创作的灵感最多的地方，其次就是伊犁。那是我在补生活，我所在的就是一四八团，虽然是个大团场，但总的来说还是小。在新疆这么多年，没有去过其他太多地方，对外面不是很了解，感觉愧为新疆人。后来有机会专门去了伊犁，所到之处都令我震撼，绿洲、沙漠、深山牧场、异域情趣，每天写一首或几首诗，感觉要写的东西太多了，写也写不完。我对伊犁是非常感激的，它给了我一本诗集。伊犁我已经去了三次，但我还是会再去的。"

笔者问杨老："因为人才缺乏等原因，兵团文学创作存在一定的困难，您对此有何指教?"

杨牧先生沉吟片刻："兵团文学创作力量并不是很弱，这要有自信。任何一个地方，都会遇到瓶颈，各地大同小异。我们对兵团文学创作要有自信，如果说要注意什么的话，我认为还可以再放开些，放开了这些作家也飞不到哪儿去，他不写兵团没得写的。思想上再放开一些，尤其是创作环境，这个环境包括物质环境和心理环境。文学创作，不能拔苗助长，要精心培养。要遵从文艺创作规律，给文艺人才提供驰骋的天地，尤其是心理环境，让他们纵马驰骋，充分发挥他们的聪明才智。真正的作家，没负担，他会自己找负担。"

习近平总书记视察兵团时提出兵团要建设成为'先进文化示范区'。这就需要给作家提供一些符合文学创作规律的条件。首先，要发现苗子；其次，要及时'浇水'；最后，有困难及时帮助其克服。如果再能帮助他们宣传，那就更好。

石河子领导很尊重作家，这个我印象非常深刻。这从当年艾青来石河子的待遇可以看出。我在这里生活这么多年，他们从未让我们写过什么，从未安排过什么，但恰恰我们写出来的都是兵团的。"

"杨牧诗歌奖"是中国当代首个以健在诗人命名的官方诗歌奖，在国内诗歌界也颇有影响。我请杨老说说其缘由。

杨牧先生发出朗朗笑声："'杨牧诗歌奖'是我的老家渠县设立的一个官方诗歌奖，与我没有任何关系。我很有幸生活在两个'诗歌之乡'。石河子是'中国诗歌之城'，是名副其实的，有着良好的诗歌传统；我的家乡四川渠县是个文化大县，县委县政府十分支持文化建设，也有一批诗人，但相比而言，石河子更强。"

"渠县也申报了'中国诗歌之乡'，想搞一个平台，开展一些持续性的活动，我当时并不在场，后来知道了，家乡需要用我的名字就用吧。但看近年来的运行情况，还是不错的。"

在谈到如何创作诗歌的问题时，杨牧先生说："我常想：应该用什么去写诗？现在很多诗人是有一定文学修养的，靠智慧才华写诗，诗写得很机智，也容易成名，但最终靠这个是不行的。应该用生命去写诗。当你用全部生命去写诗，才华和智慧自然涌出了。这最可靠，才可能写出触动人心的诗，才能写出有感染力、撞击力、生命力的诗。"

"石河子是一座年轻的城"

笔者问杨老："再次回到新疆、回到第二故乡石河子，感觉有什么变化？"

杨牧先生笑着说："这个故乡这些年我是回来最频繁的，最近几年都有回来。石河子市授予我'荣誉市民'称号，并给了我一套房，我得回来住住吧。但毕竟回来居住的时间还是少，我把房交了回去，不能让资源空置。"

去年石河子市被命名为'中国诗歌之城'，中国诗歌学会让我带队来命名。此次举办绿风诗歌节，中国诗歌学会还派我来带队参加这次活动。可以说，今年的绿风诗歌节是去年活动的继续。

尽管我近几年回石河子这么频繁，我仍然感觉到石河子的巨大变化，

当然这也是兵团事业发展的一个缩影。楼房多了，新的建设也多了，但让我感觉到变化最大的是石河子在文化上的变化。

石河子是兵团的城市，是兵团的代表，本来文化根基就比较厚重，基础也比较好，加上近年来政府投入力度大，特别是乐炀副市长是位文学爱好者，她很能干，对文化建设有情感有想法。此次回到石河子参加兵团首届绿风诗歌节，感触良多，参观了社区上万人的诗歌朗诵队伍，很振奋，这是一道独特的风景。昨天又到老干中心参观，诗歌朗诵队伍规模之大，年龄跨度之大，朗诵形式之正规，令人惊叹。"

杨牧先生感慨地说："每每看到兵团的老干部老职工们乐陶陶地唱歌跳舞休闲，外地人不理解，我特别理解，这是对他们几十年艰苦创业付出应得的回报，他们也该享受一下了。看到这些为兵团事业发展付出一生心血的老军垦战士们退休了能够学学画、学学书法、学学朗诵，精神很充实，我心里也很高兴。你不会觉得他们老气横秋，他们还在向上，还在学习，你会觉得黄昏里它也是一座年轻的城。"

"这是在内地任何一个城市都无法比拟的，首先他们是主人，他们会发自内心地认为，这座城市是我的城市，是我们一砖一瓦、一草一木建设起来的，是我们的家、是自己的城。"

是的，石河子，这座由兵团军垦战士一砖一瓦、一草一木在戈壁滩上建起来的城市，如今成为璀璨的戈壁明珠、传奇的兵团之城。也因为有了艾青、有了杨牧，这里有了诗歌写作的基因和氛围，并因此滋养了整个城市市民的灵魂和生活。石河子今天能够被命名为"中国诗歌之城"，也是有这个历史渊源的。

这是文学给一座城市的生命，也是文学对一座城市灵魂的塑造。

以梦为马　不负韶华

2019年5月23日下午，在弥漫着馥郁沙枣花香的兵团党委党校，"第16期'心润书香　悦读人生'暨纪念毛泽东同志《在延安文艺座谈会上的讲话》发表77周年"读书荟如期举行，从兵团第七师走出的当代著名作家韩天航做客读书荟，向与会人员分享自己多年的创作心得和对兵团的深重情感。谈心得、谈感受、提问题，现场气氛热烈。兵团党委党校常务副校长、兵团行政学院常务副院长赵建东等领导、教职员工及学员近百人参加了读书荟。

讴歌兵团　成就斐然

读书荟由兵团广播电视台广播中心主任李秋玲主持。她首先向大家介绍了兵团出版社近期出版的韩天航中短篇小说集《春暖》，以及韩天航多年来的文学及影视艺术创作成就。

多年来，韩天航立足兵团大地，以军垦题材为主笔耕不辍，已先后出版中短篇小说集《克拉玛依情话》《淡淡的彩霞》《回沪记》《背叛》和长篇小说《太阳回落地平线上》等。其中，中篇小说《回沪记》《棚户纪事》被改编为17集电视连续剧《重返石库门》；中篇小说《背叛》被改编为电视连续剧《问问你的心》；中篇小说《养父》被改编为33集电视连续剧《下辈子还做我老爸》，荣获十一届全国电视制片业优秀电视剧奖，湖

南台2016年度收视率贡献奖；中篇小说《我的大爹》被改编为电视连续剧《热血兵团》，入选第十届全国"五个一工程"奖，被改编为广播剧《大爹》，被中国广播剧研究会第八届专家评委评为广播连续剧一等奖；中篇小说《母亲和我们》被改编为广播剧《母亲的童谣》，被评为第十届全国"五个一工程"优秀作品奖，被改编为30集电视连续剧《戈壁母亲》，被评为第二十七届"飞天奖"一等奖，第十一届全国"五个一工程"奖。

1999年，韩天航被评为兵团首届"德艺双馨"艺术家，2000年被自治区人民政府授予先进工作者称号，2001年被国务院批准享受政府特殊津贴，2011年被兵团评为"新中国屯垦戍边100名感动人物"称号，2014年被评为新疆生产建设兵团成立60周年最具影响力劳动模范。

最近，在上海举办的第十二届中国艺术节上，展出了韩天航的中篇小说《戈壁母亲》和《下辈子还做我老爸》，同时兵团豫剧团还应邀演出两场豫剧《戈壁母亲》，这部戏近期夺得我国戏剧表演艺术的最高奖项——梅花奖。

支边兵团　追梦一生

在阵阵热烈的掌声中，韩天航与大家展开交流互动，学员们踊跃举手提问，韩天航面带微笑一一作答。

学员程煜是一名新闻工作者，也是文学爱好者，是韩天航老师的铁杆粉丝。20世纪60年代初的兵团团场的自然环境是非常恶劣的，工作生活条件也是非常艰苦的，甚至有一段时间人文环境也不好，而在韩天航老师的作品中，不管故事情节多么曲折，人物命运多么多舛，作品的主线却总是明亮的色调。她很好奇韩天航老师是如何从脚下贫瘠荒凉的土地上汲取营养，写出那么多反映兵团人、兵团精神、充满大爱的好作品的。这个问题勾起了韩天航遥远的回忆，他充满深情地娓娓道来。

"1963年，19岁的我怀揣着作家梦，由上海支边到新疆生产建设兵团七师一二六团工作。由于当时团场劳动非常艰苦，加之随之而来的"文革"，使很多文学杂志停刊，没有发表作品的平台，我的文学梦也因此断了一段时间，但我从没有放弃读书、写作，采访了很多人，积累了很多素材，《戈壁母亲》中刘月季的原型就是在那时候发现的。'四人帮'粉碎后，我国文艺界也迎来了春天，许多文学刊物又恢复办刊，我也重新拣起了文学梦。

有一次，我陪同电视专题片《最后的荒原》创作组在一二三团采访，当我站在十三连（在团场人们普遍将坟场称为十三连）的土地上面对眼前一座座坟茔时，内心五味杂陈，'我来新疆是干什么的？这么多军垦战士为兵团事业奉献了青春，死后埋在这里，谁来反映他们悲壮的一生？'那一刻，我下定决心，要实现自己的作家梦，用手中的笔来反映兵团军垦战士的工作、生活和他们对这片土地的贡献。

过了两年，在一次兵团召开的军垦题材创作座谈会上，有人提出为什么军垦题材的作品走不出新疆？当时我很认真地思考后表示，要把兵团人、兵团事业的发展和辉煌写出来，并向大刊进军。当场有人笑我，你都快五十岁了，能完成这个愿望吗？你的野心也太大了！但决心已定的我毫不气馁：'你就看着吧，我一定会完成这个愿望。'

后来又受时任十四师师领导的赵建东校长的邀请，到四十七团采访了'沙海老兵'，创作了一部反映'沙海老兵'横穿塔克拉玛干沙漠、解放和田的作品《我的大爹》，就是《热血兵团》的原著。此后不久，《我的大爹》被《小说选刊》选用，并在头条刊发。"

点赞兵团　树碑立传

来自九师新闻中心的学员赵春丽充满深情地说："韩老师的作品真实

再现了兵团第一代军垦人像戈壁滩上的芨芨草、沙漠里的红柳一样坚韧不拔、乐观浪漫和迎难而上的精神品质，字里行间都渗透着兵团精神、兵团文化。而韩老师如今已经是功成名就、著作等身，又是兵团军垦文学的一面旗帜，从您的创作角度来看，新时代如何繁荣兵团文化？如何让更多的人了解兵团？"

韩天航深情地说："我既然来兵团想当作家，就要给兵团人树碑立传，创作了《我的大爹》以后，我又想写兵团女人，因为兵团女人比男人更辛苦，她们不仅要承担与男人一样的重体力劳动，还要孕育后代、抚养后代，照顾家庭。

印象最深的是山东女兵，能干、朴实、热情、善良。我爱人在宣传队工作，经常不在家。有一段时间，爱人带着儿子去外地演出，我就把半岁的女儿放在连队托儿所。一天我去戈壁滩打柴火，回来得非常晚。等我回到托儿所去接女儿时，昏暗的灯光下，担任保育员的一位山东大嫂正在灶前热牛奶，而我的女儿安静地躺在床上酣睡着。看到那一幕，那一刻我感动得眼泪落了下来。这么多年过去了，当时那一幕牢牢地镌刻在我的脑海中，永远忘不了。可以说，没有这些兵团女人的无私奉献，就没有兵团的今天。"

说完这段故事，韩天航问大家："你们看《戈壁母亲》哭了没有？反正我写《母亲和我们》（《戈壁母亲》的原著）时写哭了。这些兵团女兵很平凡，没有惊天动地的大事，但她们的坚韧、奉献、无私、担当的形象，让人想起来落泪，她们无愧于'戈壁母亲'这个至高无上的称呼。"

说起这部小说被改编成电视剧的来龙去脉，还颇有传奇色彩。韩老师说："小说《母亲和我们》发表后产生了一定的反响，有人看了后提出要拍成电视剧。结果小说被送到中央电视剧中心后，被中央电视剧中心看上并要去了。没想到，原中国电视剧制作中心主任李培森把书拿回家看，被妻子——著名演员刘佳发现了，她看了后立即说刘月季这个角色我要演。于是，很快这部小说就被改编成30集电视连续剧，并在中央电视台播出。说起来，我是沾了刘佳的光了。"

来自奎屯日报社的马新兰采访韩天航长达18年，已成忘年交。她问韩老师："多年来您的作品高频率地被搬上银屏，2005年热播的电视连续剧《热血兵团》，将兵团人的硬汉形象通过央视传遍全国；2007年热播的《戈壁母亲》，让刘月季这位善良坚强又隐忍的兵团母亲形象走进全国各地观众心中；2018年热播的电视连续剧《大牧歌》，以毕生扎根兵团建设兵团的工程院院士刘守仁为原型，写出了那个年代知识分子的理想与追求，令人感动不已。请问韩老师今后的创作方向是什么？新时代我们如何更好地传承和弘扬兵团精神？"

韩天航爽朗地一笑："兵团的第一代男人我写了，兵团的第一代女人也写了，兵团的第一代知识分子也写了。一次我在火车上认识木垒县一位乡党委书记，他告诉我他所在的乡有很多民族，并且还相互通婚，真正体现了民族团结、民族融合。我听了后就思考，我应该写写民族团结的题材，后来就写了《父亲的草原母亲的河》，新疆青少年出版社知道后出版了，跟陕西省电视台签约，今年就要开拍。"

"经过兵团二代、三代的努力，兵团建了那么多城市，既是花园城市、又是生态城市。我到其他师采访时，我深切地感受到兵团二代、三代继承了老一辈军垦战士的遗志，把兵团建设得越来越美丽。我想写一部反映这些内容的作品，定名为《年轻的城》，目前正在创作。"

一位来自八师石河子市的学员想请韩天航给有作家梦的青年提点建议。韩天航说："我19岁来到兵团，无论是在哪个岗位上工作，无论工作生活多么艰苦劳累，我一直坚持我的作家梦想，心中有梦，感到很充实。当时我回到上海，走在繁华的南京路上，我头挺得高高的，很自信，没有因为我是兵团人来自边疆就垂头丧气，有梦想就有精神支柱，我很自豪自己活得很有价值。我的作品当中的主人公也是这样，再大的苦，再难的难，因为心中有梦想有追求，都是正能量。我们要把人生这几十年活得像人，去追求自己的梦想理想，这样才活得有价值。"

怀揣梦想　笔耕不辍

来自兵团电大的杨昌俊一直在研究兵团文学史，一直在关注韩天航的作品，她认为韩老师是兵团文学的领军者，是一面旗帜。她从一个研究者的角度提出自己的问题："上海是您的第一故乡，兵团是您的第二故乡，请您谈谈这两个故乡对您创作产生的巨大影响？"

韩天航深情地答道："文学是人学，是研究人的。人家说我，我从上海滩到戈壁滩，再从戈壁滩到上海滩。我既割舍不了戈壁滩，新疆是个好地方，兵团人是很有人情味的；也割舍不了上海滩，上海滩是我的故乡，过去的上海滩也是很有温情的。"

说到这儿，他给大家讲了一个故事。"我三岁时，弄堂里有个捡垃圾的，一不小心脚踩在玻璃上被扎破了，鲜血直流。左邻右舍热心地围上来，一看伤势很严重，就提议给他捐款，我的母亲也捐了款，帮忙把这人送到医院治疗。"他写《温情上海滩》就是这个原因，他心中的上海滩是温情的，并不是一些影视剧中描写的打打杀杀，血腥暴力。

"我来到兵团，看到兵团人人性的光辉；我心中有上海，写上海人，也写他们的人性光辉。这是当下社会最缺乏的。人活着，做人是第一位的，艺术作品要具有教育引导群众的作用，教会我们怎么做人。"

一位来自八师的基层工作者问韩天航："我是江苏人，也是兵团三代，现在扎根兵团基层。文化是有差异性、地域性的，兵团文化和兵团精神是否也会改变人？"

韩天航深情地说："我与兵团有着无法割舍的情结，我百年以后会把所有的一切都留在兵团，这是宿命。"

"1952年我第一次到新疆，与父母一起到哈密（老城）。一天傍晚，一轮夕阳悬挂在天边，两边是高高的白杨树，中间是一条清澈的小河，水很清浅，河底的鹅卵石清晰可见，那份幽静的美动人心魄。那时我八岁，可现在想起来记忆还非常深刻。后来我一心想到兵团来，大学没考就来到新疆来到兵团。退休后回到上海，心里又割舍不了兵团，又回到兵团，还是觉得新疆好，兵团好。新疆是个好地方。"

主持人现场采访了韩天航的爱人金萍，她给大家分享了几段难忘的往事。

"天航两岁时，为逃避日本人的飞机轰炸，父亲把他和哥哥放在箩筐里挑着逃难，他在后面的箩筐里。走到一个山坡上时，不知是路上慌张，还是调皮好动，他从筐里滚了出来，滚到沟底，碰到一块大石头上，当时就头破血流，奄奄一息。母亲吓坏了，说这孩子这下可摔废了，恐怕活不了了。没想到，后来经过抢救，他闯过鬼门关活了下来。

还有一次是20世纪50年代，天航父母调干到新疆，他和哥哥留在上海的家里，由外婆照顾。阿姨给他做了一双棉鞋，那时大人给孩子做鞋子都要大一点。一天，哥哥带他去看足球赛，他高兴地穿着新棉鞋就去了。后来，人们听说贺龙来了，都涌着去看贺龙。他和哥哥也在人流中，一不小心他的鞋子被别人踩掉了，那时候有双新鞋可是很珍贵的，他怕丢了鞋就蹲下去捡鞋子，结果被拥挤的人流踩在脚下，踩过来踩过去，脑袋都被踩扁了。哥哥吓得弯腰一边护着他，一边大喊'要踩死人了！要踩死人了！'就这样，他最后被送到医院抢救，报病危，直到27天后才醒过来。

第三次是在兵团支边，一年冬天，天航在戈壁滩上打柴火。那时候都是马拉的大车拉柴火。天黑收工时，他坐在高高的柴火堆上往回走，结果，在过一座桥的时候，柴堆翻倒了，他从柴堆顶上摔了下来，滚到桥下面去了。赶马车的人吓坏了，'这下可把韩天航摔坏了'，焦急得一个劲地喊他，后来终于听到他的回应，这才放了心。"

金萍感慨地说："天航一生遭遇了数次大难，但他没死，也就应了老人说的一句俗话：大难不死，必有后福。经历了那么多磨难，我们现在还活着，我觉得很幸福。"

来自七师的耿新豫说："77年前的今天，毛泽东同志发表了《在延安文艺座谈会上的讲话》，而我认为韩老师就是讲话精神的忠实践行者。他对兵团这片土地的热爱，是深入血脉深入骨髓的，他笔下的人物都有人性大爱。我想问韩老师，您对兵团人如何定位？您的书写对兵团今天的现实意义是什么？"

韩天航坚定地回答："没有兵团，就没有新疆现在的美好。兵团人对新疆的稳定、发展、繁荣起到了决定性的作用。"

一位从河南来到兵团党校工作的年轻教师说："自己参加工作不久就去了南疆支教，听别人推荐在连队阅览室里读到了韩老师的《回沪记》《沉浮》等作品，受到很强烈的震撼和精神的洗礼。因为我们这一代年轻人没有经历过老一辈军垦战士经历的流金岁月，对兵团精神的理解也不深刻，面对浮躁的世界，加之兵团与内地相比还是有很大差距的。作为新一代兵团人，如何在传承兵团精神上保持一颗初心，并将它传给我们的下一代？"

韩天航感慨地说："有人曾经对我说，感谢你把青春和一生都奉献给了兵团，并为兵团作出了巨大贡献。我认为我只是做了自己该做的事。我19岁来到兵团，是兵团的父老乡亲、是兵团这个大熔炉教育了我，培育了我，造就了我，我心中的兵团精神是千千万万个兵团人给的。现在回到上海，我是兵团人；回到兵团，我是上海人。新疆与内地是有差距，但我们的精神并不滞后，我们不要妄自菲薄。当今的社会是很浮躁，人们都在拼命地追求物质，但我认为这个层次太低了。我们要发扬兵团精神，要把几千年的中华传统文化中的精髓、过去丢掉的东西捡回来，当今时代更需要弘扬伟大的兵团精神，希望兵团年轻一代要有文化自信，要坚定地弘扬和传承兵团精神。"

读书荟最后，赵建东深情地谈了自己的感受："今天是个非常值得纪念的日子，77年前的今天，毛主席在延安文艺座谈会上发表了重要讲话。选择在这个日子举办'心润书香　悦读人生'读书荟，很有纪念意义。党校作为学习习近平新时代中国特色社会主义思想的主阵地和加强党性锻炼的大熔炉，通过这种形式，培养学员的学习习惯，营造浓厚的学习氛围，强化兵团的精神教育，增强党性修养，具有重要的作用。去年母亲节，我们以丁香花开迎来了韩天航主席的《春暖》诞生；今年母亲节，我们以沙枣花香迎来他的《大牧歌》收官，共同分享《春暖》带给我们心灵上的滋润与慰藉。韩天航从东方明珠来到边城奎屯，从上海滩来到戈壁滩，从石库门来到边关门。我读《重返石库门》《太阳回落地平线上》，已近20年。"

他19岁进疆，56年来，笔耕不辍，怀揣梦想，心装情怀，脚踏边疆，书写兵团。他的6部作品，部部是精品力作，为丰富和繁荣兵团文化作出了重要贡献。读书荟上，同学们收获的体会与感想，都是发自内心的，反映了同学们对作品的认同和共鸣。他用真善美，实现了人生的梦想。韩老师的作品，在兵团人的心目中永远是阳光雨露，激励着一代又一代兵团人为实现梦想而砥砺前行。祝他青春不老，激情永驻，用手中的笔写出《年轻的城》，写出《南进的风》。

两个小时的读书荟活动结束了，但韩天航老师的优秀作品和真切的人生感悟、谆谆教诲，却如窗外的暖阳温暖着大家的心灵，并将会激励大家坚定地朝着更美好的明天努力前进。"

　　是他，使来自法国的几十粒薰衣草种子在中国新疆伊犁垦区生根发芽；

　　是他，使几十株薰衣草发展成为面积达2万余亩中国最大的薰衣草生产基地；

　　是他，制订了《中国薰衣草精油国家标准》，参与撰写了《中国香料香精发展史》和《中国香料工业发展史》。

　　从20岁进疆到2005年11月28日生命最后一刻，他将毕生精力奉献给了中国薰衣草产业。

　　2013年是被誉为"中国薰衣草之父"的四师薰衣草专家徐春棠进疆50周年，11月28日是他去世8周年纪念日。虽然徐春棠永远离开了人世，离开了他眷念的伊犁和热爱的薰衣草，但在伊犁人民群众的心中，他从未离开过伊犁。笔者怀着崇敬之情，深入四师团场、连队，循着薰衣草产业的发展轨迹，追寻他的生命足迹，缅怀这位中国薰衣草产业的创始人。

中国薰衣草之父

　　每当盛夏季节伊犁垦区薰衣草花盛开的时候，你会听人们经常提到一个人的名字；每当一株株薰衣草经过加工变成芳香怡人的精油时，人们深深地怀念一个人。这个被伊犁垦区职工群众深切怀念的人，就是中国薰衣草产业的创始人——四师薰衣草专家徐春棠。

薰衣草安家伊犁河谷

徐春棠，注定与薰衣草有着深厚的情缘和无法割舍的情感。

徐春棠是上海轻工业学校香料专业毕业生，香料班团支部书记。1963年8月11日，刚刚毕业、年仅20岁的徐春棠，响应党的号召，到祖国最需要、最艰苦的地方去，报名参加边疆建设，被分配到新疆生产建设兵团四师清水河农场（即六十五团）园林连工作。

薰衣草原生长在阿尔卑斯山和地中海北岸一带，法国一直是主要生产国。薰衣草精油是用于医药、高档化妆品等行业的珍贵香料，而在20世纪60年代，中国薰衣草精油全部依赖进口，每年要花大量外汇。

为填补这一空白，1956年后，中国科学院北京植物园和国家轻工业部香料研究所等从国外引进种子，先后在北京、上海、西安、重庆、河南等地试种都未成功。1964年，试种薰衣草的任务下达到新疆生产建设兵团，兵团确定由四师清水河农场和谊群农场（现七十团）承担，因为伊犁河谷与法国普罗旺斯同处一个纬度，气候和土壤条件也非常相似。

清水河农场党委把这一任务下达给园林连，徐春棠作为连队的技术员，承担起了这一重任，同时接受国家轻工业部《薰衣草区试栽培技术研究》课题。在当时特殊的国际环境和政治环境下，这被当成一项保密技术悄悄进行。

当时，从北京植物园拿来从法国引进的薰衣草种子C–417、H–328各5克，徐春棠在园林连原水井旁试种了一小块，仅有几平方米，每天守护、观察、记录、研究……终于幼苗破土而出，因为没见过薰衣草长啥样儿，他连地里的草也不敢轻易拔，只好照着书本上的黑白图片一株株地辨别，数来数去一共才有110株薰衣草苗！

伊犁昼夜温差大，徐春棠就用芦苇和麦草编织草帘，晚上盖早上揭，天天如此。他对待这些薰衣草苗就像对待婴儿一般，终于使幸存的87株薰衣草苗转危为安，在伊犁河谷扎下了根。

根据文献记录，薰衣草只能在零下15摄氏度以上生长，超过这个极限，会引起植株死亡，而新疆冬季最低气温可达零下30多摄氏度，薰衣草能否安全越冬？入冬前，徐春棠虽然做了一些保温技术措施，但他仍旧放心不下，每天天一亮就到地里，观察幼苗生长情况，做出详细记录，夜晚在油灯下翻阅资料研究。

1965年元月的一天，徐春棠得了重感冒，发起高烧，迷迷糊糊地躺在床上。忽然一阵风雪拍打门窗的声音把他惊醒，他披起衣服就往外走。"傻孩子！你都病成这样了，还往外跑！"守在他床边的邻居吴大娘拦住他。他有气无力地对吴大娘说："人受点风寒不打紧，不能让薰衣草苗冻坏了，这可是咱们一年来的心血啊！"吴大娘看拗不过他，只好给他穿好棉衣，戴好棉帽、口罩，扶着他一起冲进呼啸的寒风中。

就这样，在徐春棠的精心管护下，来自法国普罗旺斯娇弱的薰衣草终于平安地度过了第一个寒冬，在伊犁河谷的夏季绽开了第一朵蓝紫色的花瓣。

薰衣草种子小皮厚，不易发芽，最初出苗率只有1.4%。徐春棠成天苦思冥想如何提高发芽率。他从连队雪前深播冬小麦中受到启发，试验进行薰衣草冬播。果然，经过雪地冬眠的种子加速脱脂腐化，春天来临时，苗出得密集而整齐，出苗率猛增，提高到95%。

刚开始，徐春棠主要是用薰衣草种子进行有性繁殖。这种方法虽然见效快、生命力强，但易发生变异，使品种退化，产量降低，品质变差。后来，徐春棠试着进行扦插繁殖，进行品种提纯复壮，以保持品种的优良性状。第一年扦插成活率很低，他不气馁不灰心，翻阅资料坚持试验，摸索出了一整套技术措施，使薰衣草成活率提高到90%。

薰衣草植株越冬是令人头疼的难题。最初，徐春棠用厚草帘覆盖，结果植株冻死不少。经过多年的观察和试验，他借鉴维吾尔族人对葡萄实行埋土越冬、开春取土掀"被"的办法，使薰衣草成活率提高到95%以上。

"文革"中许多人都被卷入轰轰烈烈的闹剧中，而肩负重大历史使命的徐春棠甘于寂寞，埋头于薰衣草的栽培、科研。有人说他旗帜不鲜明，想整他，但因为国家轻工业部对此项工作的重视，也只得悻悻作罢。

1967年4月，国家轻工业部在北京香山召开薰衣草工作会议，初步决定新疆生产建设兵团四师六十五团、七十团为全国薰衣草生产基地，并要求这两个单位转入生产性试验。

在国家轻工业部的高度重视下，寒来暑往，历经无数次的失败，徐春棠终于使薰衣草在新疆度过了出苗、成活、繁殖、越冬几大难关，1966年至1969年培育种苗10.4亩（约0.69公顷），为扩大生产提供了条件。

1971年，六十五团种植薰衣草76亩（约5.07公顷）、产油15公斤。是年，六十五团被国家轻工业部确定为国家薰衣草精油生产基地。以后，六十五团的薰衣草产业迅速发展，1981年种植面积达到2200亩（约146.67公顷），面积最大时超过万亩。团场薰衣草栽培、加工蒸馏技术均获得自治区科技奖。

1977年，中央新闻电影纪录片厂万里迢迢来到六十五团，拍摄了彩色纪录片，并在全国播放，以纪念薰衣草在中国的成功落户和徐春棠等科研人员付出的艰辛。

为中国摘掉进口"洋油"帽子

薰衣草是当今全世界重要的香精原料，被称为"香草之后"，还有"芳香药草"之美誉，自古就广泛使用于医疗上，可以治疗70种以上的疾病，薰衣草花也因此被称为"蓝色的金子"。在计划经济时代，薰衣草因

其独特的使用价值更是身价不菲。

1973年7月21日，全国薰衣草现场会在四师召开。根据会议要求，六十五团首次进行品种更新，从西安植物园引进C-197（1）、C-197（2）、H-701薰衣草品种，从北京植物园引进京豫一号（代号74-95）、京豫二号（代号74-40）、京豫四号（代号74-26）、74-26（2）、67-8、81-26等薰衣草品种，进行区域栽培、试验和选育繁殖。

徐春棠经过多年的试验，最后选育出适应性强、含酯量高、清油香气纯的C-197、H-701、京豫1—4号优良品种为主要推广品种，这三个新品种的精油单产比老品种提高25%以上，精油质量的主要指标含酯量提高12%—22%。

据了解，刚开始种植薰衣草时，薰衣草亩产精油仅200克，目前已达到7—9公斤。20世纪90年代，在别的经济作物亩产值仅有数百元时，薰衣草亩产值就已高达1000多元。六十五团也因此享誉全兵团。

1980年，六十五团薰衣草种植面积发展到2071亩（约138.07公顷），精油产量1502.2公斤。1984年，全团薰衣草精油产量为1980年的两倍还多，效益显著提高。

六十五团原生产科科长吴炯波告诉记者，随着薰衣草种植面积的不断扩大，生产加工精油成为当务之急。20世纪60年代末，徐春棠自行设计制造了一套一次可加工50公斤薰衣草的蒸汽蒸馏锅，70年代初改进成150公斤的，70年代末又改进成300公斤的，目前伊犁加工薰衣草精油所用的都是这种蒸汽蒸馏锅。据了解，这种蒸汽蒸馏锅的全套设计图纸达67张，使用后效果十分理想。北京日化厂、上海矿石粉磨厂等单位从轻工业部获得消息后，纷纷来电索要图纸。

徐春棠刻苦钻研，不断改进精油提炼加工工艺，进行薰衣草含酯量测定分析试验，掌握了评香、旋光度、析光指数、比重等分析技术，使精油质量得到提高。

1984年9月，在全国薰衣草工作会议上，由徐春棠主要负责的国家轻工业部《薰衣草引种栽培加工应用技术研究》课题通过鉴定。经专家鉴定，六十五团生产的薰衣草精油质量达到国际水平，完全能代替进口产品，为中国重要天然香料品种填补了一项空白，节约了大量外汇。1985年，这一课题获自治区科技进步奖。

1990年，六十五团薰衣草种植面积达到4403亩（约293.53公顷），精油总产量19197.1公斤。当年，四师5个团场种植薰衣草8965亩（约597.67公顷），精油总产量达35.7吨，占全国总产量的98%以上，不仅满足了国内需求，还开始少量出口，中国终于摘掉了进口薰衣草"洋油"的帽子。也是在这一年，四师生产的薰衣草精油获"部优产品"称号。

在国家轻工业部及有关科研单位的支持和帮助下，经过大量科研生产实践，徐春棠总结出一套符合当地实际的薰衣草栽培技术，克服重重困难，终于使薰衣草生产基地从无到有、从小到大稳步发展，使四师成为国家重要的薰衣草种植生产加工基地。

四师原科委主任缪顺义说，徐春棠是一个特别敬业的人。他刚调到师农业局时我们两家是邻居，经常看到他家的灯很晚了还亮着，老徐在灯下埋头写啊写，不知疲倦。

其实，徐春棠也是一个热爱生活的人，爱读小说、爱看球赛、爱唱歌，有空时还喜欢做饭。但由于对薰衣草事业的热爱，让他几乎把全部精力都投入其中，白天劳动，晚上苦读，终于读完了农艺学、栽培学，并且深入研究薰衣草、薄荷、玫瑰等植物的栽培、加工、提炼等知识和技术，积累了数十万字的读书笔记、观察记录，撰写了3万多字的《薰衣草栽培与加工》，供连队技术员、职工使用。1977年，他出席全国薰衣草经验交流大会并发言。1987年，他的论文在国家轻工业部第四届天然香料专业委员会上获三等奖。丰富的知识和实践，使他成为四师香料栽培、加工方面的专家。

在四师农业局的档案室里，笔者见到了十几盒关于薰衣草种植、管理、加工的档案。虽然，随着岁月的流逝，这些纸张已经发黄，但却整整齐齐。笔者从中发现了徐春棠亲手设计绘制的薰衣草精油加工机械图，参与制定《中国薰衣草精油国家标准》、撰写《中国香料香精发展史》和《中国香料工业发展史》等重要史书的相关资料。

徐春棠对中国薰衣草产业作出了杰出贡献，他多次被评为四师优秀共产党员、劳动模范，1983年被国家民族事务委员会、国家劳动人事部、中国科学技术协会授予"少数民族地区优秀科技工作者"称号，1984年被评为兵团劳动模范。

1985年，六十五团党委鉴于徐春棠所作的重大贡献，建议四师党委提拔时任团生产科参谋的他任副团长。徐春棠知道后，认为自己不适合做领导干部，竟然找到时任兵团政治部副主任兼四师党委书记、政委的祝庆江，陈述了自己的意见，祝庆江听后十分感动。为了让徐春棠更好地发挥特长，决定调他到四师农业局工作，负责全师的香料产业。

1985年，徐春棠主要负责起草制定了《新疆薰衣草精油自治区标准》，并被评为自治区优秀标准。

1990年12月28日，由徐春棠主要执笔起草制定的国家标准《中国薰衣草油》（GB/T 12653-90），通过国家轻工业部、国家技术监督局批准，于1991年10月1日正式实施。

2003年，徐春棠又参照ISO国际标准，制定了《中国椒样薄荷油》国家标准，修订《中国薰衣草油》国家标准，使中国薰衣草生产加工实现了与国际接轨。

打造中国薰衣草产业

由于薰衣草科研课题是国家轻工业部直接安排的国家重点科研项目，

对我国经济发展意义重大。长期以来，四师薰衣草的发展一直处于半公开状态，薰衣草的面积、精油的产量都不允许公开报道，这就给四师薰衣草产业蒙上了一层神秘的色彩。直到进入21世纪，四师薰衣草才揭开了她神秘的面纱。

2001年6月7日，正值薰衣草花盛开之时，时任国家副主席的胡锦涛在视察霍尔果斯口岸返回伊宁市途经六十五团时，远远地就被道路两旁紫色的花海所吸引，颇有兴致地来到田间驻足观赏。当听说四师薰衣草精油产量占到全国的98%以上时，胡锦涛十分高兴，对随行人员说："伊犁有这么好的资源，如果在深加工方面有能力的话，应加快发展，努力发挥品牌优势。"

胡锦涛同志的讲话，大大激发了四师各团场种植薰衣草的积极性，薰衣草种植面积迅速扩大。到2003年，薰衣草主种植区六十五团薰衣草种植面积8000余亩（约533.33公顷），其他团场种植总面积1.4万余亩（约933.33公顷），并且形成了自己的品牌，如六十五团的"远馨"、七十一团的"紫玉"等。同年，六十五团被农业农村部中国特产之乡推荐宣传委员会命名为"中国薰衣草之乡"。四师也因此成为与法国普罗旺斯、日本北海道并列的世界三大薰衣草产地之一。

然而，随着薰衣草市场的逐渐升温，由于四师各薰衣草种植团场各自为政，品牌多而杂，精油流失严重，加之中间商作祟，相互压价，导致各种植单位精油销售价格低，损害了种植户的利益。

徐春棠多次向师党委及相关领导建议：四师必须对薰衣草种植、生产、加工、销售进行整合，如果任凭低劣薰衣草产品流入市场，靠低价无序竞争，将会对整个中国薰衣草行业和品牌带来信誉危机，会毁掉这个产业。

四师党委经过深思熟虑做出决定：对全师薰衣草产业进行资源整合，走统一组织、种植模式、加工方式、价格、品牌"五统一"之路，建立薰衣草产业深层次研发基地，打造中国薰衣草产业的龙头企业。

2005年8月，四师五个种植薰衣草团场共同出资500万元，组建了集薰衣草及其他芳香植物生产、加工、销售于一体的伊帕尔汗香料发展有限责任公司，加大下游产品的开发力度，短短几年开发出16大系列128个品种的薰衣草产品，并在全国设立了300余家专卖店。到2012年年底，伊帕尔汗香料公司实现销售收入5000余万元，成为全国最大的薰衣草生产企业，生产的精油产品远销国际市场。

如今，伊犁垦区已经成为"中国的普罗旺斯"，每年专程来看薰衣草的全国游客不计其数，薰衣草已成为四师在全国最具代表性的一张"名片"。

让薰衣草产业惠及职工群众

2012年5月，中国科协、财政部给六十六团清水河社区六连技术员戴玖勤颁发了"全国科普惠农兴村带头人"奖牌和5万元奖金。手捧珍贵的奖牌，戴玖勤的眼睛湿润了，他感慨地对笔者说，这里面饱含着师傅徐春棠毕生的心血。

戴玖勤告诉记者，一茬薰衣草的生长周期为8年至12年，采用老品种和传统种植管理技术，要到第4年才能实现亩产毛油4.5公斤的产量。而"三二五收"（三次整枝、两次根部追肥、五次叶面施肥）种植管理技术却打破了这一常规，可实现薰衣草当年种植当年见效的目标。此项新技术与"XDT-05"新品种配套使用后，每亩薰衣草种植当年可产毛油3.5公斤，第二年就能达到9公斤。

笔者在采访中了解到，"三二五收"薰衣草种植管理技术的研发灵感来自徐春棠的一次偶然发现。

1980年5月间，一场突如其来的霜冻将六十五团六连200亩（约13.33公顷）薰衣草的头茬花蕾全部冻死，但意外的是，当年薰衣草毛油产量却高于历年。这个结果引起了时任团生产科参谋徐春棠的兴趣，他在六连建立薰衣草优质高产新品种试验田。后来，他从变异的薰衣草单株中选出含酯量在38%以上的品种重新繁育，逐渐代替了京豫一号、京豫二号、京豫四号品种。这些试验虽然繁杂，但能保证薰衣草品种的提纯复壮。

1986年徐春棠调离团场后，仍鼓励、指导戴玖勤和八连技术员同正科继续进行试验。戴玖勤认为，薰衣草新品种是自己和徐春棠、同正科历时30多年培育研究出来的，所以取三人姓氏的第一个拼音字母，将新品种命名为"XDT-05"，而5则代表该品种先后历经5次提纯复壮才获得成功。

寒来暑往，经过无数次的科研试验，"三二五收"种植管理技术终于于1997年获得成功。2004年，"三二五收"薰衣草种植管理技术获得四师科技进步奖二等奖，2005年获得兵团科技进步奖三等奖。2010年，四师"XDT-05"种植面积达到5000亩（约333.33公顷），职工年增收2200万元。

多年来，徐春棠欠了亲人们很多很重的感情债：

1977年妻子在武汉先是难产，后又母女生病，拍电报要他速返，因为薰衣草科研攻关，未能赴程；

1982年夏季，母亲报病危，急电催归，他忙于收花炼油，未能前去尽孝；

1983年，岳父母相继退休，召唤女儿女婿回上海顶职，可徐春棠和妻子毅然放弃了这个多少人羡慕的机会……

因为忙于薰衣草的科研工作，徐春棠无暇照料妻儿，家里的大小事都由妻子操心，心力交瘁的妻子于2000年不幸因病去世。为人正直的徐春棠一辈子兢兢业业，却从没有为妻子、孩子和自己的工作、前途去找关系、跑路子。在他的心中，薰衣草产业的发展永远是最重要的。为此，他受到家人和儿女的埋怨。

2004年5月，徐春棠退休了，但他仍在为四师薰衣草产业操劳。兵团组织省级劳模赴广东、上海等地参观，他没有兴致观光，也没有兴致购物，而是借此机会到处了解香料市场情况。

这时他已经开始便血，却顾不上在上海的医院做一次检查。回到四师，他赶紧往薰衣草种植团场跑，往地里跑，忙着选薰衣草种，准备进行太空育种。

2004年9月27日，四师100克薰衣草种子搭乘我国第20颗返回式科学与技术试验卫星进行太空育种。这些太空薰衣草种子一返回地面，徐春棠就安排技术人员进行试种、研究。

徐春棠的大儿子徐海俊一次与父亲通电话时听出父亲声音虚弱嘶哑，追问得知父亲便血，于是赶紧回到新疆，劝父亲到医院检查。可心全在工作上的徐春棠总说等等，让他把手头的事情忙完。一等再等的徐海俊最后硬是把父亲拽进了医院，经检查徐春棠被诊断为直肠癌晚期。徐海俊立即将父亲接回上海，采取各种措施抢救，可此时医生已回天乏术。

重病中的徐春棠躺在病床上还在考虑兵团薰衣草产业的发展，他让孩子把他收集的薰衣草资料寄给师团相关领导，对薰衣草生产经营提出建议……

2005年11月28日，徐春棠带着满腹的遗憾和对薰衣草的无限眷恋永远地离开了人世，享年61周岁。

徐春棠病逝的消息传到伊犁，许多干部职工群众非常惋惜、痛心。在四师23万干部职工群众心中，这位把毕生献给中国薰衣草产业的专家从未曾离开过伊犁，一年比一年开得旺盛的紫色薰衣草花海可以作证！

大山深处，一个人的坚守

是什么样的信念，让他坚守大山深处，潜心钻研医术？

是什么样的承诺，让他尽心竭力为各族群众提供医疗服务？

是什么样的情感，让他与当地各族群众情同手足？

从医21年来，他以一名医者的仁爱之心、淳良之义，坚守着对医生这一职业的承诺，对当地各族群众的承诺，对这片土地的承诺，成为一名各族群众信赖的优秀乡村医生。他就是再次被评为优秀共产党员的六十九团医院第二门诊部医生苑志红。

"吴登云式的好医生"

6月4日，我和丈夫驱车赶往苑志红所在的距六十九团团部40多公里大山深处的门诊。车行驶到察布查尔县坎乡阿勒玛勒村就没有柏油路了，山路坑洼不平，从村子到门诊的4公里多路车行驶了近半个小时。

站在路边上，陪同我们的人介绍说，门诊就在前面。可映入眼帘的却是一片残垣断壁，荒凉不堪。

下了路基，我们踩着石子来到一栋破旧砖房前，墙上"六十九团医院第二门诊部"几个大字赫然入目。苑志红正在不足10平方米的治疗室里接诊病人，小小的屋里挤了四五位患者，旁边的治疗室里还或躺或坐着几位正在输液的病人。

　　这栋24年前建设的现在已经十分破旧的门诊有8间房，设有治疗室、观察室、诊断室、简易手术室、药房等。

　　今年45岁、毕业于石河子医学院的苑志红学的是临床医学，后来又进修了外科、放射科，自学了妇产科等专业。由于他医术精湛，受到当地各族群众的赞誉，2004年被评为伊犁州"民族团结先进个人""吴登云式的好医生"。

　　1993年，苑志红被分配到六十九团医院设在煤矿的第二门诊部。当时矿区有上万人，第二门诊部有8个编制，由团医院委派医生。1994年8月，苑志红与煤矿出纳何益芳喜结连理。

　　1996年7月，工作认真负责、在当地职工群众中有着良好口碑的苑志红光荣加入党组织。

　　由于煤矿地处偏僻，交通不便，信息闭塞，加之随着效益下滑，当地居民陆陆续续搬迁出去，门诊医生纷纷离去。

　　1999年煤矿关闭，大批人员下岗，寻找出路往外搬迁的人更多了，万人繁华的景象已成为历史，偌大的地方只剩苑志红一个人守在这里。

　　只身在大山深处的苑志红除了给病人看病，业余时间都用在学习、钻研医术上，从医师、主治医师到副主任医师，每一步都走得脚踏实地。"大医院分科很细，我在这里虽然很忙，但遇到的病情种类多，可以积累丰富的实践经验。"苑志红说。扎实的理论功底再加上丰富的实践，使苑志红的医术愈发精湛，能够独立处理不少疑难杂症。

　　1996年冬天的一个深夜，大雪纷飞，沙孜亚孜村的一位村民急匆匆地跑来叫苑志红给他媳妇接生。当时村里没有医生，而苑志红从未接生过，这可是人命关天的大事。

　　看到牧民哀求的眼神，苑志红想要拒绝的话到嘴边又咽了回去。

　　当他到达牧民家时，孕妇已出现临产征兆。虽然心里十分紧张，但他努力让自己镇定下来，依据书本上的要求操作，孩子终于顺利出生，母子平安。这时，他才发现身上的衣服已被汗水湿透。

从那以后，当地许多产妇来找苑志红接生，苑志红接生的孩子不计其数。

"他是我们的儿子，我们不让他走"

察布查尔县坎乡阿勒玛勒村今年80岁的维吾尔族老人热依木对记者说："这个地方有汉族、维吾尔族、哈萨克族、锡伯族、蒙古族、东乡族等民族，不论哪个民族，都去找苑医生看病。他的技术好，人也好，看病钱要得少，遇到没钱的病人就不要钱。我们都喜欢他，他就像我们的儿子一个样。"

我问他："如果苑医生离开这里行不行？"

老人急切地说："我们不让他走！"

苑志红所在的坎乡有三个门诊，还有乡医院，但大家都喜欢到他这儿看病。

43岁的维吾尔族农民阿不都热依木感激地说："去年秋天，我9岁的女儿脖子上长了个大疙瘩，疼得受不了，到乡医院治了几天没治好，我们到苑医生的门诊去，苑医生给开了刀，把脓挤出来，两三天后就好了，只收了我二三十块钱。"

赛力克江是距离二门诊18公里的坎乡三大队的维吾尔族农民，他告诉记者："我儿子一个星期没吃饭了，每天喝一点开水，在乡医院打了三天吊针没好，就来找苑医生。昨天这个地方来打的针，今天就好了。"

正是当地各族群众的这份信任和依赖，让苑志红多次放弃了去乌鲁木齐市、伊宁市一些大医院工作的机会，而是心甘情愿扎根在这荒凉偏僻的大山深处，用心、用情、用爱实践着自己的人生价值。

1996年1月，三九严寒，大雪封山，晚上12点半，苑志红被一阵急促的敲门声惊醒。原来是一位哈萨克族牧民来找他给小孩看病，他问牧民有多远，回答说不远。他穿上羽绒服就出门了。

没想到翻过一座又一座山，骑马走了5个多小时，才到牧民家，此时天已蒙蒙亮，苑志红的腿都冻僵了。

牧民两岁多的儿子高烧40.5摄氏度，当时已出现惊厥现象。苑志红赶紧给孩子物理降温、打针，直到中午孩子退烧，体征平稳，才往回走。回来时，因害怕骑马受冻，他决定步行，到家时天已黑了。

这次出诊是苑志红永生难忘的一次，也让他落下了严重的关节炎，每逢雨雪天气双膝就疼。

21年来，为给各族患者治病，苑志红骑马、骑摩托车跑遍了巩留县、特克斯县、察布查尔县交界的所有牧业点。为方便接诊病人，几年前他花1万多元买了一辆二手桑塔纳。

"能得到老百姓的认可，我这一生就值了"

我的采访不时被前来看病的患者打断，苑志红用流利的维吾尔语和哈萨克语与患者交流。

在离苑志红所在的门诊有1公里多的原工建团煤矿营区，笔者穿过低矮破旧的棚屋，来到今年91岁的孤寡老人江淑华的家，她正和80多岁的张碧清老人聊天。

两位老人异口同声地说："要不是苑医生，我们的老命早就没了。苑医生给我们看病经常不收钱，就是收也只收一点，本钱都不够。"

有一次，一个1岁多的小孩拉肚子拉脱水了，奄奄一息，孩子的父母找到苑志红。苑志红一看这种情况，告诉孩子父母赶紧转到大医院治疗。因没钱到大医院给孩子看病，夫妻俩跪在地上哀求苑志红。苑志红立即给孩子输液、补液。八天之后，孩子痊愈了，苑志红分文未取。

"最大的快乐，就是看到病人带着笑容走。"苑志红真诚地说。

我在苑志红的办公桌抽屉里看到一些账本，上面有不少欠条，写的都是少数民族文字，只有钱数能看懂。

苑志红说，刚开始还记账，后来也就不记了，病人有了就给，没有就算了。据了解，每年苑志红为各族群众免去的医药费多达上万元。

"虽说医生是一个平凡的职业，但救死扶伤是我一直追求的职业理想。我的父母也是20多岁从内地来到团场支边，在这里奉献了一辈子。能为当地群众做点事，就是实现了自己的人生价值。"苑志红深情地说。

只要一个电话、一句请求，无论半夜三更，无论寒冬酷暑，苑志红都会赶到患者家里上门诊疗。21年来，他从没拒绝过患者的请求。

正是因为苑志红救死扶伤的高尚医德和热心助人的优秀品格，大山深处的牧民宁愿翻山越岭走五六十公里山路来找他看病。

苑志红有一儿一女，妻子下岗后，就承担起了照顾孩子和老人的重任。

21年来，每年春节，苑志红都是在年三十这天晚上回团里看父母、妻儿，陪老人吃顿团圆饭之后，就急匆匆地赶回门诊。因为他知道，大山深处有无数双期盼的眼睛等待着他。

超越血缘的母爱

太阳无语，却放射着光辉；高山无言，却显现着巍峨。

在伊犁垦区，七十七团九连哈萨克族职工阿拉斯汗·亚森，用博大的爱、真挚的情抚养了7个与自己没有血缘关系的孩子，2012年10月她被评为第二届"感动四师十大人物"。

在生活那么困难的年代，你怎么会抚养这么多与自己没有血缘关系的孩子？

12月20日，对我们的疑问，今年80岁、身材矮小、面容慈祥的阿拉斯汗平静地说："我非常喜欢孩子，看到他们那么可怜，我想尽自己的能力多照顾他们一些。"

就是这样一个朴素的想法，支撑着阿拉斯汗把超越血缘的伟大母爱奉献给了孩子们。

她是孩子们头顶的蓝色晴空，给这些幼小心灵以温暖的家。

初冬的一个下午，我们推开阿拉斯汗为方便孙女上学在七十七团团部租住的简朴而温暖的家。

1968年，阿拉斯汗丈夫的弟弟因生活困难，要将刚满一岁、身患小儿麻痹症、下肢高位残疾的女儿金恩斯·古丽送人。没有生育能力而又酷爱孩子的阿拉斯汗听说后，赶紧跑到小叔子家："别送人，孩子给我养吧！"

就这样，不幸的金恩斯来到了阿拉斯汗家。

世间最伟大的抉择，莫过于明知面对的是深重的苦难，还要勇敢地选择面对。

金恩斯下肢瘫痪，只能待在轮椅上。女儿痛在身上，阿拉斯汗疼在心里，她加倍地呵护这个"小天使"。

1970年，阿拉斯汗丈夫的弟媳妇又生了一个儿子，但因为家庭意外出事，孩子不得不送人。阿拉斯汗又将年仅一岁的库尼斯抱回了家。

1975年4月，阿拉斯汗和丈夫走亲戚，亲戚家有个叫古丽沙拉的一岁多的女孩正在闹肚子，已经三四天没吃东西了，面黄肌瘦。这家亲戚带孩子看遍了周边的医生，都说这孩子没希望了。

阿拉斯汗自从见到这孩子后就一直牵挂着，离开亲戚家了又折回去，与亲戚商量由她来养这个孩子。于是，古丽沙拉来到了阿拉斯汗家。

回到家里，懂得一些医术的阿拉斯汗第二天就上山采草药，煎给古丽沙拉喝，还想方设法给孩子补充营养。半个多月后，古丽沙拉的身体状况明显好转，脸色渐渐红润起来。

在那个缺吃少穿的年代，让孩子们吃饱穿暖是一件让大人们头疼的事。为了孩子们的健康成长，阿拉斯汗没少吃苦受累，但她从不言苦不言累。

1979年的冬天，5岁的古丽沙拉不小心脚踝骨折，阿拉斯汗抱着她骑马赶往团部医院。那时，七十七团九连到团部只有一条便道，积雪深厚，白天都很少有人行走，更别说是寒冷的冬夜了。

心急如焚的阿拉斯汗顾不了那么多，一只手拉着马缰绳，另一只手紧紧抱着古丽沙拉。原本一个小时的路程，她在冰天雪地里走了两个多小时。到医院时，她的胳膊都冻僵了。直到古丽沙拉的脚踝得到治疗，没什么大问题，她悬着的心才放下来。

1977年，因为家里孩子多、经济困难，仅两岁的奴沙提被父母送给了阿拉斯汗，成为这个家庭的第四个孩子。

　　阿拉斯汗先后又收养了3个家庭困难或父母离世的哈萨克族孩子，分别叫克恩斯、木拉提、胡安汉。就这样，阿拉斯汗成为7个孩子的母亲。

　　她是孩子们心中坚强的依靠，母爱让他们足以抵挡所有苦难。

　　因为特殊情况，7个孩子中，阿拉斯汗在金恩斯身上倾注的爱是最多的。

　　在轮椅上坐时间长了会很难受，为了减轻金恩斯的痛苦，阿拉斯汗就背着她去草原上放牧。辽阔的草原、蓝天、白云、河流、鲜花，让金恩斯的生活充满了明亮的色调。

　　金恩斯5岁那年，有一次，阿拉斯汗背着她放牧跨小河时不小心扭伤了脚，疼得一个趔趄坐在地上。金恩斯吓得紧紧抱着妈妈的脖子哭了。此时此刻，酸甜苦辣齐上心头，阿拉斯汗把女儿紧紧抱在怀里泪如泉涌。

　　因为身体状况，金恩斯不能像正常孩子一样去上学。阿拉斯汗虽然没上过学，但为了女儿，她努力学习国家通用语言文字，然后又耐心地教女儿。金恩斯10岁时就能阅读国家通用语言文字书籍和报纸了。

　　阿拉斯汗还经常鼓励她要坚强自信，勇敢地面对生活。

　　古丽沙拉告诉我们，姐姐金恩斯常说，在她的心里，阿帕（哈萨克语意为"妈妈"）就是自己的避风港，无论遇到再大的事，只要阿帕在身边，就什么都不怕啦。

　　后来，金恩斯个子越来越高。身高仅有一米五的阿拉斯汗背着她时，她软绵绵的脚都挨到了地面。

　　看着妈妈日渐弯曲的脊背，金恩斯有时会小心翼翼地问："阿帕，你会不会嫌弃我？"阿拉斯汗慈爱地对她说："怎么会呢，如果是那样，阿帕当初就不会把你抱回家啦。"

　　阿拉斯汗背着金恩斯，这一背就是30年，直到70岁哮喘加剧、脊背佝偻，实在背不动为止。

　　金恩斯后来先天性心脏病严重，眼睛失明，左手不能动。阿拉斯汗更加悉心照顾，每天给她擦洗身体，喂饭、聊天。

原本被医生们诊断活不过三五年的金恩斯，在阿拉斯汗的精心照料下度过了44个春秋。

当说到2012年春天离世的金恩斯时，阿拉斯汗不停地用头巾擦拭眼角的泪水，这是母亲对女儿深深的牵挂和思念。

她是孩子们脚下坚实的大地，让他们拥有健全的人格和美好的人生。

在孩子们的心目中，母亲是慈祥的耐心的，即便是自己做错事的时候。

今年38岁的奴沙提成家后一直跟母亲生活在一起。他告诉我们，阿帕性格温和，从不打骂我们。记得小时候有一次我从商店里偷偷拿了一块糖，阿帕知道后耐心地给我讲道理，要做一个好人，不能拿别人的东西，让我把糖还了回去。

这件小事对奴沙提及兄弟姐妹影响非常大，使他们从小就明白了诚实做人的道理。孩子们在母亲的言传身教下，个个都为人诚实，做事认真，勤劳能干。奴沙提深情地说："我希望阿帕长命百岁，我能一直照顾她。"

为了孩子们，阿拉斯汗承受了一般女人所不能承受的艰难。

孩子们小的时候，阿拉斯汗经常到麦地里捡麦子、上山挖野菜，每顿饭都是孩子们吃饱了她才端起饭碗。

为了养育孩子们，阿拉斯汗和丈夫一起想尽办法挣钱，代牧、洗羊毛、打小工等，只要能挣钱，从不惜力气。日子虽然过得异常艰苦，但一回到家活泼可爱的孩子们围着自己，所有的苦和累都烟消云散了。

虽然生活困难，但阿拉斯汗和丈夫却竭尽所能，让6个孩子都进学校读书，直到初中毕业。

孩子们在阿拉斯汗的养育下健康成长，一家人生活虽然清贫，但充满温馨、快乐。5个孩子接二连三成家，阿拉斯汗倾尽所有，为孩子们准备新房、彩礼和嫁妆。

阿拉斯汗的丈夫患有肺结核，病情渐渐加重，不能从事重体力劳动，到2003年瘫痪在床，2004年春天不幸去世。那些年，既要照顾孩子，又要服侍丈夫，阿拉斯汗心力交瘁。

阿拉斯汗含辛茹苦的付出，得到了孩子们的回报。如今，阿拉斯汗三世同堂，有6个儿女、12个孙子孙女，尽享天伦之乐。逢年过节，儿孙们都来看望她，还送上礼物，一家人其乐融融。

端坐在炕中间的阿拉斯汗，指着手上的银饰和大花披肩告诉我们，这些都是奴沙提的媳妇阿依努尔买的，孩子们对我好得很。说起这些的时候，老人满是皱纹的脸上露出了幸福的笑容。

今年37岁的阿依努尔来到这个大家庭已有15年，婆婆的善举深深打动并影响着她，她孝顺婆婆，给老人洗澡、洗衣服、做饭，悉心照顾，天气不好时出门陪着，以防老人摔倒。

阿拉斯汗最小的儿子胡安汉今年23岁，虽然性格有些内向，但一说起妈妈来却滔滔不绝。"我在外面打工挣钱，阿帕经常会打电话问我吃得好不好、住得好不好。我想结婚以后能把阿帕接到自己家里，好好孝敬她。"

阿拉斯汗·亚森，这位平凡而伟大的母亲，用超越血缘的母爱，让这个世界多了一缕温暖阳光，多了一些和谐音符，多了一些大善之美。

高山牧道上的"保护神"

4月27日，农四师七十八团五连牧工努尔江·吾任太在北京参加全国劳动模范和先进工作者表彰大会，并受到胡锦涛、温家宝等党和国家领导人的亲切接见。

努尔江·吾任太长年居住在七十八团团部以南60多公里、海拔2300米以上的深山老林里，他的家被过往牧工誉为高山牧道上补充给养的"兵站"，牧工称他为转场路上的"保护神"。18年来，他坚守在高山牧道上，顶风冒雪、踏雪开路，默默无闻地保护着过往牧工的生命和财产安全，用自己的青春谱写了一曲无悔的人生赞歌。

特殊的"兵站"

在牧区，点家（深山牧道上的补给站）有着非常重要的不可代替的作用，既要为一年四季转场的牧工提供食宿服务，又要看护蜿蜒崎岖的牧道、草场和分布在沿线的畜群棚圈，还要经受得住漫长的寂寞和深山里各种恶劣的自然气候条件。

七十八团库西台牧区点多、线长、面广，牧业生产线长达127公里，其中从阿尕西库拉到冬草场博扎德尔都是海拔2300米以上的崇山峻岭，还要翻越海拔3900米的冰大坂，进出只有一条羊肠小道，所有的物资只能用马驮进去，当地牧民称这条路为"鬼见愁"。

努尔江憨厚朴实的父亲从20世纪70年代起就居住在大山深处的阿尕西库拉为连队看点，努尔江在家排行老大，有7个弟妹。1992年努尔江的父亲退休了，连队先后安排三任看点人，最长不超过半年就被这里恶劣的环境吓跑了，连队领导为重新找一个看点人犯愁。这时候，刚刚成家不久的努尔江，勇敢地站出来要求接父亲的班，至此便开始了他艰难而漫长的点家人生。

努尔江的家位于进出冬夏草场的必经之路上，每年数万只牲畜要转场路过这里，春秋两季是努尔江最忙的季节，山里的气候反复无常，从博扎德尔转出来的牛羊都要翻越海拔近3900米的冰大坂，而此时的冰大坂牧道被大雪覆盖，如果没有路标根本走不成。每年2月、11月牧工转场前，努尔江总是第一个来到这里，冒着生命危险提前踏雪开路，树立路标，并指引和帮助牧工和牲畜一道下山。

2007年2月底的一天傍晚，努尔江刚刚安排好一户转场的牧工在家休息，一个小伙子飞马跑过来告诉努尔江，牧工卡哈尔曼的40多只羊陷进库西台冰大坂上的雪窝里出不来，请求援助。努尔江听后立即放下饭碗，翻身上马向冰大坂飞驰而去。

这时天已经黑了，这里的路白天走都十分危险，狭窄的羊肠小道旁就是幽深的峡谷，一不小心便会跌入万丈深渊。努尔江凭借多年来的经验，小心翼翼地一步步挪动脚步，把陷在雪窝里的羊一只一只抱出来，转移到安全地带。

因为环境恶劣，这个看似简单的营救行动却进行了4个多小时。当努尔江帮助卡哈尔曼把羊群赶到自己家时已是凌晨四点了。努尔江让卡哈尔曼先去休息，自己又把羊赶进羊圈喂草喂料，一直到天亮才去休息。

18年来，无论多晚，只要有牧工来投宿，努尔江总会和妻子起来热情地烧茶做饭，并将牲畜赶到自家圈里，添加最好的草料。每当转场总有瘦弱、跟不上群的牲畜，牧工们总是托付给努尔江。努尔江的家就是一个给过往牧工提供补给的"兵站"，就是一盏给迷途路人指引方向的"明灯"。每当过往的牧工拉着他的手一个劲儿说谢谢时，努尔江只是憨厚地笑笑说："这是我应该做的。"

据不完全统计，努尔江每年仅免费给牧工提供补给一项达1.5万元，其中团场补助5000元，剩下的都是自己贴。18年来这是一笔不小的费用，但他从未有过丝毫怨言。

在牧工转场唯一的生命线上，努尔江就是大家"保护神"。

从畜牧营到冬草场博扎德尔的山路上，是七十八团牧工转场的唯一生命线。这条路因异常险峻经常发生人畜伤亡事故，而努尔江就是确保其畅通的"保护神"。多少次当牧工面临险境时，都是努尔江的出现使其化险为夷。

今年年初，50年不遇的大雪，将畜牧营营区通往冬草场博扎德尔唯一的"生命线"封堵，而山里还有60余户180余人及15000余只牲畜急待从冬牧场转出。山里储备的粮食、医药、饲草等物资有限。

时间就是生命！

团、连领导立即组织了20多名身强力壮的小伙子组成抢险队准备出发。刚刚从师里参加完表彰会回来的努尔江听说这事后，主动请求参加抢险活动。

抢险队要在15公里长、齐腰深的雪窝里开出一条一米多宽的道路，其难度之大可想而知，有的地方雪厚三四米深，稍不小心就会造成雪墙倒塌伤及队员。

努尔江始终冲在队伍的最前面，在他的带领下，抢险队整整挖了4天，每天干12个小时以上，大家饿了啃一块干馕，渴了抓一把雪，晚上住在临时搭起的帐篷里，山里的冬夜非常寒冷，温度达到零下35摄氏度，

冷了就喝几口白酒暖暖身子。

努尔江的脸上被冻得掉了一层皮,手上冻出了冻疮,裂开了血口子,但他全然不顾,心里只想着赶快挖通这条生命通道,将被困的同胞救出来。4天里他没有睡一个安稳觉,没有吃一口热饭,直到看见所有被困人员安然无恙时才放下心来。

18年来,努尔江用自己的双脚累计踏雪开路上万公里,无数次救出陷在转场路上的牧工和牲畜,被他救出的牲畜有5000余只。

在大山深处,努尔江就是一面鲜艳的党旗。

努尔江刚结婚时家里一穷二白,但他和妻子勤劳能干,借助团场出台的各种优惠政策,日子很快有了起色,如今成了远近闻名的富裕户。现在他家存栏牲畜达800头(只),年收入10万元。

在库西台牧区,努尔江是一个乐善好施的热心人,谁家有困难他总是第一个想方设法帮助。努尔江不但帮助本团连队的牧工,还帮助附近的牧民和林场职工,受到他热情帮助的有柯尔克孜族、蒙古族、汉族等多个民族。

买代西的丈夫在转场路途中不慎摔下山崖离开人世,留下了4个孩子,家庭生活十分贫困。为鼓励她树立重新生活的信心,努尔江从自己的羊群里挑选了3只膘肥体壮的生产母羊送到了买代西家中,逢年过节还买来面粉、清油及孩子们的衣物送到她家。在努尔江的帮助下,买代西重新树立起了生活的信心,日子有了明显好转。

从畜牧营搬迁到伊犁河南岸新建六连的哈萨克族职工赛热江,种地还差3000元,情急之下他想到了努尔江,就打电话将自己的困难告诉了努尔江,请求帮助。第二天,赛尔江就收到了努尔江汇给他的3000元钱。

2009年"古尔邦"节之际,努尔江自己拿出1500余元,为10户特困户送去了面粉、清油、大米,使他们度过了一个祥和的节日。

2009年师工会举行"金秋助学"活动,资助的大部分是需要帮助的汉族孩子。努尔江听说这一消息后，立即放下手中的活儿，专程从200余公里外的牧区赶往伊宁市，捐助了1000元钱。

汉族职工巨洪峰不幸患病，努尔江给这位素不相识的汉族同胞捐款800元。得到他帮助的还有米力江的儿子、阿克木的妻子等许多人。18年来，努尔江先后捐款近万元、捐羊近百只。

努尔江的点家，不仅是过路牧工每次落脚的地方，还是连队宣传团场各种规章制度和国家法律法规的阵地。努尔江就是一名义务宣传员，他不但经常向过往牧工宣传《森林法》《草原法》等国家法律法规，还经常宣传兵、师、团里的各项政策。由于努尔江认真负责，18年来，这里的草原、森林没有发生一起火灾安全事故。

多年来，努尔江年年都被七十八团评为先进生产者和自营经济致富能手，2003年7月他光荣地加入了党组织，2008年被授予师劳动模范称号，2009年被授予兵团劳动模范称号。

痴心守护伊犁河的"当代愚公"

伊犁河这条中国唯一向西流去的大河，千百年来润泽了两岸无数生灵，被伊犁人民称为"母亲河"。然而，这条大河性格变化无常，汛期尤其桀骜不驯，如脱缰的野马，肆意妄为，横冲直撞，改河道、冲良田、淹房屋……许多居民被迫举家迁往别处。但25年来却有一位老人不惧洪水淫威，筑坝护岸，洗碱植树，总投资10多万元，不仅保护了自己的家园，还保护了附近的耕地，开创了以林治水的新创举。他就是被人们誉为"当代愚公"的七十三团三连退休职工王清前。

洪水肆虐水进人退

1984年搬到伊犁河南岸七十三团三连居住的王清前，今年72岁，中等个，因为长年高强度的体力劳动，身体瘦弱，两腿因严重的静脉曲张和关节病变明显成O型腿，瘦削的脸庞被经年的阳光晒成古铜色。

这位性格内向、不爱说话的老人，只有在说起筑坝护岸、洗碱植树时，他的眼中才流露出自豪的神情，看着那沿河岸边弯弯曲曲、随风摇曳的林带，老人紧锁的眉头才会松开。

8月20日，我们来到伊犁河边，找到了正在地里洗碱的王清前。

站在河边，王清前指着河北面一公里多远的沙枣林对记者说："我们刚搬到这里时，河道在沙枣林那边，周围是一片很大的果园，沿河边居住着三连100多户职工。由于伊犁河每年夏秋季节发洪水，河水乱冲，河道随意更改，每年以几十米的速度冲刷河岸，果园被冲毁了，耕地被冲毁了，最后连人们住的房子也被冲毁了，沿河职工不得不搬迁到其他地方。"

老人的儿子王来伤感地说："过去河道离我家有1500米，现在离我家的房屋只有50米，站在厨房的后窗前可以看到流过的河水。"

七十三团沿河分布着三连、八连等5个连队，据不完全统计，多年来沿河连队有4000余亩耕地被河水冲毁，八连100余户职工整体搬迁。

顺着老人手指的方向，我们看到曾经的八连营区已被洪水冲刷殆尽，只有一小片树木紧靠河岸，紧紧地扒住脚下的土地，努力证明这里曾经有过人们居住的痕迹。

七十三团牧一队沿河散居的50余户少数民族牧工，多年来也饱受水患之苦。2007年，团场在远离河岸的地方集中建立新的营区，使这些少数民族牧工从此结束了逐水草而居的历史，实现了前有院、后有圈的定居生活。

肆虐的河水改变着沿河居民的生活，水进人退，可倔强的王清前老人就是不信这个邪。他对这条大河有着复杂的感情，是这条河浇灌了农田，养育了两岸百姓，可又是它成为毁坏人们家园的罪魁祸首。如果不保护，听之任之，一味地退却，那么，不久的将来块块良田和人们生存的家园将被洪水吞噬。为了保护家园，王清前带着家人开始了漫长的筑坝护岸之旅。

筑坝护岸守护家园

王清前和家人利用枯水期抓紧时间到戈壁拉石块，编铁丝笼，雇推土机推坝，打桩、筑坝，在水头厉害的地方筑坝拦水，使四窜的洪水调转方向，回到原来的河道。

25年来，王清前及家人年年加固坝体，筑坝拦水，共筑坝10多条，但目前仅存七八条，一半的坝堤都被洪水冲没了。王来说："一家人一年四季没闲过，农闲时一家人到处找预制块、挑石头，拉到河边备用。"

两年前的那次大洪水让王来至今想起来心有余悸。

2007年5月12日，当时正值汛期，奔涌的洪水冲向王来家的房屋，如果不筑一条堤坝，洪水很快就会越过河岸，房屋将岌岌可危。那段时间，王清前和家人每天都在房屋后面修筑堤坝，白天雇铲车把捡回来的大预制块斜放在河边，再在上面摞了200多个装满沙土的编织袋。劳累了一天，晚饭后一家人很快就进入了梦乡。

凌晨五点钟，王来听到父亲急促的喊叫声："快起来堵坝！洪水大了！"王来和妻子一骨碌爬起来披上外衣，直奔河边。只见洪水猛涨，辛苦了几天堵的编织袋全部被洪水冲得无影无踪。

洪水凶猛地冲向河岸，岸边的土一块块往下崩塌，扔下去几个沙土袋转眼就被洪水吞没了。一家人一面赶紧往袋子里装土，一面拖了一些枯树枝放到水里，然后跳进水里打桩固定，再把十几个沙土袋用铁丝、绳子捆绑在一起推进水中。

就这样，一家人一直干到天亮。然后又赶紧雇了10多个人来筑坝，下班后雇工们走了，王清前还带着一家人继续干，几天几夜没好好合眼。

几天后，一条长30多米的大坝终于筑起来了，仅机力费和雇工费就投入了6000多元。

王来说："如果不筑这条坝，我家的房子恐怕当年就被洪水冲没了。"

多年来，王清前仅用于筑坝、修坝、平地的设备费和雇工费就达10多万元。很多人不理解他的这种行为，有不少人认为他傻，是在往"无底洞"里扔钱。

面对种种冷嘲热讽，王清前不予理睬，他认准的事一定要去做。

为了护岸，王清前花钱雇机车在枯水期将河道里的卵石挖出来堆到岸边，加固河堤，在河岸短短200多米的地方，我们看到堆得如同小山般的卵石，大概有上千立方米之多。

洗碱植树筑起林堤

近一段时间，王清前和家人一直在河边洗碱，就连13岁的孙子放暑假也加入了这个行列。

当我们看到他们时，他们一家人正赤着脚在水里做挡水用的埂子。白花花的盐碱随着铁锹的翻动飘起来，流向低洼处，渠埂上厚厚的白花花的盐碱，一脚踩下去，淹没鞋面。

王清前告诉我们，这已是第四次洗碱了，这项工作已进行了两个多月。这块40亩（约2.67公顷）的河边滩涂，仅机力平地就花了3万多元，投入的人工更是没法计算。

伊犁河岸土质疏松，王清前年年筑坝，年年被洪水冲，怎么办？

岸边的丛丛次生林启发了王清前，可不可以在岸边栽种树木，让树根牢牢固定住岸边的土壤，防止水土流失？

于是，王清前开始在岸边滩涂里试种树木。但由于地下水位高，盐碱重，栽种的树成活率很低，几年过去了也不成林。

经过研究，王清前认为只有对河滩地进行洗碱之后才能栽种树木。从20世纪90年代末开始，他开始洗碱植树，并且收到了初步成效。从此，王清前以林治洪的信心更足了。

多年来，王清前栽种的树苗中有30%死于盐碱，有的活了两三年的小树也会莫名其妙地死亡。但看着成活的树苗，王清前坚信付出就会有回报。

到现在，王清前带着一家人已在河边种植了上万棵树木，建成了一条绿色大坝，保住了4公里长的河岸和岸边四五百亩耕地。

沿着伊犁河边漫步，我们看到这些树木像一排排卫士，守护着伊犁河，有的离河岸只有两三米远，原来疏松的土壤因为树根的盘错而变得密实。

王来说："这些树木经过精心管护，几年十几年后就可以见到经济效益，以后我们以林治洪就有了充裕的资金，形成良性循环。"

因为天天在野外劳作，王来一家人又黑又瘦。

记者问王来："天天这样周而复始地干，有时候会不会失去信心？"

王来说："我们一家三口人干的实际上是过去一个班的人干的活，劳动强度非常大，好多次累得不行了，就产生了不想干的念头，忍不住发牢骚埋怨老爷子，又不是生活不下去了，非要待在这里干这些出力不讨好的活儿。但一看到老爷子背驼了，腰弯了，还在地里一个劲儿地干，自己又不忍心，只好继续干。"

在伊犁河边居住了25年的王清前深知，河岸的生态环境特别脆弱，一点破坏行为都会引发严重的后果。为了保护河边的生态环境，他从不让人在河边放牧。有位老板要掏高价买他家附近那段河里的沙石料，也被他拒绝了。

王清前指着他家附近的一片河滩地说，以前这里是耕地，后来被河水冲毁变成河道。我们在河边筑了条坝拦住了洪水，并且改变了洪水的方向，经过多年的保护这里如今变成了滩涂。

记者顺着老人手指的方向，看到这片土地上长出了茂密的次生林和野草，五彩缤纷的野花盛开，不时有大雁、野鸭等鸟禽飞出飞进，成了野生动物和鸟禽的乐园。在金色的阳光下，一切是那么和谐美好安宁。

"2007年洪水就离最近的耕地只有20米远，由于建起了防洪坝，这两年洪水没有再继续冲毁耕地。看到父亲的努力付出收到的成效，后来我们也理解了父亲。保护母亲河，保护耕地，人人有责。只要我们在这里住一天，就要做一天护岸工作。"王来说。

现在，王来每天带着妻儿，主动与父亲一起加固堤岸，管护林木，改良滩涂，做好植树准备。他说，如果不坚持下去，好不容易建起的保护区要不了两年就会被洪水冲毁。

当我们离开时，王清前老人和儿子、儿媳及孙子仍站在水里劳作，他们的影子在广袤的田野里显得那么单薄。

第三辑

记忆新疆

　　1949年12月5日，1800名中国人民解放军第一野战军一兵团二军五师十五团官兵从阿克苏出发，昼夜兼程行军18日，行程792.5公里，于12月22日胜利解放了和田，开创了徒步横穿塔克拉玛干沙漠这一"死亡之海"的奇迹，受到第一野战军司令员彭德怀、政委习仲勋的通电嘉奖。毛泽东主席听闻后欣然提笔填词："一唱雄鸡天下白，万方乐奏有于阗。"此后，千名官兵响应党中央、毛泽东主席的号召，就地转业，在塔克拉玛干沙漠腹地建立了四十七团，种田植树，绿化荒漠，屯垦戍边，建设家园，再次创造了人间奇迹，他们被称作"沙海老兵"。

追寻"沙海老兵"的红色足迹

　　在浩瀚的塔克拉玛干沙漠中，有一种树叫胡杨，活着一千年不死，死了一千年不倒，倒了一千年不朽，被人们誉为"英雄树"。被誉为"沙海老兵"的四十七团老战士们就如同这千年胡杨，扎根大漠，与干旱抗争，与风暴搏斗，他们用特别能吃苦、特别能忍耐、特别能战斗、特别能奉献的兵团精神，把青春年华甚至生命奉献给了脚下的热土，成为永不移动的生命界碑，在戈壁荒漠上创造了令人瞩目的奇迹。

　　近年来，笔者多次来到四十七团，追寻"沙海老兵"的红色足迹。在这里，我多次采访留在团场的三位老兵刘来宝、盛成福、董银娃，他们最大的97岁，最小的86岁。

铁血雄师进新疆

四十七团位于和田地区墨玉县境内，地处昆仑山北麓、塔克拉玛干沙漠南缘，团场呈"三大块、七小片"，与墨玉县八乡一镇穿插接壤。70年过去了，如今的四十七团绿树成荫，街道宽阔，楼房林立，商贾往来，经济社会发展欣欣向荣，各族群众团结一心，亲如一家。

在四十七团文化广场上，矗立着一座雄伟的"中国人民解放军进军和田纪念碑"，五角星下镌刻着"1949.12.22"，这是部队进驻和田的日子。

在进入新疆前，四十七团的前身是一支以能征善战著称的英雄部队。它组建于1929年井冈山斗争时期，是任弼时、萧克、王震领导的中国工农红军第六军团主力，参加过秋收起义、黄麻起义、5次反"围剿"战争和二万五千里长征。抗日战争时期，整编为八路军三五九旅七一九团，先后挺进华北开辟了敌后抗日根据地。1941年，七一九团参加了南泥湾大生产运动，完成了"南下北返""中原突围"等重大作战任务，继而整编为中国人民解放军第一兵团第二军五师十五团，转战西北战场，为中国人民解放事业转战南北、浴血奋战，立下赫赫战功。

1949年9月25日，国民党驻疆部队和新疆省政府宣布脱离国民党政府领导，和平起义。为加快新疆和平解放进程，中国人民解放军10万大军在王震将军的带领下进军新疆，于1949年11月8日进驻南疆重镇阿克苏，稳定了当地动荡不安的局势。

十五团到达阿克苏的当天接到命令，和田的国民党残余势力正企图破坏和平解放，民族分裂势力也不甘失败，正加紧策划武装叛乱。十五团官兵接到上级命令后立即向和田进发。

历史的重任再一次落到了十五团这支英雄的部队肩上。

挺进"死亡之海"

塔克拉玛干，是中国最大的沙漠，也是世界上最大的流动性沙漠，东西长1000多公里，南北宽400多公里，相当于3个浙江省大。塔克拉玛干维吾尔语意为"进去出不来的地方"，西方人叫它"死亡之海"。大批中外探险家在此失踪，更为它染上了一层神秘恐怖的色彩。

从阿克苏到和田有两条大路，但要绕一个很大的马蹄形，路途都在数千里，行军至少一个月时间。而如果横穿塔克拉玛干沙漠直插和田，可以减少三分之一路程，节省十几天时间。

解放和田的任务非常紧，团首长决定横穿塔克拉玛干沙漠。

"团长组织全团指战员对行军路线进行讨论，大家都热血沸腾，纷纷表示只要能早日解放和田，就是'进得去出不来'的死亡之海也要闯一闯！"回想起当时的情景，今年92岁的老战士董银娃依然是豪情万丈。

1949年12月5日，在阿克苏大街上，十五团1800名官兵高唱着"敌人不投降，就把他消灭光……"雄赳赳气昂昂地向塔克拉玛干沙漠进军，当地各族群众恋恋不舍地欢送亲人解放军。

"死亡之海"像一个藏着无数阴险诡计的巫婆，向战士们张开她的怀抱。漫漫黄沙一望无际，在沙漠中行军非常费力。

战士们肩扛步枪，身带手榴弹、刺刀、水壶、行李和三天的干粮等，每前行一步都要与风沙、干渴、寒冷做斗争，但战士们顽强拼搏，每天行军都是上百里。

穿越"死亡之海"，官兵们遇到的最大困难是没有水喝。

第七天，部队进到沙漠中心，从凌晨3点出发，一直走了12个小时也没找到一滴水，官兵们个个嘴唇干裂，渴得连笑也不敢张嘴。一些战士嘴唇裂了许多口子，稍一用力就流血。

第八天还是没找到水，战士王德平因两天没喝上水虚脱昏了过去，只能用担架抬着走。这时，连长从自己的行李卷里拿出一个水壶，这是他一直舍不得喝、留给脱水昏迷战士的"救命水"。看到战士们干渴的样子，连长一咬牙把水壶盖打开，用嘴唇碰了一下，假装喝了一口，然后对身后的副连长说："往下传！"副连长知道这"救命水"的珍贵，咽了咽唾沫，把壶传给身后的一班长。就这样，一个一个地传，等传回连长手里时，一壶水只少了一小口。这时，战士黄增珍不好意思了，因为那口水是他喝的。为此，黄增珍愧疚了一辈子。

穿越大漠的过程中，炮兵比步兵连的战士占"便宜"大了。因为炮由马驮，每人只背一个背包，口渴的时候还不用到处找水喝，只要发现马撒尿，就赶紧拿盆子接，全班每人可以分上一小口。有一次，二班长裴万松还趁大家不注意，用水壶偷偷藏了一壶，准备留给步兵连的老乡。战士高泽良渴得受不了，不得不喝自己刚撒出去的尿。

因为没有水喝，许多战士晕倒了。上级命令杀掉骆驼和战马，饮血止渴。战士们抱着马脖子哭，舍不得啊！

沙漠中最可怕的就是风暴。晋代高僧法显路过这里时，在《佛国记》里描述："沙河中多有恶鬼热风，遇者皆死，无一余者。"

今年97岁的老战士刘来宝告诉记者，风暴一来，天昏地暗，混浊一片，官兵们只能手牵手，一个拉着一个往前摸着走。

部队进入沙漠的第十天上午，天空便开始弥漫沙尘，风扬起沙粒打在脸上隐隐作痛，迷得官兵们睁不开眼睛。

中午时分，只见天空中黄烟弥漫，不一会儿便狂风大作，顿时黄沙滚滚，整个沙丘都在移动，远处河床上几棵枯死的胡杨一会儿便被黄沙淹没了。黑色的风暴夹杂着沙石铺天盖地，天空就像是要被撕裂了，胡杨发出断裂的声音，牲畜吓得卧倒在地发出恐惧的哀鸣……

随行的向导告诉官兵，这个时候前进，迷路的可能性会增大，最好的办法是背朝着风向在原地蹲下。传令兵通知大家背朝风原地蹲下。

不知过了多久，风小了，太阳露出来了，每个人浑身上下都裹了一层厚厚的黄沙。战士们拍打掉身上的沙土，挖出耳朵和鼻孔里的沙子，继续前进。

这天部队走了55公里路，也是在这天的大风暴中，战士们失去了一营二连排长李明。李明是个战斗英雄，他患有严重胃病，却没有告诉任何人，一直坚持前进，最后牺牲在沙漠里，战友们只能就地掩埋他。

胜利解放和田

提起往事，最后200公里的行军历史最让老战士们刻骨铭心。

当时部队在进一步退半步的流沙路上，身负重荷，忍饥挨饿，一路急行，战士们脚上的泡都打了三层，有的战士鞋子烂了只能光脚走，一天内竟徒步行进了90公里，距离和田还有200公里。

就在大家准备吃饭的时候，十五团政委黄诚接到团长蒋玉和的急信：叛乱分子准备血洗和田！火速赶到和田支援！

听到消息，官兵们都义愤填膺，纷纷高呼"不消灭反动派不算毛主席的好战士！""4天路程一天赶到，坚决扑灭反革命暴乱！"大家来不及吃饭，纷纷写决心书、请战书，要求向和田进军。

时间就是一切！为争取时间，原本准备让部队休整一夜的黄诚立即决定连夜开拔，加速前进。

黄诚亲自带领由班以上骨干和共产党员组成的加强排，飞驰和田增援。一路急行军，马不停蹄的昼夜兼程，一晚上就赶到了75公里外的伊斯拉木阿瓦提。

黄诚算了一下路程，还有125公里到达和田，部队就是强行军，最快也得3天。和田情况十分紧急，如果3天后赶到恐怕已经迟了。最后决定由作战参谋高焕昌（20世纪80年代担任新疆军区中将司令员）率领加强排继续急行军，昼夜兼程，驰援和田。

次日迎来大部队后，黄诚又带领一支小分队轻装向和田快速挺进，当天赶到距和田不远的英艾日克。趁着天黑，黄诚悄悄带领二三十人潜入和田，当城里的同志们知道骑兵加强排和大部队神速赶到，都非常高兴。但大部队还在百里之外，参谋高焕昌战斗经验丰富，他带领全副武装的骑兵排绕城三周，震慑敌人，使他们不敢轻举妄动。一时间，人喊马嘶，烟尘飞扬。

1949年12月22日清晨，十五团1800名战士浩浩荡荡地进入和田古城。和田城万民欢腾，各族群众涌上街头，喜气洋洋地迎接解放军官兵进城。

至此，我中国人民解放军步兵十五团从阿克苏出发，连续跋涉15昼夜，结束了792.5公里沙漠长途行军，胜利征服"死亡之海"塔克拉玛干沙漠，完成了解放和田的光荣使命。

在部队胜利徒步到达和田的第三天，收到了第一野战军司令彭德怀、政委习仲勋向十五团发来的嘉勉电："你们进驻和田，天寒地冻，漠原荒野，风餐露宿，创造了史无前例的进军纪录，特向我们艰苦奋斗胜利进军的光荣战士致敬！"毛泽东主席听闻和田解放，欣然提笔填词："一唱雄鸡天下白，万方乐奏有于阗。"

世界各大报纸、通讯社对这次大进军都迅速做出报道。一时间，十五团战士们的英勇壮举震惊了整个世界。

历史应该铭记，因为这是人类历史上第一次大军穿越塔克拉玛干沙漠。

屯垦戍边大漠中

和田解放了，十五团遵照党中央、毛泽东主席的指示精神，快速派出骨干到各县担任重要职务，建立各级人民政府，发动群众剿匪反特，维持社会秩序，恢复生产，巩固人民政权，为和田的社会稳定、民族团结和经济发展建立了历史功勋。

1952年2月1日，毛泽东主席向驻疆10万将士发出命令："你们现在可以把战斗的武器保存起来，拿起生产建设的武器。当祖国有事需要召唤你们的时候，我将命令你们重新拿起武器，捍卫祖国。"

遵照毛主席的命令，为了维护和田地区的稳定，十五团留在了和田，留在了反分裂斗争的前沿阵地和田地区墨玉县。

十五团战士们把已经开垦出的4.5万亩（3000公顷）耕地无偿交给地方，尔后开赴塔克拉玛干沙漠腹地夏尔德浪（维吾尔语意为"黑色的戈壁滩"）创建自己的家园。

和田位于塔克拉玛干沙漠南缘，自然条件极其恶劣，每年沙尘暴、扬沙和浮尘天气有200多天。

创业艰难，没有房住，就挖地窝子；开荒种地，没有牲畜，就用人拉犁耙；没有工具，就自己做扁担、编筐子。战士们每天劳动十几个小时，手上打满了血泡。

今年86岁的盛成福笑着说："一天要吃二两土，白天不够晚上补。"记者很纳闷怎么补啊？原来战士们住的都是地窝子，顶上搭的是树枝，晚上一刮风，土就从树枝缝里漏下来。

从此，战士们把根扎在昆仑山下、大漠腹地，把一生交给祖国边疆，再也没有回过魂牵梦萦的故乡。

中华人民共和国成立初期的和田地处偏僻，交通闭塞，民生凋敝，三面沙漠，环境恶劣。十五团遵守完全不吃地方、不与民争利、为各族人民大办好事的原则，选择水到头、路到头、远离村庄的荒原作为屯垦点，一边保卫边疆，一边进行大生产，承受了无法形容的艰难困苦。

"连长连长别发愁，我们都是老黄牛；连长连长别着急，我们也会人拉犁；连长连长别害怕，咱们的任务落不下!"

就这样，战士们以革命乐观主义的精神战天斗地，铸剑为犁，风餐露宿、挖渠引水、开荒造田、架桥修路、植树造林，一手拿镐，一手拿枪，屯垦戍边，唤醒了亘古荒原，创造了人间奇迹。

老兵们不但一生坚守在四十七团，还把子子孙孙留在了这里。一位名叫王传德的安徽老兵，他对子女的要求是"除非考学和组织调动，否则永远不许离开四十七团"，他的5名子女和多名孙辈都留在了四十七团。像他这样的老兵还有很多很多。军人的天职是服从命令，即使在后来的岁月里，老兵们脱下了军装，但那颗忠诚为国的军魂永远没有消失。

20世纪90年代，一位兵团首长到四十七团慰问老兵，问他们有什么要求，老兵们说，我们从进驻和田那天起，50多年了没出过大沙漠，没坐过火车，没见到城市，甚至没到过60公里之外的和田。望着白发苍苍、腰背佝偻、步履蹒跚的老兵们，首长鼻子一酸落下热泪。

经兵团安排，1999年10月，尚能行动的17位老战士到了和田市，坐飞机到乌鲁木齐。看到宾馆里的床单雪白雪白的，老战士不敢坐、不敢动，有的老战士怕弄脏了床单硬是和衣在地上睡了一夜。

在"戈壁明珠"石河子，面对广场上矗立的王震将军雕像，步履蹒跚的老兵们自动列队，向将军行了一个庄严的军礼。他们含着热泪向司令员汇报："报告司令员，二军五师十五团老战士胜利完成了毛主席交给我们的屯垦戍边任务。您要求我们扎根边疆，子子孙孙建设新疆，我们做到了，现在我们的儿女都留在了和田。我们将牢记您的命令，代代扎根新疆!"

正如老战士杨世福每次作报告时所说："我是沙海老兵，我深爱着党，

深爱着祖国，我要用一生回报祖国！"70年来，这支特殊的队伍，不拿军饷、不穿军装，永不转业、永不移动地驻守在祖国西部边疆。他们是开发建设和田、维护民族团结的中坚力量！他们是维护新疆稳定、巩固祖国边防的戍边卫士！他们就是大漠"英雄树"，用生命书写了一部感天动地、永载史册的宏伟诗篇！

    "沙海老兵"，精神永存！

追寻红色记忆

—— 探访军旅红歌《毛主席的战士最听党的话》 诞生地阿拉马力边防连

"毛主席的战士最听党的话，哪里需要到哪里去，哪里艰苦哪儿安家，祖国要我守边卡，扛起枪杆我就走，打起背包就出发……"《毛主席的战士最听党的话》这首歌唱红全军，唱响九州，激励着一批又一批官兵驻守祖国边防，无私奉献。因这首歌而闻名全国、几次上了央视荧屏的阿拉马力边防连也成了许多人心目中向往的地方。十年前的夏季，我曾有幸到这里采访。今年春节前夕，我又来到阿拉马力边防连采访，感受厚重的军旅文化底蕴和别样的边防风情。

雪海孤岛今安在 厚重连史美名扬

阿拉马力边防连位于新疆霍城县西北、距霍尔果斯口岸不远的卡拉乔克山中。

这个冬季的雪特别大，路面上铺着厚厚的冰雪，车子在深深的雪槽子里缓慢前行，两边是崇山峻岭，远处雪峰巍峨耸立，山顶的银冠在阳光的照耀下熠熠生辉。

陪同我们的驻地团场武装部部长王香提说，阿拉马力的冬天特别漫

长，长达半年以上。路没修以前，通往边防连的羊肠小道一到初冬就被大雪覆盖，边防连与世隔绝，仿佛雪海中的孤岛，前不久才推了雪，否则车子都无法到达边防连。

车子沿着崎岖的山路盘旋而上，拐过山隘到达边防连门口，远远地映入眼帘的是楼房顶上的红色大字"毛主席的战士最听党的话"，院子中间的红色旗台上书写着两行刚劲有力的大字：激情干事业，忠诚守边防。旗杆顶部鲜艳的五星红旗在空中高高飘扬。

成立50余年的阿拉马力边防连有着厚重的历史文化底蕴，是有名的爱国主义红色教育基地。穿过道路两旁苍翠的松柏，我们慕名参观了连史馆。

连史馆建在当年战士宿舍的旧址上，因为当时建的是地窝子，后来在此基础上建起了砖房作为官兵们的宿舍，楼房建成后闲置，连队将其建成独具特色的连史馆。连史馆分为创业展室、红歌展室、眷恋展室、荣誉展室、使命展室、忠诚展室、发展展室7个部分，有老照片、实物、书籍等，史料丰富，事迹感人。

在连史馆东面的墙上写着的一段话格外醒目：没有走不了的路，没有守不住的防，没有克服不了的困难，没有完成不了的任务。这段话充分反映了边防军人保家卫国的光荣传统和无私奉献的精神。连史馆墙壁上的红砖经历了风风雨雨，记录了流光岁月。抚摸饱经风霜依然坚硬的砖面，目睹一代代边防官兵留下的青春足迹，感受穿越时空的爱国情结，感动油然而生。

三峰骆驼一口锅　　两把铁锹住地窝

在边防连队采访，我们听说了许多边防官兵感人的故事，他们承受着常人无法忍受的孤寂，克服困难，巡边守边，在雪山哨卡上书写着对祖国的忠诚。

1962年，中苏边境发生了震惊中外的"伊塔事件"。为确保国家主权和领土不受侵犯，确保边疆各族人民群众生产和生活不受侵害，中央军委决定在边防一线建立边防站，从甘肃、青海及内地抽调一些官兵充实边防，官兵们接到命令后打起背包就出发。1962年8月1日，出任阿拉马力边防站第一任站长的高立业奉命率几名战士，牵着3峰骆驼，背着一口锅，携带两把铁锹及生活必需品，从霍城县徒步来到卡拉乔克山下安营扎寨。

阿拉马力边防站当时是伊犁防区条件最艰苦的边防站，当地无霜期短，昼夜温差达20摄氏度。荒无人烟的雪山深处，住无房、行无路、吃无菜、喝无水，官兵们面对大山不低头、面对困难不退缩，在四面环山的向阳坡上，挖地窝、搭帐篷、建家园，硬是在阿拉马力扎下了根。

防区内有的地方山高林密，沟谷纵横，野兽成群，毒蛇遍地，阴暗潮湿，边防官兵潜伏在蚊虫肆虐的草丛中，巡逻在陡峭险峻的山崖上，特别是在给养不足的情况下，只能靠挖野菜充饥，许多战士因营养不良指甲凹陷、皮肤干裂。由于当时没有马匹，巡逻全靠两条腿，战士们走得脚底都打起了泡。第一代守防官兵就在这荒山野岭、大山深处扎下了根、安下了家。从此，"三峰骆驼一口锅，两把铁锹住地窝"的艰苦创业史被传为佳话，成为历代官兵克服困难、艰苦奋斗、忠诚戍边的精神财富和优良传统。

在大山深处的边防连，一年中有一半时间是冬季，战士们的生活孤寂而单调。许多战士到了边防连，只下过一次山，那就是三年之后复员离开连队的那一天。但一代又一代官兵就这样戍守在边境线上，以青春、热血、生命捍卫祖国领土不受侵犯。

红歌一曲响全军　发扬传统铸忠诚

边防站建立的当月下旬，时任伊犁军分区宣传干事的李之金到连队蹲点，耳闻目睹了官兵们在巡边执勤中爬冰卧雪、风餐露宿，乐观向上、无怨无悔的精神，深受感动，经常收集战士们感人的话语。有一次，他听见一位青海籍的战士与另外一名战士为理想而争论，青海籍战士随口说了一句："哪里需要我，我就到哪里去；哪里艰苦，我就在哪里安家。"细心的李之金把这句话记在了本子上。

由于边防站刚刚建立，宣传教育工作十分必要。作为宣传干部，李之金的任务就是如何做好指战员的思想政治工作。什么方式更容易被战士们接受，李之金颇动了一番脑筋。他想创作一首歌唱边防战士、反映边防战士的歌曲。1962年底，李之金开始创作这首歌曲。他从自己在本子上记录的边防战士的语句中挑出20句朴实无华的话作为备用歌词。最后，将那位青海籍战士的话稍加修改，成了"哪里需要到哪里去，哪里艰苦哪儿安家"这段歌词。最早的歌词里还有"石头缝里把根扎"这句话，定稿时改成了"边防线上把根扎"。

歌词出来后，李之金在谱曲时注入了新疆民歌元素。因为他在新疆当兵多年，非常熟悉新疆民歌的旋律，他认为新疆民歌欢快的曲调更能激发边防战士守护边防的决心和信心。由于曲谱中采用了新疆民歌中欢快的节奏、跳动的旋律，充满了激情，准确地表达了年轻战士青春蓬勃的精神状态，思想上艺术上都较为成功。

1964年全军文艺调演，国防四师战士文艺演出队进京向党和国家领导人汇报表演了《毛主席的战士最听党的话》，受到了周恩来总理、叶剑英元帅的高度赞扬。随后，这首歌唱出了伊犁河谷，唱遍了军营内外，唱响了祖国大江南北。也就在那一年，当时的《红旗》杂志选登了10首思想性、艺术性较高的歌曲，其中包括《社会主义好》《大海航行靠舵手》

等,《毛主席的战士最听党的话》也在其中。

2008年5月,新疆军区某领导在视察连队荣誉室时动情地说:"这个连队很有文化底蕴和光荣历史,新典型要树立,老典型不能忘。46年的历史就是一代代官兵忠诚戍边的真实写照。"随即,挥笔题词:"红歌一曲响全军,发扬传统铸忠诚。"

毛主席的战士最听党的话

词/曲　李之金

毛主席的战士最听党的话,

哪里需要到哪里去,

哪里艰苦哪儿安家。

祖国要我守边卡,

扛起枪杆我就走,

打起背包就出发。

毛主席的战士最听党的话,

哪里需要到哪里去,

哪里艰苦哪儿安家。

祖国要我守边卡,

边防线上把根扎,

雪山顶上也要发芽。

毛主席的战士最听党的话,

哪里需要到哪里去,

哪里艰苦哪儿安家。

祖国要我守边卡,

顶风冒雪顶风冒雪把武练,

练好本领准备打。

毛主席的战士最听党的话,

哪里需要到哪里去,

哪里艰苦哪儿安家。

祖国要我守边卡,

翻山越岭去巡逻,

敌人侵犯决不饶他。

雪山哨卡守边关　冰山情结写传奇

享誉全国的军旅作家唐栋与阿拉马力边防连有着割不断的情缘,6年边防连队生活,为他日后的文学创作奠定了扎实的基础,并成就了他的"冰山文学"系列作品,从他的作品中处处可以看见阿拉马力的烙印。

唐栋是陕西歧山人,1951年出生,1969年入伍来到阿拉马力边防连,后担任文书、班长,1975年10月借调到新疆军区宣传部文艺科,1984年考入鲁迅文学院,2004年12月任原广州军区文工团政委,专业技术少将军衔。2007年4月,被国家文化和旅游部授予"优秀话剧艺术工作者"荣誉称号。

曾在海拔三四千米的冰山上巡逻、在极度缺氧的边卡上站岗,饱尝了一般作家难以想象的艰险的唐栋,因此拥有一般作家无法得到的生活感受。冰山上的艰苦成就了他,这种特殊的军旅生活为他提供了取之不尽用之不竭的创作源泉。唐栋从1975年开始发表作品,其中《兵车行》《雪线》《雪岛》《雪神》《沉默的冰山》《野性的冰山》《愤怒的冰山》等"冰山"系列小说,开创了中国西部"冰山文学"的先河,作品先后荣获全国优秀短篇小说奖、全国优秀话剧奖、解放军文艺奖、曹禺戏剧奖、剧本奖、文华剧作奖等奖项。

6年的边防连队生活,让唐栋一生不能忘怀。无论工作单位如何变换,他对连队的情结却从未改变,正如他所说:"阿拉马力,我永远的思念与自豪!"

2010年10月10日,时任原广州军区创作室主任的唐栋再次来到阿拉马力边防连,为战士们签名赠书。

唐栋的"冰山"系列文学作品,不仅提升了阿拉马力边防连的影响力,还给这个具有深厚文化底蕴和光荣历史的边防连队增添了更加神秘的传奇色彩。

爱连如家一盘磨 "豆腐班长"章福海

早在10年前记者第一次来阿拉马力边防连,就听说过"豆腐班长"章福海的故事。

章福海是陕西汉中人,1963年8月出生,1981年10月入伍,1987年10月转改专业军士,1997年3月提干,先后任战士、炊事班长、学员、副营职助理员、武装后勤科长、分区后勤部副部长等职,2005年12月退役。

在担任炊事班长12年间,面对恶劣的自然环境和交通不便带来的困难,章福海千方百计改善和调剂伙食,但由于条件限制,缺少蔬菜导致战士营养不良的问题长期得不到解决。1986年他回陕西老家探亲,到家后做的第一件事就是到集贸市场用自己的津贴买回了一盘石磨,家人问他干啥,他笑着说背回连队为官兵磨豆腐。归队途中,他背着石磨转了4次车,步行35公里路,硬是把石磨背回了连队。这盘来之不易的石磨终于在卡拉乔克山脚下的军营安了"家"。章福海用这盘石磨,当年就为连队做豆腐上千公斤,全连官兵每天能喝上新鲜豆浆。从此,连队官兵结束了喝不上豆浆、吃不上豆腐的历史。官兵们换了一茬又一茬,但石磨却依然被视为"传家宝",彰显着章福海"爱连如家"的高尚情怀。

章福海千里迢迢背石磨的故事广为流传，官兵们亲切地称他为"豆腐班长"。1988年，他被总部表彰为"全军优秀班长"。

情深意长夫妻树　忠贞爱情为见证

在边防连院中有两棵松树，被官兵们喻为"夫妻树"，这是两棵纪念着战士们与妻子之间忠贞爱情的苍松，即使是在数九寒天，也傲雪挺立。它们见证了一代又一代官兵舍小家顾大家的无私情怀，也寄托着战士们对爱妻的思念与牵挂。

连队第三任连长贺恩福在连队一干就是5年，因为当时中苏关系紧张，他3年没有探家，一心扑在工作岗位上。1968年12月，远在陕西的妻子带着孩子来驻地看望他，但由于当时下大雪，道路被封，车辆无法通行。贺连长就骑着马出山，将妻子和孩子接到了连队。这一段时间，妻子每天给战士们做饭、洗衣服、拉家常，与大家相处得如同一家人。

很快到了来年春天，妻子就要离开边防连了，妻子陪着贺连长最后一次巡逻，看到后山上满山遍野郁郁葱葱的松树，妻子说我们也在连队营区里栽两棵吧，让它们永远在一起，看到它们，你就会想起我。于是，夫妻俩从后山挖回两棵小松树，栽在连队营区里。妻子对丈夫说："你守边防我守家，你守大家我守小家。"经历了数十年岁月风霜的小松树渐渐长大了，连队官兵的家属探亲结束要离开连队时，都会来到夫妻树下，与丈夫说一说知心话儿，为松树培一把土。

战士胡士远说，我与妻子长期分居两地，有一年春节，妻子专程从江西老家来到连队，与我共同守防6天，在夫妻树前向她告别时，我悄悄地流下了眼泪。

是啊，多少驻守在边防线上的官兵们在与亲人分别时泪洒衣襟。无情未必真豪杰，落泪仍是真英雄。战士们把眼泪和对亲人的思念化作坚守祖国边防的决心，用行动践行着誓言。

民族团结兄弟树　留下青松永续缘

在阿拉马力边防连靠近大门左边有两棵松树被战士们命名为"兄弟树"。说起这两棵松树，不仅有着悠长的历史，还有着感人的故事。

1973年，连队开展"一帮一，一对红"活动，有位班长叫王蜇，班里有个维吾尔族战士叫阿不泰。王蜇教阿不泰背毛主席语录，但由于语言不通，阿不泰背不下来。王蜇很着急，就动员全班战士教阿不泰认国家通用语言文字。通过全班战士的努力和阿不泰的认真学习，在两年时间里，阿不泰不仅能用国家通用语言文字抄写毛主席语录，还能用标准的普通话熟练背诵毛主席语录。最后，阿不泰因为学习突出，参加了团首届立功受奖大会，同时被团里树立为"一帮一，一对红"学习典型。

阿不泰参加完团立功受奖大会返回连队途中，一路上感慨万千，要不是班长和全班战友的帮助，自己哪能获得这样的荣誉？看到路边有卖树苗的，于是他买了两棵松树，回到连队后栽在连队操场边。阿不泰对王蜇说："我就用这两棵树来见证我们之间的兄弟情谊。"所以，这两棵松树被一代代官兵亲切地称为"兄弟树"，也叫"谈心树"。

在阿拉马力边防站，随处可见历史留下的印迹，随时能感受到厚重的文化底蕴，随时能汲取到昂扬向上的正能量。虽然这里只是一个小小的边防连队，但来到这里，你却会收获丰富的精神给养，让心灵更加充盈。

不久前，历时三年、数易其稿的《七十二团团史》正式出版。专家认为这是兵团迄今为止记述三五九旅最为完整的历史史料，是四师集科学性、史料性、可读性于一体的史书佳作。全体编纂人员为该书的出版付出了艰辛的劳动，他们从浩如烟海的资料中撷其大要，取其精华，字斟句酌，精益求精。为确保史料来源属实可信，编委会人员及部分七十二团老同志本着对历史负责的态度，两次远赴内地，寻觅红军团足迹，多方征集史料，详尽考证选材，力求真实完整。笔者专门采访了相关人员，了解了《七十二团团史》编纂背后的故事，以飨读者。

追寻红军团的足迹

——《七十二团团史》编纂背后的故事

"生在井冈山，长在南泥湾，转战数万里，屯垦在天山。"这是王震将军对七十二团光辉历史的高度概括。

"揭竿而起自湘赣，南战北征走天山，巧绣荒原如翠锦，中华儿女非等闲。"萧克将军的宝贵题词，是七十二团历史的真实写照。

七十二团是闻名遐迩的红军团，1927年诞生于井冈山，后发展为中国工农红军三大主力之一的红二方面军第六军团，抗战时期曾是赫赫有名的八路军一二〇师三五九旅七一七团。1949年10月奉命进军新疆。1951年挥师北上剿匪，徒步翻越天山，进驻伊犁河谷。1952年进驻新源县肖尔布拉克创建农场，拉开了屯垦戍边的序幕。《七十二团团史》再现了该团80多年南征北战的浴血奋战史和挺进大西北屯垦戍边的光荣史。

《七十二团团史》既有厚重的历史积淀，又有强烈的时代色彩，是一部弥足珍贵的历史史料和宝贵财富，全书追古述今，共分5编，86万字，并配有330余幅珍贵的历史照片和图片。全书史料准确翔实、文字简约凝练、分类科学合理，涵盖了历史、经济、社会、政治、文化、科技等多方面的内容，全面、真实、客观、准确地记述了七十二团从1927年到2011年共84载的光辉发展历程。

《七十二团团史》的出版，让我们更加全面地了解七十二团的历史，也更加深刻地了解我们党的历史、国家的历史，尤其是中国人民解放军的历史，更进一步地走进历史，走进那个战火纷飞的年代，感受革命先辈英勇无畏的献身精神，为我们汲取历史经验、继承革命光荣传统提供了精神食粮，更为我们研究兵团历史，追溯四师根源，探索团场发展，提供了历史借鉴和现实依据。

重修团史利在千秋

2008年七十二团编纂过团史，但因为人员、资料等多方面因素制约，只是编写了简史，没有把红军团的历史、足迹记述清楚。

2009年四师党委决定举全师之力援建七十二团，使红军团改变了昔日的落后面貌。当年年底，时任自治区政协副主席、原兵团副政委蒋珊来七十二团考察，看到团场的巨大变化非常高兴。

蒋珊对七十二团这块热土有着深厚的感情，从学校一毕业她就被分配

到七十二团，从连队技术员、连长、生产科副科长到副政委、政委，在这里她生活工作了近20年，为七十二团奉献了最美的青春年华。即便是离开四师到兵团工作，她还时时关注着七十二团的发展，只要有机会就会回七十二团看看，看到团场翻天覆地的变化，她打心眼儿里高兴。

当蒋珊看到七十二团简史后，认为七十二团是老红军团，而原来的团史过于简单，重点写的是屯垦肖尔布拉克之后的历史，对红军团厚重的历史记述不够翔实。这些年来，许多老领导、老首长相继离去，历史资料的抢救工作刻不容缓。老一辈革命家给我们留下的宝贵财富就是光辉的历史，他们高尚的革命精神和为国家建设鞠躬尽瘁、死而后已的献身精神值得代代相传。因此，重新编纂七十二团团史，具有重大的现实意义和历史意义。

听了蒋珊的意见后，七十二团党委班子对此事专门进行讨论，决定重修七十二团团史。蒋珊主动担任七十二团编纂委员会的主编，负责全盘工作。自此，这件功在当代、利在千秋的浩大工程拉开了序幕。

两赴内地行程万里

七十二团团史曲折跌宕，为了搜集史料，补充内容，蒋珊率编委会主要成员时任七十二团团长高文生、政委戴远见、党办室主任魏建林等于2010年3月和2011年10月两次赴内地，到陕西、山西、北京、河北、福建、湖南、湖北等省市收集史料，行程上万公里。

魏建林感慨地说，两次赴内地，时间安排得非常紧凑，每天早上6点就要起床，晚上直到12点才能回到住处，看博物馆、文物馆，查找史料，召开座谈会，一路上马不停蹄。两个多月里，走过多少座城市，但我们从没逛过商场，连我都觉得累，更何况当时蒋副主席已是65岁的老人。

蒋珊一行一路上不仅到八路军驻西安办事处、中国人民军事博物馆、西柏坡等重要地点征集史料，还深入延安南泥湾、临镇、九龙泉村及永丰战役、瓦子街战役、百团大战等重要战役的发生地寻根溯源，找到了大量非常珍贵的史料。蒋珊对同行的人开玩笑说："老革命万里长征是徒步走的，我们是坐汽车、乘飞机万里长征，可是幸福多了。"

与以前的简史相比，《七十二团团史》一是历史资料特别详细，有根有据；二是番号沿革更细更清楚了；史志中共收录了120位将军（上将7名，中将22名，少将91名），每位将军的相片都收录齐了，都是非常珍贵的照片，特别是1955年授衔的女将军李贞（时任红六军团组织部部长）；从1937年以来的24任团长、24任政委图片全部找齐；1927—1936年红六军团历史沿革全部搞清楚了；以前团史没加插图，本书中收录了100余幅插图，涵盖了不同历史时期，以图文并茂的形式反映各个时期的情况；增加了红六军团战绩统计表，牺牲的团级以上干部93名。

军博专家大力支持

"团史在编纂过程中得到中国人民革命军事博物馆和解放军出版社的大力支持，特别是'军博'，我们编委会的相关人员前后去了6次，对这些专家所付出的辛苦我们深表感谢！"魏建林说着从档案柜中拿出中国人民革命军事博物馆专家亲自审阅修改的史志原稿，上面密密麻麻一片红。专家很认真，还专门将修改意见一条条整理列出。

为了确保史料来源真实可信，编委会将史志原稿送到新疆军区政治部请专家把关修改，之后又专门请中国人民革命军事博物馆的专家审核把关。

中国人民革命军事博物馆领导看了七十二团史志后非常认同，说各个历史时期的重大事件的时间段、重要人物都吻合，并且认为七十二团党委重修史志这件事非常好，这支部队为国内革命战争、抗日战争、解放战

争、新疆和平解放、建立新中国立下了不朽功勋，彪炳史册，当之无愧。

为帮助七十二团修好团史，中国人民革命军事博物馆专门委派该馆编辑研究处处长张海、周俊平、黎宁三位专家审核把关，周俊平负责解放战争部分，黎宁负责抗日战争部分，张海负责土地革命部分，共有30多万字。三位专家审阅非常仔细，并进行两次修改审核，最后定稿。

"军博不仅在我们团史审核上严格把关，还给我们提供了现在市面上根本买不到的国家军事权威书籍，如一套8本的《中国人民解放军图集》《黄河在咆哮》等，给我们的团史编纂提供了非常珍贵的资料。"回忆起这些魏建林满怀感激。

重建七一七团烈士纪念碑

说起七十二团团史，魏建林滔滔不绝、如数家珍，听他讲红军团的革命历史是一种精神享受。而《七十二团团史》的编纂出版，大家公认魏建林功不可没。

今年57岁的魏建林生长在七十二团，父母是团场的老职工。魏建林曾任宣传科科长多年，期间负责过一段时间团史编写工作。这段经历使他对团史有了一定了解，并被红军团的历史深深打动，痴迷其中，只要是跟七十二团历史有关的书籍，他都会千方百计弄到，并仔细研读。

1940年12月初，三五九旅七一七团奉命从绥德出发，先期抵达南泥湾，驻屯安县临镇镇开展大生产运动。1941年七一七团开荒种地1.12万亩（约746.67公顷），收细粮1200石，粮食自给率达79.5%、经费自给率达78.5%；1942年开荒种地2.68万亩（约1786.67公顷），收细粮3050石，粮食自给率到96.3%，经费自给率达90.3%，战士们情绪高、精神好、体力强、进步快。三五九旅在生产运动中作出的贡献，受到了中共中央和中央领导的高度评价，毛泽东称赞三五九旅是陕甘宁边区大生产的一面旗帜，为其颁发了"发展经济的前锋"的锦旗，还亲笔为其题词："既要勇敢，又要明智，二者不可缺一。"

三五九旅在南泥湾地区屯垦，"一面作战，一面生产"，坚持农忙生产、农闲练兵、劳武结合的原则，做到了生产、战备双丰收。1941年至1943年，三五九旅曾多次击退国民党顽固派对边区的军事袭扰，七一七团多次承担了战斗任务。

1943年，三五九旅七一七团在临镇镇建了一座烈士纪念碑，上有1200名烈士的名单。七一八团烈士纪念碑建在马坊村，七一九团烈士纪念碑建在南泥湾九龙泉村。1946年，胡宗南进犯延安，炸毁了七一七团纪念碑，1955年延安文史馆重新修复了纪念碑，但在"文化大革命"期间烈士纪念碑不幸被拆除。

魏建林早在1999年的一份资料上看到三五九旅七一七团纪念碑被炸毁，而七十二团前身是整建制七一七团，于是他向团领导建议重建七一七团烈士纪念碑，但因种种原因没有回音。直到2010年他随蒋珊到陕西临镇镇寻找史料时确认了这件事，再次向团党委建议，当即得到团党委的大力支持。很快，该团党委召开常委会研究决定，重建三五九旅七一七团烈士纪念碑和七一七团八路军雕像。

为了建好七一七团烈士纪念碑和八路军雕像，魏建林在陕西临镇镇住了一个多月，专门请陕西绥德一家著名石雕厂的专家来雕刻，雕像用的是河北产的花岗岩，质地坚硬，色泽稳重。七一七团烈士纪念碑正面写着"七一七团烈士永垂不朽"几个金色大字，其他三面是782名烈士名单，镌刻着七十二团的情况简介。七一七团八路军雕像左手高举一杆枪，右臂抱着一捆稻麦，寓意当时七一七团战士一边战备、一边生产，雕像基座处也镌刻了七十二团的情况简介。

当年9月7日，坐落在南泥湾九龙泉村的七一七团纪念碑和坐落在临镇镇广场的七一七团八路军雕像落成，七十二团党委在当地举行了隆重而

俭朴的剪彩仪式。当地领导及上千名群众、学生参加了剪彩仪式。

如今，七一七团纪念碑和七一七团八路军雕像已经成为当地的红色旅游景点之一，每天都有大量游客瞻仰，而刻在碑身和雕像基座处的七十二团情况简介，让七十二团这个红军团更加闻名遐迩。

寻找老团长王满耀

在七一七团的24位团长中，唯一缺的就是第六任团长王满耀的照片和生平介绍。为找到他的资料，团史编委会的相关人员费了九牛二虎之力，但却杳无音信。

蒋珊打电话给原兵团公安局局长、现任山西省公安厅厅长杨思，让他帮忙找王满耀，杨思随即安排各市县公安局寻找，但都没有找到。蒋珊又给杨思打电话，看能否在媒体上寻找其家人，杨思就在报纸、电视上刊登寻人启事，但还是没找到。找王满耀及其家人就成了编委会人员时时牵挂的一件大事。

2011年10月，蒋珊等编委会相关人员一行再次北上来到山西，蒋珊见到杨思又提及这事，杨思记在心里。2012年2月，当时杨思已调到山西省检察院。一次到运城市调研时，杨思给该市检察长说："你还有一项任务，就是寻找王满耀及其家人。"没想到，该市检察长一了解王满耀情况后说，我们院里有个副检察长，不知是不是你要找的人？叫来一核对，果真，该市副检察长是王满耀的孙子王大伟。真应了那句古诗：踏破铁鞋无觅处，得来全不费工夫。

王满耀于1940年入伍，被编入一二〇师三五九旅七一七团，曾参加过抗日战争、南泥湾大生产、保卫延安、解放战争等，为共和国的解放事业立下了赫赫战功。1948年2月，王满耀任七一七团第六任团长，同年6月被任命为三五九旅副参谋长，10月在荔北战役大壕营战斗中英勇牺牲，被追认为烈士。

2012年7月30日，七十二团举行王满耀烈士历史资料捐赠仪式，有烈士生平介绍、照片、烈士证等。现年70岁的烈士之子王朴勤和孙子王大伟万里迢迢从山西运城来到新疆伊犁四师七十二团，追寻父亲的足迹，同时王朴勤将父亲宝贵的历史资料捐赠给了七十二团。

自此，七十二团历任的24位团长、24位政委的资料、照片全部收齐。

兵团领导关心修史

由于七十二团"红军团"的特殊身份和地位，《七十二团团史》编纂工作受到兵团党委，许多兵团领导和兵团老领导的关注、关心和支持。

到了七十二团团史编纂后期，编委会在乌鲁木齐市设立了一个暂时办公的地方。为了加快编纂速度，相关人员午饭后不休息加班，蒋珊就在自己的办公室的沙发上小憩一会儿。后来这事让魏建林知道了，他建议工作人员买一张可以折叠的行军床，安放在蒋珊的办公室里，方便她午休。

今年90岁的原兵团副司令员祝庆江的眼睛在"文革"中被打坏了，一只眼睛失明，另一只眼睛视力也很不好。编委会相关人员把团史序一、序二、前言、后记送去请老人审核，给老人念，发现问题立即停下修改。

在编写过程中，赵予征、祝庆江等老同志自始至终对该书提供指导和协助，多位红六军团、七一七团、十三团、十团、七十二团老同志及其遗孀、后代也为该书提供了许多珍贵资料。

为寻找相关史料，编委会相关人员专程到西安，与冯祖武的夫人李历交谈，核对一些老照片上的老革命的名字，了解相关情况。80多岁的李历非常支持这项工作，并赠送了许多冯祖武的老照片和一些史料，还捐赠了一个陪伴冯祖武一生的军用皮箱。

2010年3月，当蒋珊一行第一次赴内地征集史料时，到北京的当天下

午就召开了座谈会，邀请相关老领导的后人，如王震将军的儿子王军、萧克将军的儿子萧新华、王恩茂的儿子王北建和女儿王北难、左齐的女儿左凌、冯祖武的儿子冯铁兵等，大家对七十二团党委重修史志给予高度评价，并表示大力支持。王北建捐赠了父亲抗战时期用过的一个公文包和在三五九旅当副政委时戴过的一副眼镜，左凌捐赠了几本《共和国独臂将军左齐》画册。

《七十二团团史》定稿后，编委会印刷了50册简印本，送给部分老前辈和史学专家审阅，请他们提出修改意见，然后专门安排人员将所有修改意见进行整理汇总，再进行补充完善。

今年90岁的兵团原副政委赵予征对编委会相关人员说："你们完成了一项浩大的工程，这是目前写三五九旅最全的史志，可喜可贺！感谢七十二团党委做了一件功在当代、利在千秋的事情！"

通过此次团史的编纂工作，编委会全体人员不禁感慨：湘赣和湘鄂川黔苏区的游击队、赤卫队了不起！红六军团了不起！三五九旅七一七团了不起！五师十三团了不起！今日的七十二团更了不起！

战火纷飞的年代里，他身经百战、机智勇猛，用鲜血和生命书写了一段厚重的人生经历；中华人民共和国成立后，他勤勉工作，将自己的后半生奉献给了伟大祖国的建设事业，在兵团一干就是25年。今年是中国人民抗日战争暨世界反法西斯战争胜利70周年，记者来到十二师一〇四团采访了这位已89岁高龄的老八路李惠修，与老人一起追溯那些尘封在烽火硝烟中激情燃烧的岁月。

一位老八路的传奇人生

8月5日，在十二师一〇四团麓溪花园小区一套陈设简单的楼房里，记者见到了老八路李惠修。也许是多年从事电台工作的原因，虽然年事已高，但老人记忆清楚，口齿清晰，只是多年落下的哮喘病让他说话时有些费劲。回首那段难忘的岁月，老人瘦削的脸上不时泛起丝丝红晕。

巧抓日本特务

1926年10月出生在东北农村的李惠修，由奶奶一手拉扯大。5岁时，奶奶将他带到了老家沂蒙山区沂水县姚店子镇。

　　1937年，日本帝国主义发动了全面侵华战争，抗日的烽火燃遍了中华大地。李惠修所在的村庄成立了儿童团，由于机灵、勇敢，他被选为儿童团团长，带着小伙伴们站岗、放哨，有时还给八路军送情报，多次受到区领导的表扬。

　　1940年，李惠修所在的村子成立了民兵组织，组织上任命他为民兵队长，但民兵组织对外暂时保密。

　　有一次，村里来了一个年轻的女子，看上去很有教养，腰里别着一把枪。她对村里人说，自己是区里派来做妇女工作的。她整天和一群大姑娘小媳妇混在一起，晚上就住在民兵队员庄会信家。

　　一段时间后，李惠修总觉得这个女人有些不大对劲。首先，她不愿与区里来的领导接触，看到八路军、游击队员眼神总是游离不定。其次，民兵在夜里巡逻，好几次都碰到她在村子里四处游荡，问她为什么这么晚还不睡觉，她总是支支吾吾，东拉西扯。

　　一次，李惠修到区里开会，向区长说起了这个女人，区长却说不知道这个人，并让李惠修多注意她。民兵大会上，大家纷纷提出疑问，最后决定对她进行严密监视。恰在此时，庄会信的姐姐哭着找到李惠修说，这个女干部趁着她夜间熟睡时非礼了她。"难道她是个……"李惠修的话还没说完，其他民兵立即接着说："是个男人！"庄会信当时就跳起来说："看我非宰了他不可！"李惠修按住了他，说："先不要冲动，我们商量一下，看如何处置他。"大家异口同声地说："这样的人肯定不是好人，我们把他抓起来送到区上！"李惠修同意了大家的提议。

　　打听到这人此时在村主任家里，李惠修拿着抗日先锋队发给他的枪，带着几个民兵往村主任家赶去。一进门，只见"她"正装腔作势地向村主任汇报工作。

　　李惠修绕到"她"身后，用枪顶着"她"的腰，大声说："别动！举起手来！""她"乖乖地举起双手，李惠修立即将"她"扭住。当村主任看到女干部变成了大男人，又听了他干的坏事后，坚决支持李惠修将他扭送到区里。

到了区政府，经审讯，他竟是个地地道道的日本特务。之所以男扮女装，是因为他觉得女人不容易引起怀疑。

他交代说，他的目的是摸清村子里和附近村庄武装力量的情况以及民兵的具体行动等。由于李惠修和民兵们保密工作做得好，这个特务很长时间都没有弄清具体情况。

直到此时，村民们才知道村里早有了民兵，也知道了李惠修就是民兵队长。由于李惠修他们的民兵工作做得非常出色，1942年，区里将他和几个民兵吸收到了青年抗日先锋队，负责破坏敌人的交通线，帮助游击队埋地雷，深入敌人据点周围摸情况。八路军、游击队根据李惠修他们提供的情报，消灭了好几个鬼子、汉奸。

葫芦峪之战

1944年8月15日晚，八路军鲁中军区集中四个主力团、军区特务营联合地方抗日武装力量发动了沂水战役。

经过激战，于17日6时全歼南关的日军，收复沂水县城，巩固了鲁中山区抗日根据地，使鲁中、滨海两区连成一片。战斗结束后，李惠修也光荣地加入了中国共产党。

1944年秋，鲁中军区要组建新兵团，李惠修和队员们被编入新兵团第三师第九团。这时抗日战争已接近尾声，但日本侵略者不甘心失败，妄想做最后的挣扎，他们从青岛、烟台等地纠集了大批日伪军，对已收复地区实施疯狂大反扑。

为了应对敌人的大反扑，鲁中军区部署了周密的计划，决定将敌人引入葫芦峪，一网打尽。

　　葫芦峪地形复杂，三面环山，只有一条路可走，进来容易出去难。为了夺取这场战斗的胜利，鲁中军区大部分人马早已埋伏在进山的两侧，一支小分队率大批老百姓，佯装往葫芦峪方向转移，迷惑敌人。不明真假的日伪军紧追不放，一直追进葫芦峪。

　　看到日伪军浩浩荡荡地进了葫芦峪，山两侧顿时响起密集的枪声，敌人立刻乱了阵脚，东躲西藏，抱头鼠窜。

　　日本骑兵被打得人仰马翻，乱成一片。

　　"轰、轰"，慌乱中，一个个地雷被踩响，这下更热闹了，地雷的爆炸声、枪声、炮声、手榴弹声，响彻云霄，战士们"冲啊、杀啊"的呼喊声震天动地。敌人被打得晕头转向，死的死、伤的伤，无路可逃，只好乖乖投降。

　　李惠修说，葫芦峪之战是他参加的第一次大规模战役，他在战斗中缴获了敌人的一支驳壳枪，并用这支枪打死了好几个鬼子。当时有个鬼子军官骑着马向山里逃去，李惠修和另外两个战士一起去追。因为李惠修从小光着脚都能跑得飞快，所以很快把两个战友甩出老远。

　　鬼子军官只顾往前逃命，跑到无路可走之处，又回过头来朝反方向狂奔，李惠修边追边喊："一班快截住他！二班快开枪！"听到喊声，鬼子军官明显慢了下来，还不时东张西望。李惠修趁机瞄准，一枪将他打下马来。这时，两个战士也赶了上来，走过去一看，鬼子军官已经气绝身亡。于是，他们牵着马回到了队伍中。

　　李惠修向队长汇报了击毙鬼子军官的过程，队长高兴地拍着他的肩膀说："好样的！打仗就是要机灵，你是块打仗的好材料。这支驳壳枪以后就是你的了！"

　　这场战斗让李惠修兴奋了好几天。之后，他天天盼着打仗，战友们都说他是打仗打上了瘾。

转战东北前线

1945年5月，李惠修终于成了鲁中军区第四团一名真正的八路军战士。

多年的愿望变成了现实，他激动万分，暗暗对自己说："你可要争气啊！要对得起这身军装！"

1945年8月15日，日本侵略者宣布无条件投降。人们纷纷走上街头，唱啊跳啊，表达心中的喜悦之情。李惠修所在的部队也召开了庆祝大会。会上，大家群情激奋，欢呼声此起彼伏，战士们说得最多的一句话是："我们终于活着看到了这一天！"

1945年10月，根据中共中央关于向东北发展，并争取控制东北的战略部署，八路军山东军区分批进入辽宁，担负剿匪、扩军等任务。

李惠修随部队开赴东北前线。一路上，上有飞机轰炸，下有敌军围追堵截，李惠修和战友们一路走一路打，许多和他一起出征的战友都牺牲了。

途径潍坊、掖县（今已撤销）、黄县后，部队到达烟台。在烟台，部队在当地征集了上百条渔船。老百姓听说八路军要到东北去打日本鬼子，都纷纷将渔船送到部队。为了能顺利东渡，部队安排战士们躲藏在渔船甲板下的船舱里，连以上的首长都化装成渔民站在甲板上，指挥渔船前进。

经过两天两夜，渔船到达辽宁的彼子口。李惠修和战友们大多都是北方人，从没坐过船，头晕恶心，呕吐不止。

修整了三天后，部队出发了，一路前行到达海城，当时那里驻扎着国民党一八四师。

谁也没想到国民党在这时候突然调转枪口，八路军刚进入海城，国民党一八四师就对我军发动了进攻。刚刚进城的八路军联合驻扎在海城的抗日联军，在大牛庄与国民党一八四师交火。经过激战，我军打退了敌人数

次进攻。

攻打新开岭

在李惠修的战争生涯中，攻打新开岭是一场恶战。在这场战斗中，八路军集中优势兵力，在辽宁凤城北部地区歼灭了国民党第五十二军二十五师8900余人，首创东北民主联军一个纵队全歼国民党一个整师的先例，得到了中央军委和毛泽东同志的充分肯定。

1946年2月，李惠修所在的部队整编为东北民主联军（后改名为东北野战军）。抗战结束后，部队继续前行到达辽阳。在辽阳驻扎期间，上级首长在各连队中挑选了一批既有文化又可靠的战士去学习报务，李惠修有幸被选中。

学成归来后，李惠修被分配到了东北民主联军十二师师部当电报员。一段时间之后，领导看李惠修技术好，发报速度快，又把他调到吴克华司令员身边。

吴司令员对李惠修的工作非常满意，经常说"小鬼，干得不错!"，这是对李惠修最大的褒奖。

1946年的冬季似乎比往年来得更早些，刚刚进入11月，就连下了几场雪，已是天寒地冻。由于部队条件艰苦，供给困难，好容易盼到的冬装，可在运输途中全部被敌人的飞机炸毁。

如何能让全军将士顺利过冬，成了摆在部队首长面前的一道难题。而此时，国民党第五十二军二十五师又对我军展开了进攻，并很快占领新开岭。

他们妄图利用新开岭的有利地形，彻底消灭我军。

在军事研讨会上，吴司令员斩钉截铁地说："我们一定要克服重重困难，打赢这场战斗，夺回新开岭!"

国民党第五十二军二十五师是一支极具代表性的蒋军嫡系部队，因善于长途奔袭，在国民党部队中有"千里驹"之称。这是一支美械半机械化部队，战斗力较强。

在攻打新开岭的三天三夜中，李惠修寸步不离地守在吴克华司令员身边，不时地将前线发来的战况告知司令员，然后又将司令员的命令发往前线。最后，当他将我军攻下新开岭，并全歼敌人的电文交到司令员手中时，已是精疲力竭，胜利是多么来之不易啊！

在这次战斗中，我军不仅全歼敌人，还缴获了大批战利品，不仅有各种新式武器装备，还有大批美式大衣和战靴。战士们每人都能分到一件美式大衣，正好解决了过冬难题。

梅河口战斗

那时候部队流传着一个顺口溜："吃菜要吃白菜心，打仗要打新六军。"的确，国民党的新六军装备精良，气焰嚣张。

1947年盛夏，国民党新六军二十六师攻占了梅河口。当时我军就驻扎在梅河口外围。听到敌军攻占梅河口的消息后，全军都进入一级战备状态。在这危急时刻，部队首长动员全军，并联合地方武装力量，军民齐上阵，决心打赢这场战斗。

当时上至我军的大卡车，下至老百姓的毛驴车，都在往梅河口运送弹药，一路上车流不断、人流涌动。道路两旁摆放着一排排棺材，战士们背着背包，扛着枪，一队一队从棺材前走过，有些战士还开玩笑地说："看，那口棺材给你准备的，这口是给我准备的，怎么样，还不错吧！"有的战士说："我们打仗战死了，还有口棺材，值了！"大家你一言我一语，不时发出阵阵笑声，没有一丝害怕的感觉。

6月20日凌晨，战斗打响了。我军向敌人发起猛烈进攻，万炮齐发，

喊杀声震天。在我军密集的炮火攻击下，敌人没有还手之力。很快，他们的阵地就变成了一片火海，敌军死的死、伤的伤，损失惨重。

其间，李惠修在首长身边已经一天一夜没有合眼。前方的战况不断通过无线电波传到军部，首长的一道道命令又通过无线电波发往前线。前方的战况时时刻刻牵动着首长的心，也牵动着李惠修的心。那种紧张、忧虑、担心，是常人无法体会的。

由于在梅河口战斗中几天几夜没合眼，再加上之前有些感冒，李惠修的病情加重了，一连几天高烧不退。首长见他病情严重，一时无法跟着大部队转移，就把他送到敌后的临江总部。

当时没有固定的人员管理档案，加之后来几经辗转，李惠修的所有档案资料全部遗失，包括入党介绍信。为此他难过了很长时间。两个月后，李惠修回到了吴克华司令员身边，继续工作。

塔山阻击战

在李惠修的记忆中，塔山阻击战是最为艰难的一战。军史专家曾评说：此战是辽沈战役中最艰难的一战，激烈程度无法用语言来描述。这次战役也是美国西点军校唯一收录的中国经典战例。

1948年1月，东北民主联军改名为东北野战军，第四纵队归属东北野战军，司令员由吴克华担任。

经过艰苦转战，到1948年秋，我军已经从根本上改变了东北战局，东北97%的土地和86%的人口获得了解放，我军总兵力发展到100余万人，装备改善，士气高涨。而东北的国民党军队由于连连受挫，损兵折将，55万余人被分割在长春、沈阳、锦州三个互不相连的地区，长春、沈阳的陆上补给线又被我军截断，国民党军心动摇，士气低落。

面对东北的不利形势，蒋介石很焦急，是撤还是守，举棋不定。毛泽东从全国战局着眼，做出了东北野战军主力南下，把作战重心放在锦州，同时歼灭由沈阳来援之敌的战略决策。

1948年9月12日，东北野战军发起了辽沈战役，首战是进攻锦州。塔山是国民党军队西进驰援锦州的必经之路，也是我军堵住国民党援军的必争之地。

塔山阻击战，我军以8个师阻击，而国民党军队以11个师进攻，战斗异常激烈。国民党军队整团、整师甚至整军发起冲锋，阵地反复易手，有的阵地反复争夺达数十次。在六天六夜的苦战中，仅塔山一处，国民党军队就遗尸6000多具，整个塔山防线被鲜血洗了一遍。

在这场战斗中，国民党军队轮番攻击五昼夜未能攻下，后来把号称"没有拿不下的阵地"的赵子龙师 —— 独立九十五师拿出来冲锋，并以50万金圆券抽骨干分子组成"敢死队"，以整营整团排成密集阵形冲锋，当即遭到了解放军轻、重武器的反击。国民党独立九十五师虽然多次攻入解放军塔山阵地，但在解放军的坚决反击下始终不能越过塔山一步。经过两天的较量，国民党独立九十五师伤亡了三分之二，最后缩编成三个营撤回华北。

9月15日凌晨，国民党军队又以5个师偷袭阵地，见解放军用尸体堆积起来的工事望而生畏。到12时，国民党军队全线溃退，战役结束。

塔山阻击战时，吴克华任东北野战军第四纵队司令员。在塔山阻击战的几天几夜里，李惠修不分昼夜地守在电台前，筋疲力尽。说到这段经历，老人情绪十分激动："到了第三天时，我的脑袋胀得嗡嗡作响，眼皮不停地打架，真恨不得美美地睡一觉。每当我把眼睛闭上稍微休息一下又睁开时，始终看到吴司令员那焦急的神情。由于几天几夜没合眼，司令员的双眼浮肿，眼睛通红。看到他不停地走来走去，还不时地看手表，我就想首长那么坚强、沉稳，而自己劳累一点就挺不住了，真是不应该。于是，我又打起精神，以饱满的热情投入到工作中。"

　　李惠修及时将前方战况发给中央，又将中央的回电交给吴司令员。当收到我军胜利完成阻击任务的消息时，指挥部里发出一片欢呼声，大家紧绷的弦终于放松下来。战后，吴司令员被誉为"塔山名将"。

飞马送战报

　　1948年11月下旬，解放军切断了平张线，包围了张家口市和新保安镇，割断了北平、天津、张家口、塘沽之间敌人的联系，并且完成了对敌人的分割包围。

　　听说解放军要攻打张家口，驻张家口的国民党军队早已溃不成军，纷纷逃窜。我军乘胜追击，一举歼灭了驻张家口的国民党军队。

　　当时，由于电台出了故障，无法将我军攻占张家口的消息及时汇报给总部。吴司令员给总部首长写了一封亲笔信交给李惠修，让他务必在最短的时间内送到总部。说来也巧，正好敌人的一个骑兵旅被我军打散，于是李惠修随便抓了一匹战马一跃而上，朝着北平方向飞驰而去。

　　一路上，敌人的飞机来回轰炸，李惠修骑在马上左躲右闪，多次避开了敌机的轰炸，马不停蹄地一路狂奔。张家口离北平500多公里，他大半天就赶到了。当他把吴司令员的信交给总部首长时，一下子从马上滚了下来，不省人事。醒来时，他发现自己躺在总部指挥中心。总部首长握着他的手说："小同志，你的任务完成得不错，回去后可要好好休息呀！"

　　由于李惠修不惧危险，及时将前线战况送达总部，出色地完成了任务，被记了一次大功。

　　1949年1月，解放军进驻北平。不久，李惠修再一次加入了中国共产党。

　　后来，李惠修随部队南下。经安阳战役，解放武汉三镇战役，解放长沙、桂林，最后到达广东，进驻广州。1949年10月1日，当收音机里传来北京举行"开国大典"的消息时，大家激动得欢呼雀跃。为了纪念这一天，李惠修把自己的生日改成了10月1日。

中华人民共和国成立后，中央决定建立海军，在全国各个部队中选拔优秀战士，李惠修荣幸地成了我国第一批海军战士，在南海舰队从事电台工作，并参与了解放南澳岛、大陈岛、小陈岛等战役。

1956年春，李惠修回到山东老家，经人介绍认识了韩淑兰，他们组建了一个幸福的家庭。1957年秋李惠修转业来到北大荒，1959年9月被调到新疆生产建设兵团农六师第二医院任书记，后又被调到农六师党校任书记。1964年夏，因工作需要李惠修被调往农六师商业处，后又被分配到一〇四团中心商店任指导员。

无论在哪个岗位上，李惠修都认真踏实，以身作则，任劳任怨，受到单位同事的爱戴。由于严重的哮喘病，李惠修不能继续工作，于1984年办理了离休手续，回家安享晚年。如今，在新疆兵团军垦博物馆的老八路名录上，还能看到李惠修的名字。

回忆过去，是为了更好地珍惜现在。回忆起那些烽火硝烟中的艰难岁月，李惠修老人感慨万千，那么多战友都牺牲了，自己能活到现在，过上幸福的晚年生活，非常知足。

亲历了中华人民共和国成立以来，特别是改革开放以来兵团的巨大变化，李惠修老人真挚地说："现在我们国家越来越强大了，我们要珍惜这来之不易的幸福生活，真诚祝愿我们伟大的祖国越来越好！"

在北京遇见"阿达西"

偶遇

2017年的秋季，在北京鲁迅文学院学习。约好下午2点拜访一位专家，课一结束匆忙吃完饭，立即奔向379路公交车站。到左家庄站下车，跟着导航不久便找到约定的地点。因时间尚早，便顺着小巷往前走。

窄窄的巷子里两旁是高大的树木，深秋季节，树叶开始泛黄，地面上已有凋落的叶片。出巷口右拐几步竟然发现一家清真餐厅"阿达西"，在离家万里之遥竟然能够遇到熟悉的家乡味道，顿生亲切之感。

推开门，新疆维吾尔族麦西来普奔放的旋律扑面而来，热情的服务员快速迎上来问候，空气里弥漫着熟悉的烤肉、孜然和皮芽子爆炒辣子的香味。

找了个朝南靠大玻璃窗的位置坐下，告诉服务员不吃饭，只是坐坐。乖巧的服务员立即端上一壶热茶，便悄悄退下。

秋日的阳光透过落地玻璃窗暖暖地倾泻在餐厅里，长条桌子上摆着印有艾德莱丝绸花纹和"阿达西"餐厅商标的餐具，已是下午快上班的时间，餐厅里依然有不少人在吃饭。

翻开厚重的菜单来，映入眼帘的是一道道熟悉的菜肴，大盘鸡、红柳烤肉、架子肉、烤包子、大盘羊肚……居然还有奇台过油肉、石河子凉皮、兵团有机菜花等，让我惊诧不已。因为刚吃过午饭，便控制住点菜的念头，咽咽口水合上菜单。

因为是新疆人，加上记者的职业习惯，我与一个年轻的小伙子刘青聊起来。中等身材、一脸憨厚的刘青告诉我，"阿达西"是北京的一个清真连锁餐饮品牌，目前在北京有10家连锁店，老板是新疆乌鲁木齐八家户人，来北京打拼多年了。这一听，是老乡，心里更加亲切。

我问刘青去过新疆没有，他回答说今年7月份才去过，自驾游，从乌鲁木齐到阿勒泰，再到塔城、奎屯、伊犁，再到焉耆、和田、喀什，一共转了20多天。哇，这可是一般人做不到的浩大旅游线路！包揽了新疆所有重要的经典的景点。

再仔细一问，原来是"阿达西"的老板专门组织优秀员工到新疆去旅游的，这是企业的一项奖励机制。顿时，对这位素未谋面的老板心生敬意。看来，他跟我一样，只要有机会就会向别人推介新疆，这种对新疆深入骨髓里的爱是新疆人的"通病"。

北京，偌大的首都，遇见家乡人的激情在心中久久回荡，回鲁院后当晚便写下以上文字，但感觉不够深入，缺少深度。于是，周末再次前往左家庄的"阿达西"，目的一是品尝，二是再次深入采访。

还是坐在那个靠南玻璃窗的位置，不同的是点了一个小份大盘鸡、一份过油肉、四串烤肉，和同行的一位同学一起品尝。

时间不长，热气腾腾、色香味俱全的大盘鸡便端上来，橙黄的土豆，青翠的辣椒，筋道的鸡肉，是一场绝妙的组合，再配上一盘皮带面在汤汁里搅拌后，裹上了肉的香味，沾上了辣椒的热情，伴着土豆的绵香，而新疆面食本身的劲道，在多种味道的碰撞糅合下更加香醇，呈现出地道的新疆风味。

过油肉盘虽不大，但盘子深并且装得满实满载，一看便是地道的新疆风格。皮芽子、青红辣椒、牛肉，配上碧绿的蒜薹和黑木耳，在烈焰和铁锅的高温爆炒中散发出的混合的独特香味，只有新疆菜才具有的特殊香味

扑面而来。

烤得焦黄的烤羊肉，那远远便传来的孜然和辣子面的香味，还有炭火烧烤包裹的肉香味，还未上桌便诱得人垂涎欲滴。这是多么熟悉的味道呵！一瞬间，万里之外的故乡便立即飞到了眼前。

这样包裹着浓重乡情的美味，一份皮带面如何能安慰我们两个月远离故乡的胃呢？当我们一再喊加面时，让我惊讶的是"阿达西"加面居然不收钱，这在当今首都餐饮业中是很少见的，即便在新疆也很少有餐厅这样了，这又让我对店主由衷地心生敬意和好感。

再次采访刘青，得知今年25岁的他居然是这家店的厨师长。在"阿达西"已经工作4年的他，对企业有着深厚的情感。这种情感之深，与他的年龄和经历并不相符。

毕业于北京某烹饪学院的刘青，曾在国家机关事业单位下属的餐厅工作过3年，后来自己创业开餐厅失败，经人推荐来到"阿达西"，至今已有4年之久。

刘青说，"阿达西"共有员工300余人。在这里工作的员工都非常稳定，有的长达10多年。我问为什么，因为现在的年轻人太喜欢跳槽，稍不如意就会炒老板鱿鱼。他笑着说，我们的老板非常好，在这里工作有家的感觉，心里很踏实。

按照刘青所说，"阿达西"对员工很好，也很信任，每年过古尔邦节，企业会派人去员工来源比较集中的甘肃、宁夏、新疆等地方宰牲，给每家每户送肉上门，特别不方便送不了肉的地方也会寄些干果等新疆特产，代员工表达心意。员工正常享受假期，每月四天。每年企业都会组织员工外出旅游，工作一年是北京一日游，两年周边二日游，三年五日游，五年出国游，目前已有10多人出国旅游过了。

刘青说，企业对员工言而有信，每月15日发工资绝不会拖欠，一般的员工月收入平均四千五百元左右，这在北京餐饮行业是偏高的。我问刘青，你的收入多少？他回答，七千五百元。我惊讶，你的工资不低啊，比我这个报社总编的还要高。他笑着说，这还不是主要的，我在企业的分红是大头，一年下来小30万元。这更让我咋舌。

原来，"阿达西"本着让员工与企业共发展共致富的原则，愿意让更多的员工拥有股权，企业占51%，其余49%员工可以购买。新店开张3个月盈利后，企业才会让员工购买股权，确保员工有所得有收益。并且，中层领导工作满一年可享受本店2个点的股权分红，两年4个点，以此类推。刘青不但自己入了股，还买了别人的股，共入股30万元。我笑说，你这入的股本一年就收回来了。刘青开心地笑了。

听着刘青的讲述，我对这家企业的老板的好奇心更浓了，这是一个怎样的人呢？能够在北京这样的首都开餐厅就不容易了，并且能够做成连锁店，这样的一个新疆人身上应该有着更多的传奇经历吧。

我一定要见见"阿达西"的老板！我让刘青帮我联系，他面露难色，我们老板不喜欢媒体采访，前阵子一些宁夏和北京媒体的记者要采访他，听说都被拒绝了。

我不再为难小伙子，要了"阿达西"的老板摆风兴的微信名片，主动加上，并把写了一半的稿件发过去，说明来意，此次采访没有任何功利目的，只是一个新疆媒体人在北京对来此创业的新疆老乡的一份关注。

拨通了刘青给我的电话，对面传来的是一个沉稳的有着磁性的男中音，听了我的简单介绍和来意，沉吟片刻他同意接受采访，并邀请我们到他的公司去见面聊。

来到位于金台路21号的"阿达西"清真餐饮有限责任公司，见到"阿达西"老板摆风兴让我大吃一惊，这个开有9家连锁店的老板居然才36岁。而在这么年轻的人生岁月中，他居然几经波折，尝遍商海浮沉之艰难，皱纹也因此早早地爬上了他的额头。

高大的身材，稍黑的皮肤和一双真诚的大眼睛，显露出摆风兴身上

延续的西北人粗犷的血脉。而一身白色棉质T恤和外搭的棉质衬衣、牛仔裤，以及熟稔的工夫茶手法，又让人感受得到北漂多年"京文化"对他深深的浸染，包括话语中自然流露的京味儿。

初闯京城

从16岁少年懵懂初闯京城到今年，摆风兴已经在北京度过了20个年头，从新疆到北京的无数次穿梭往返中，最终，他还是选择留在北京发展自己的事业。

出生于1980年的摆风兴，家住乌鲁木齐，兄弟5个，他排行老四。父亲腿部早年因公受伤，不能干重活，母亲身体弱长年生病，加之孩子又多，家庭非常贫困。

摆风兴虽然深知生活的艰辛，但与同时代的乡村孩子一样，经历了调皮爱打架的少年时代。1996年，因为打架闹事，年仅16岁的少年摆风兴一气之下只身一人来到北京闯荡。没有亲戚朋友可以依靠，最后他只好来到位于郊区的"新疆村"。

在北京，"新疆村"是很有些名气的，一方面是因为新疆特殊的地域和特殊的少数民族，另一方面是因为"新疆村"的形成是很有些历史的。

20世纪90年代中期的北京有两个"新疆村"：一个位于白石桥路的魏公村，另一个位于海淀区甘家口增光路。"新疆村"既不是自然村落，更不是行政编制，它的得名，是由于那里聚集了大量来自新疆、以维吾尔族为主的少数民族流动人口，他们以经营餐馆为生。

北京历来是多民族活动的城市，而维吾尔族人与北京的关系由来已久。根据文献记载，早在唐代，就有大批维吾尔人的祖先 —— 回纥人在幽州（今北京）一带活动。当时的长安、太原和幽州几座城市是回纥商人比较集中之地，仅常住长安的就有1000余人。他们在这些城市中还"殖资产，开舍第"，与汉人通婚。

魏公村始建于元代，当时称为"畏吾儿村"，是一个维吾尔人聚居的村落。在元代，畏吾儿贵族和文人受到重用，在政府、军队中担任要职的很多。其中较早来到元大都（北京）的一批畏吾儿贵族，就被安排到风景秀丽的西郊高粱河畔聚族而居，形成了一个村落，当时人称"畏吾儿村"，即今天的魏公村。到了清代，"畏吾儿村"改名魏公村。

北沙沟东距甘家口商场约300米，邻近位于二里沟的新疆驻京办事处，北距中央民族大学约2公里。1984年，这里开设了首家维吾尔族馄饨馆。到1987年，维吾尔族餐馆增至15家。1992年1月1日，海淀区政府正式命名这里为"新疆村"。

摆风兴初来京城，也是靠朋友的关系落脚到"新疆村"。好在因为家庭生活困难，摆风兴从小有过摆夜市、卖菜卖鸡的经历，打零工、挣小钱，到饭馆打杂、做小厨。七八个月时间，居然挣了1万多块钱。这在那时是非常可观的一笔收入。

因为在北京生活不习惯，加之年纪尚小，父母不愿他在外流浪，1997年夏季，他又返回新疆，回到了过去的生活当中，帮父母干农活，日出而作，日落而息。回忆起当时的情景，摆风兴说，秋天收玉米时，脸上、脖子、胳膊上的皮肤会被玉米叶上的锯齿拉出印子，汗一渍就会生生地疼。这样的日子每天消耗着少年摆风兴对生活的激情。

1997年10月1日，当摆风兴在新闻联播里看到香港回归祖国的新闻时心情十分激动，这辈子能到北京天安门去看看，让我干一年收玉米棒子这样的苦活儿都值得！

有了这样的念头，少年摆风兴的心思又慢慢活了起来。决不能就这样按照父母的方式生活！这样的生活对摆风兴来说，是对自己生命巨大的浪费。

虽然那时候年少的他还没有真正明白生命的意义，但懵懵懂懂中，新

闻联播里那个激动人心的首都天安门的画面已经深深地刻在他的心里，成为他少年时代一个清晰而美好的梦想。

再闯京城

香港回归后不久，摆风兴随着自己的心愿再一次来到北京，也更加体会到生活的艰难和危险。

"但在危难关头我总会遇到真诚帮助我的人，这也是让我下定决心努力做得更好，以便自己能够帮助更多的人的原因。"谈起那些帮助过自己的人，摆风兴满怀感激之情。

由于管理不到位，那时的"新疆村"十分混乱。摆风兴说，那时我个子小，经常有人让我跑个腿送个东西，我也不知道是啥，送完就能拿到一点辛苦费。

有一天，我外出被人盯上了，吓得我撒腿就跑，那人在后面边追边开枪，子弹"嗖嗖"地在我耳边飞过，吓得我心惊肉跳，不小心把鞋都跑掉了。

少年摆风兴惊恐万状地躲避身后追杀他的人，却迷了方向一头扎进了一个死胡同。绝望的他看到一个小饭馆，什么也顾不上，直冲了进去。"大姐，救救我！"他朝着店里的一位老大姐哭喊。大姐什么也没说，赶紧把他藏到后院卧室大床下。

"那是老北京式的大床，盖子可以掀起来，把我藏进去，再盖上盖。"摆风兴解释说。

追杀的人进来，摆风兴只听见大姐说没见着什么人，并且气呼呼地跟闯进来的人吵起来。因为大姐是北京本地人，不一会儿，来人悻悻地走了。

大姐把摆风兴放出来，给他讲了很多做人做事的道理，年少的摆风兴虽然不能完全听懂，却知道大姐是为他好，从这件事他也知道大姐是个仗义的人。大姐是回族，开的是清真饭馆。于是，他问大姐饭馆需不需要人，自己有些厨艺，可以在这里帮忙，没有别的要求，只要给点饭吃就行。好心的大姐同意了。

进京几个月来，摆风兴小打小闹挣了2000块钱，不会到银行存钱的他，把钱藏在一个地方的下水道里。为了报答大姐的救命之恩，他把藏钱的地点告诉大姐，想把这些钱送给大姐，以感谢救命之恩。但大姐坚决不要，看摆风兴也是个乱花钱的小家伙，大姐帮他把这些钱存了起来，说等他哪天需要时再给他。就这样，少年摆风兴的生活从此稳定了下来。

"大姐人特别好，特别大方，肉让你可劲儿吃，爱怎么吃就怎么吃，只要不浪费。"说起这位救命恩人，摆风兴滔滔不绝。

"大姐的女儿在英国，让她移民英国。大姐临出国前，把饭馆送给摆风兴经营，还一个劲地夸我，说我这辈子就是干餐厅的料。其实，现在我想想，那时候的我多么幼稚，那时候我懂什么啊，是大姐在鼓励我。她还把我以前挣的2000块钱和后来挣的钱都还给我，同时也把自己的客户资源都介绍给了我。"摆风兴在北京干事业的第一步从此迈开。苦孩子出身的他，干活细致，不怕吃苦，亲自掌勺，经营一年多，挣了两三万元。

"饭馆拆迁时赔给我5万块钱，我没要，给了大姐，大姐也没要，又给了我。很可惜的是，2003年'非典'流行的时候，父母急着让我回家。而我也被'非典'吓坏了，急急忙忙偷着回新疆，把手机和行李全丢了，从此没了大姐的联系方式。这辈子我太感激大姐给我的帮助了。"

是摆风兴口口声声中的"大姐"，一个陌生的北京人把他的人生之路引上了正轨，摆风兴永世难忘。

"你问我为什么给餐厅起'阿达西'这个名字，是因为我觉得我这辈子遇到很多好人帮助我，我在心里一直感激这些朋友。'阿达西'的维吾尔语的意思是'朋友'，我希望我的餐厅有更多的朋友来这里，让更多的人成为朋友，在这里找到友谊、延续友谊。"摆风兴的话语中饱含深情。

三闯京城

摆风兴告诉我，2003年"非典"流行时期，北京城成了空城，吃饭的人少之又少，生意不好做，加之父母怕他死在外面要求他必须回家，摆风兴拗不过父母就回到了乌鲁木齐。

已经在京城餐饮业摸爬滚打几年的摆风兴，不再是当年懵懵懂懂、不谙世事的小伙子了，做事雷厉风行的性格已经形成。在没回新疆之前他已经考虑好回去做什么，花了8000多元在河南路接了一家饭馆。2003年5月1日到家，当月18日他的饭馆就开张了。

"我没有多少文化，但我最喜欢最崇拜的人是毛泽东，他的书我经常看，我佩服他临危不乱的气场，还有大胸怀和大格局，老厉害了！"也正是对毛泽东这样的伟人的崇敬之心，让摆风兴保持不断自学的状态，并因此不断快速提升自己的各方面能力和素养。

再次回到新疆，摆风兴是想好好做餐饮，但几个月后，他发现自己已经不能融入当地的圈子里去了，从心底里他还是喜欢和习惯了北京的生活。经过深思熟虑之后，他决定再返北京。

2004年2月14日，返回北京的摆风兴身上只有1.7万元，但聪明能干的他很快便于18日在朝阳区启动了"阿达西"餐饮连锁企业。

"阿达西"是他在2001年便注册成功的商标，当时本来想注册"朋友"，但注册不了，而有感于一直得到朋友帮助才能过得更好的他一心就想在企业商标中表达自己的感激之情，于是变通之后就注册了"朋友"的维吾尔语"阿达西"。

"阿达西"的企业定位是大众消费，所有连锁店的设计因地制宜，但都注入浓郁的新疆少数民族文化元素，就连装筷子的纸袋也是精心设计的。

纸袋最上端印着"阿达西"造型像鸡头的商标图案，图案下是"阿达西"三字。纸袋中间是竖排的"真朋友·此相聚"一行大字。下面是一只可爱的卡通公鸡图案：红冠，黄喙，头顶小花帽，脚蹬金靴，两只眼睛圆溜溜，黑色礼服，胸前领带是典型的哈萨克族服饰特点。

最有意思的是，公鸡一只翅膀高扬成竖着大拇指的手状，造型诙谐、可爱，创意新颖独特。纸袋底端是一道艾德莱丝绸花纹。

整个纸袋充满浓郁的新疆少数民族风情，又具有新疆人幽默大方的性格特点。

在摆风兴的陪同下，我就近转了几家"阿达西"的连锁店，店面装修非常有新疆特色，墙面是用水泥和麦秸混在一起抹面，很有南疆喀什高台民居的古朴风格，墙面上挂了很多新疆风情照片以及新疆民俗挂件，一下子就把人拉回到童年家的记忆中。

令我惊讶的是，餐厅处处有类似书架的装饰，上面摆了不少介绍新疆风土人情的书籍和一些新疆特色的装饰品，都是他从新疆各地收藏的，每一件藏品背后都有一个耐人寻味的故事。比如一家店里二楼楼梯口一人高的胡杨根雕，就是他从南疆塔克拉玛干沙漠边遇到并费大劲拉回北京的，给店里增加了不少新疆文化气息。

"阿达西"维吾尔语是"朋友"的意思。这在新疆少数民族和汉族人群中都是一个使用频率非常高的词。少数民族会天然地使用它，而在新疆居住久了的汉族及其他民族也非常喜欢这个词。拍拍肩膀"阿达西"，久别重逢紧紧拥抱"阿达西"，向别人介绍这是我的"阿达西"，都是新疆人对朋友和一个人表达喜欢之情的常用词。

"阿达西"这个词里面充满了新疆戈壁大漠的辽阔无边，充满了天山雪峰的雄浑巍峨，也充满了绿洲人烟的欢乐韵律。

由于"阿达西"餐厅的位置比较好，周围有几个公交车站，菜品可

口，干净卫生，店里生意兴隆，摆风兴也干劲十足。企业快速扩张，顺风顺水，一年新开一家店，有时一年两三家，最兴盛时"阿达西"有15家连锁店。

商海沉浮

人生没有坦途。摆风兴的经历再次证明这句话是真理。

2009年，摆风兴位于朝阳区的店面临拆迁。由于赔偿金与评估值相差太多，摆风兴不愿让拆迁队拆，与拆迁队发生冲突，并撞伤了人。

"我是2009年12月19日出的事，当年12月31日国家出台了不能强拆的法律，可我已经被关在里面了。经历了5个多月的周折，卖房子、卖餐厅、赔偿，摆风兴花了一大笔钱总算了结了此事。

重见天日的摆风兴重整旗鼓，到了2014年初时，15家店固定资产达七八千万元，一年利润七八百万元。生意风生水起，摆风兴不安分的心又开始躁动了，他想去考察物流项目，计划发展物流产业。于是，把生意全部交给一位总经理负责，自己则当了甩手掌柜，出门远行。

2014年底，根据报表，"阿达西"利润由上年的七八百万元下滑到300多万元。如果说这还没有引起他的警觉，那么2015年底企业亏损55万元让他感觉问题的严重性。当他去向总经理了解情况时，却遇到了拂袖而去不欢而散的结果，要求财务人员查账，才被告知全部账目已经按照那位总经理的要求被毁掉了。

瞠目结舌的摆风兴终于清醒了，两年时间，企业在所谓最信任的"兄弟"手里几近夭折，这让他受到了深深的伤害。但毕竟他是少年时便经历过九死一生的摆风兴，面对再大的困难，也得坚强地活下去。

回忆起这些经历，如此惊涛骇浪的生活，摆风兴却用极为平淡极为少的语言描述，以至于我再次表述时感觉缺少了很多细节。但他对帮助过自己的人哪怕一个微小的细节都真诚热情地仔细讲述，让我深切地感受到他对朋友的珍惜和感激。

2016年6月，摆风兴将"阿达西"整体接管过来，再次重整旗鼓。经历如此大的动荡，管理层人员流失严重，摆风兴加强管理，快速调整管理层，改革内部管理机制、利益分配机制，凝聚人心。

经历过商海的大风大浪，这次摆风兴又重拾往日创业之初吃苦耐劳、埋头苦干的精神，认真做"阿达西"新疆餐饮文化，加强对新疆文化的宣传推广。由于管理经验丰富，很快稳定了管理层，理顺了管理机制，凝聚了人心，使"阿达西"步入正常发展轨道。

摆风兴的司机告诉我，他跟了摆老板10多年，不识字，不会用导航，出门如果走陌生路，都是摆老板操心导航。他还告诉我，他的年收入10多万元，还在北京附近买了楼房，这是他在家乡宁夏时想都不敢想的事。而他，只是"阿达西"300多名员工中的一个。

"阿达西"招收的员工大都是从新疆、宁夏、甘肃等西北地区来京闯荡的年轻人。作为北漂一族，他们在结婚、生子、养老等多方面存在困难，其中有的人已经在北京生活工作多年，成家生子，有的孩子已经上学，回家乡生活不太可能，企业兴盛与他们的未来和幸福息息相关。

肩上担着如此重担的摆风兴真的就像一位大家长，他由衷地说，只想把企业稳稳妥妥地做好，打造百年企业，让大家伙一起老有所养、老有所依。

寻找真味

我注意到，谈话中摆风兴一直把员工叫小伙伴、兄弟，从他的企业管理机制中也可以看出贯穿其中的浓浓亲情。这是一个把企业当作大家庭来运作的"家长"。

问及此，摆风兴的声音低沉下来，前年我妈去世，她以前曾得过脑梗死，可是都治好了，我们都把这事忘了。平常每天下班都去看她，就那天忙得没时间去，好好一个人说不行就不行了，说没就没了。夜深人静，当我在母亲灵前跪孝时，心里就想，人的生命太脆弱了，人生太不容易了。

我家在八家户是可怜人家，孩子多，父亲年轻时给大队赶马车，马受惊父亲从车上摔下来造成腿部残疾，家里经济一直都特别困难。10多年前父亲就去世了，你知道我们那里坟地特别紧张。但父亲去世时，主持葬礼的老人说，谁都可以没地埋，这摆老汉必须找个地儿埋。父亲葬礼那天，前来送行的人跪满了院子。现在回想起来，这是因为父亲一辈子做好事，是个善良的人。

回想起与父亲有关的一些事，我才悟到那里面有很多父亲做人的道理。

小时候家里的菜园里经常有人偷菜，我那时候特别野，心里很不舒服，就打算找一些朋友抓住偷菜的人狠狠打一顿。父亲知道后阻拦我，你让他们拿吧，他们总没有我们拿的多，来拿菜的人都是外来的可怜人。

当时，我家地处的城乡接合部有很多外来人居住。我被父亲的言语气笑了，就把小伙伴解散了。现在想想，父亲从不把偷菜的人说成是"偷"而说成"拿"，是一个普通农民对同命运的人深深地理解和同情。

说起这些往事，摆风兴长叹一口气："太亏欠父亲了，心里想起来就后悔，那时候我们能力有限，生活比较苦，他老人家苦了一辈子没享上福。"

摆风兴说，我从小在阜康、吉木萨尔等地打工，经常遇到没饭吃的情况，推开一家院门乞求别人给点吃的，遇到天黑吃饱了就住一晚。新疆人留给我的印象就是热情、温暖，也教会了我这样做。

今年员工提出大盘鸡加面应该收费，摆风兴坚持没让收，他认为这是新疆人大方、豪爽的风格不能丢了。街面上经常遇到做小生意的新疆人，来店里吃拌面、抓饭等主食管饱，并且从不收费。

"只要遇见需要帮助的人，哪怕是骗子乞丐，我行善，付出了我该付出的善良，不管结果，不能因为遇到了不好的事情就放弃善念。这个世界有很多暖的东西存在。"我想，这也是烛照摆风兴内心世界并指导他所作所为的明灯。

作为一家做新疆餐饮的企业，摆风兴深知让员工了解新疆多元文化的重要性，同时这也是他热爱家乡的自然反应。他不但经常给员工讲新疆的历史文化、民俗风情，还每年奖励优秀员工到新疆旅游，让他们对大美新疆有更多更真切的了解。

一个店员告诉我前两年去新疆遇到一件事。他在一个老大爷摆的摊位上买了两瓶矿泉水，因为语言不通，又没零钱，他给了10块钱。刚开车走不远，老大爷追了上来，吓得他以为有什么事，正准备加速跑开，却发现老大爷手中拿着几块钱一个劲地挥舞，原来是追上来给他找零钱的。分享这个故事的小伙伴特别感动，对热情、真诚、大方的新疆人充满了敬意。

20年在北京与新疆之间的穿梭，摆风兴的事业之基深深地扎在北京。在店里正在不断重复播放的宣传片里，头戴厨师帽的摆风兴亲自下厨给朋友们做出一桌精美的新疆菜肴，端着令人垂涎的大盘鸡的他骄傲地说："阿达西"追求的理想是真味儿，我们给大家奉献上只放盐就足够的美味。

在采访中，我了解到，这不仅仅是一句口号，而是"阿达西"人的共同追求，"阿达西"对所用食材和加工过程都有严格要求，尽量减少佐料的使用，以充分体现食材本身的味道。

不知不觉中，天色已晚，谢绝了摆风兴一再挽留吃晚饭的邀请返回鲁院。

一路上，华灯熠熠，车流如河，大都市的繁华在夜间更显。而此刻，我却在心里感慨，摆风兴是这个大都市奔忙的千万人当中的一个。我相信他会牢牢地扎根在这里，用自己的心和事业传承、发扬、创新着新疆味道，同时也把浓浓的乡愁融进新疆菜品中、新疆饮食文化中，成为首都饮食文化百花中的一朵，璀璨盛开。更为重要的是，他也在传承、发扬着新疆人坚强、豪爽、善良的品格，让这个国际大都市更多的人真正地认识新疆人，认识新疆，喜欢新疆。